AURÉLIE MASSÉ

CETTE NUIT-LÀ

Slalom

GABRIEL

Le choc aigu étoile ma vitre à la manière d'une araignée.

— Putain, dis-je tout bas. C'est quoi, ça ?...

J'ouvre avec précaution et je me penche dans la nuit glacée. Éden est debout sous les confettis de neige, le visage levé vers ma chambre. Ses cheveux sont constellés de flocons. Je vois ses épaules qui grelottent, un autre caillou dans sa main. Tachée de rouge, sa main.

— Éd ?... Qu'est-ce que...

— Viens.

— Où t'as mis ton blouson ?

— *Descends.*

Sa voix est noire. Je referme la fenêtre, dévale les escaliers et ouvre la porte d'entrée. Éden est affalé dans la neige, le visage enfoncé dans ses mains. Quand je m'approche et m'accroupis devant lui, il murmure quelque chose qui ressemble à « aime-moi » – mais je crois que c'est « aide-moi ». Il y a du sang sur son jean, autour de ses ongles et sur ses articulations.

— C'est ton sang, Éden ?...

Lorsque je tente d'effleurer son bras, il devient fou et se dégage brusquement.

— Merde, Éden, dis-moi...

Ses doigts se resserrent sur son visage comme des griffes.

— T'as vu quelque chose, Éden ?... T'as *fait* quelque chose ?...

Il m'observe avec une terreur immense.

PREMIÈRE PARTIE

LA VEILLE

JEUDI 14 DÉCEMBRE 2000, 7 H 50

AGATHE

J'entre dans la cafétéria et j'aperçois Éden adossé au mur de notre coin habituel. Il joue avec un effaceur qu'il fait valser dans l'air. Je me penche pour lui faire la bise ; il hésite deux secondes avant de me tendre sa joue. Des cernes mauves encadrent ses yeux et me donnent l'impression qu'il est maquillé.

— Déjà là ?

— Mon frère m'a amené plus tôt, répond-il d'une voix engourdie.

Je tripote son écharpe écossaise jaune et bleue.

— Encore un truc que t'as piqué ?

— Même pas.

Je m'assieds sur le lino à côté de lui, déboutonne mon manteau et attrape l'effaceur qu'il a lancé.

— Faut que je finisse ma dissert, lui dis-je en fouillant dans mon sac. J'ai laissé tomber hier soir, le code m'a abrutie.

Calant mon classeur sur ma cuisse, je jette un coup d'œil dans sa direction.

— Bah alors ? Tu me demandes pas combien de fautes j'ai fait ?

— Combien de fautes t'as fait ?

— Douze.

— C'est bien ?

— Non, ça craint.

J'entends dans sa respiration un sourire frêle. À travers la fenêtre, le ciel est lourd et noir. Les claquements du baby-foot étouffent les pâles éclats de voix du matin. D'un œil absent, Éden gratte le lino avec l'ongle du pouce. Les néons embrasent ses frisettes rousses emmêlées. Sa peau laiteuse sur laquelle on a craché mille gouttelettes cuivrées. Sa bouche pulpeuse comme un soufflé.

Lorsqu'il se rend compte que je le regarde, il rougit et détourne la tête.

Puis Sarah fait son entrée, emmitouflée dans sa doudoune noire. Elle examine la salle, mais le garçon qu'elle cherche n'est pas ici. Lorsqu'elle se penche pour me faire la bise, je sens son parfum de pomme verte et de rose. Elle ressemble à une biche avec son eye-liner et son cou de ballerine. Poupée aux grands yeux café crème.

— C'était gelé chez moi, dit-elle en déboutonnant son blouson. Ma mère a arrosé le pare-brise avec de l'eau bouillante. J'ai bien cru que j'arriverais jamais à temps.

— Et moi qui tuerais pour louper des cours.

Elle sourit en tripotant sa tresse brune pendant qu'Éden s'allonge sur le lino, sac sous la tête et paupières closes. Ses lacets multicolores, qu'il a personnalisés aux feutres, tranchent sur ses baskets blanches.

— Ça va ? murmure Sarah du bout des lèvres en le désignant.

Je lève les épaules, perplexe.

— Où est Alex ? enchaîne-t-elle en se tournant vers la porte.

— Au CDI, sans doute.

Une règle en métal claque sur le lino. Un garçon gueule après avoir heurté le baby-foot avec sa hanche. Ça sent le froid rude de décembre, la cigarette chaude et les parfums mélangés. Le regard de Sarah suit le tracé de mon stylo.

— Y'a un jour où t'arrêteras de bosser à la dernière minute ?

— J'aime le danger, lui dis-je dans un sourire coquin.

Quand la sonnerie inonde la salle, le pied d'Éden tressaille et me cogne la cuisse. Je pose ma main sur sa cheville, mais il se redresse d'un coup sec. Je le sens angoissé, prêt à bondir.

— Ça va, Édi ? dis-je en lui rendant son stylo.

Il l'attrape en hochant la tête et se lève comme s'il était en danger, la lanière de son sac serrée entre ses doigts.

— *Attends-moi*, gueule Sarah, décontenancée.

Mais le chaton sauvage a déjà disparu.

GABRIEL

La dame du secrétariat m'observe par-dessus la monture de ses fines lunettes. Puis elle soupire en rebouchant le capuchon de son stylo. Mon histoire de fleuriste évanouie à qui j'ai dû porter secours ne semble pas la convaincre.

— C'est la cinquième fois ce mois-ci que vous arrivez en retard en cours.

— Et puis ? dis-je en ouvrant les bras. Qu'est-ce que j'y peux si je suis un poissard ?

Elle me tend un papier d'excuse sur lequel elle a noté : « le charabia habituel ».

— Prenez ça et partez, marmonne-t-elle dans un geste exaspéré en replongeant le nez dans ses dossiers.

Je lui tourne le dos et me dirige vers la porte, lorsqu'elle jette d'une voix plate :

— L'affichette du commerçant, monsieur Javori, c'est là que vous avez fait une erreur et que j'ai cessé de vous croire. Aucun fleuriste ne proposerait une pivoine gratuite pour l'achat de deux. Lorsque vous offrirez votre premier bouquet, vous l'apprendrez.

— Avouez, quand même : mon récit vous a captivée.

— C'était épique, dit-elle, usée. Un poil plus crédible que le camion-poubelle de la dernière fois. Maintenant sortez, vous m'épuisez.

Je claque la porte, fourre le papier d'excuse dans la poche arrière de mon jean puis je m'avance vers l'escalier.

— Jav, lance Agathe dans l'air glacé.

Je me retourne tandis qu'elle trottine dans ma direction, son sac cognant contre sa hanche.

— Tu me files ton équerre géométrique ? me demande-t-elle.

— Plaît-il ?

— Le triangle en plastique qu'on utilise pour la trigo. D'habitude je prends celle d'Alex, mais j'arrive pas à le trouver.

— Alex, c'est Batman en ce moment. Impossible de l'attraper.

Elle lâche un soupir en m'étudiant avec intensité.

— T'as une sale tête aujourd'hui.

— J'ai pas dormi de la nuit, dis-je en me frottant les cils. J'ai joué à *Silent Hill* jusqu'à six heures du mat.

— Ta mère était pas là ?

— Comme d'hab, lui dis-je, blasé.

— Tu me prêtes le *Silent Hill* ?

— Yep. Si tu me rends le *Resident Evil*.

— J'ai osé t'emprunter le *Resident Evil* ?

— Si je m'appelais Alex, j'aurais tout noté dans un grand cahier avec la date, l'heure et le motif de l'emprunt. Mais chez moi, lui dis-je en tapotant ma tempe, tout est rangé là.

Elle lève les yeux au ciel, un sourire malicieux au bord des lèvres, puis me tend sa paume.

— Alors ? Ton équerre géométrique ?

— Je n'ai pas souvenance de cet ustensile.

Elle me pousse l'épaule d'un geste affectueux avant de se diriger vers les marches.

— Je sais même pas pourquoi je te parle, me jette-t-elle, insolente et radieuse.

ÉDEN

Au moment où je passe les portiques de sécurité du centre commercial pour m'en aller, j'imagine que le vigile va me sauter dessus et m'obliger à le suivre. Mais rien. Il se contente de m'observer, les bras croisés, avant de déplacer son regard sur les clients qui filent devant lui.

Rester maître de soi et garder un visage inexpressif.

C'est comme ça qu'on les berne.

Je marche en ressentant une tension étrange mêlée de satisfaction. Je dépasse de nombreux caddies, ainsi qu'une femme juchée sur une drôle de machine orange qui lave le sol et qui ressemble à un petit tracteur. Lorsque les portes automatiques coulissent devant moi, une bourrasque glacée me gifle les joues.

Mais je ne m'arrête pas.

Je traverse le parking et m'engage sur le chemin qui mène au lycée. Dans le sac qui frappe mes fesses à chaque pas, je sens le poids de mon délit.

Je fais ça sans arrêt.

Depuis plusieurs années.

Ça ne me sert à rien parce que je ne vole même pas des choses dont j'ai envie ou besoin. Je vole pour le geste, pour attirer l'attention.

J'ai été pris une fois. Après avoir dérobé des CD 2 titres dans une boutique de disques. C'était il y a plusieurs années.

Mais Matthias a réussi à séduire le responsable du magasin – je ne sais pas comment il a fait. Il utilise ses yeux, je crois. Il a des yeux de cerf, mon frère. Grands, profonds et luisants. Lorsqu'il me regarde, j'ai la sensation qu'il fouille les endroits les plus secrets de mon être.

Et je reste incapable de l'empêcher de creuser.

Quand j'étais gamin, c'était un modèle pour moi. Je m'habillais, parlais, marchais comme lui. C'était une balise dans la nuit, mon frère, un poinçon sur ma peau, le moule dans lequel sculpter toute ma vie.

Aujourd'hui, il m'effraie plus qu'il ne me fascine.

Je me sens ouvert devant lui. Je me sens exposé, je me sens nu.

En face de moi, la grille du lycée apparaît entre les échancrures des hêtres. Il faudra que je justifie cette énième absence auprès de la prof, mais je ne m'inquiète pas. Une formule élégante, la signature de ma mère parfaitement imitée et le tour est joué.

Je suis le roi des masques.

AGATHE

— Encore là, toi ? dis-je à Jav en entrant dans la cafétéria.

Affalé sur sa chaise, une bulle de chewing-gum dans la bouche, il redresse ses yeux argentés sur moi.

— Me lance la fille qui traîne dans la cafète.

Je souris en m'asseyant à côté de lui. Face à moi, Éden tripote les franges de son écharpe, absorbé par quelque chose qu'il est le seul à voir. Je me penche vers lui par-dessus la table.

— Tu fais quoi dimanche ?

— Je joue à *Final Fantasy VII.*

— Tu l'as déjà fini huit fois.

— Je joue à *Zelda.*

— On bosse une de mes nouvelles compos avec le groupe.

— Mais moi je dois sauver Zelda.

Je lui donne un coup de pied sous la table ; il fronce ses yeux de pomme de pin. Je me lève et m'arrête derrière sa chaise. Puis je passe mes bras autour de son cou et lui embrasse la joue. Sa peau est aussi duveteuse qu'une pêche albinos. Il sent la crème au lait poudré. D'un mouvement des épaules, il tente de se dégager, mais je resserre mon étreinte et chuchote contre son oreille :

— Je veux un violon dans mon groupe de rock. Dis oui.

— J'ai pas bossé mon instrument depuis des semaines.

Je tourne la tête vers Jav.

— Il ment ?

— Yep.

— Tu mens, il dit.

Éden agrippe mes poignets en faisant tinter mes bracelets d'argent. Je desserre mon étreinte en approchant ma bouche de sa mâchoire.

— Tu sens bon le bébé.

Lorsqu'il sourit, ses joues gonflent comme deux pralines. Du coin de l'œil, Jav m'observe avec un mélange d'étonnement et de légèreté. Je tends la main pour attraper sa bulle, mais il la fait aussitôt claquer sous ses dents.

— Il dit qu'il a pas bossé son instrument mais il a un concert dans deux semaines, dis-je en me rasseyant.

Une moue recourbe la bouche d'Éden.

— C'est pas un concert, juste un petit quatuor à cordes.

— C'est pareil.

— Non, pas du tout.

Je lui souris tandis qu'il secoue la tête, irrité.

Je ne me lasse pas de te regarder, Éden. Tu es extraterrestre. Spectaculaire. Avec toutes ces taches citrouille qui assombrissent ton visage. Tes cheveux frisés incoiffables et ta voix qui ressemble à du pissenlit fatigué. Il est impossible de ne pas être troublé par ta personnalité lunaire. Tes crises de rire et tes accès de rage. Les tablettes de chocolat que tu planques sous la ceinture de ton jean en sortant des magasins – n'essaie pas d'argumenter, on sait tous que tu les caches à cet endroit. Tes interrogations trop adultes. Tes regards de faon paumé. Tes angoisses trop âgées pour toi.

Tu te souviens quand on s'est rencontrés ? Je me faisais emmerder par trois types au rayon biscuits du supermarché.

Puis j'ai repéré à quelques mètres de moi un garçon aux cheveux incandescents : toi, Éden. Jav marchait devant, métis magnétique aux paupières allongées comme des feuilles de cerisier. Lorsque je me suis jetée dans ses bras, il en a lâché son paquet de céréales. J'ai pressé mes lèvres sur les siennes trois longues secondes avant de me retourner : le trio se barrait en riant bêtement. Et puis j'ai tourné la tête vers toi et tu ressemblais à un gamin choqué, avec tes beaux yeux écarquillés d'écureuil. Jav, en s'essuyant la bouche, m'a soufflé : « Oui, bonjour, enchanté, je pourrais savoir qui tu es ? »

Sans vraie raison, Éden se lève, enfile son blouson et attrape son sac. Je lui lance :

— Tu nous rejoins au self ou tu manges chez toi ?

Il acquiesce sans croiser mon regard et quitte la cafétéria.

— Il a dit « oui » à quoi, au juste ?

La bulle qui éclate sous les dents de Jav me fait tourner la tête vers lui. Les bras posés sur ses genoux pliés, il m'observe en silence.

— *Quoi ?*

— Des mois que tu lui léchouilles l'oreille et on attend toujours.

Je donne un coup de bottine dans le pied de sa chaise et le fais tanguer ; il entrouvre les lèvres, mais ne lâche aucun son.

— Ma mère a attendu mon père pendant sept ans, lui dis-je, amère. Alors j'ai de la marge.

Il plisse les paupières pour affûter son regard, mais ne dit rien.

— Sinon, vous avez jamais cours en ES ?

— Si, répond-il en étirant ses bras fins vers le plafond. Mais j'ai zappé le commentaire de philo et la prof m'a dans le viseur depuis le début de l'année.

— T'as philo ?

— Tout à l'heure. J'avais prévu de rédiger ledit commentaire de philo maintenant.

— Y'a une prof qui te supporte ?

— La prof d'espagnol.

— Tu fais allemand.

— Oui, justement.

Je souris en observant la salle, plus silencieuse qu'à l'accoutumée. Pour une fois, le babyfoot n'est pas agressé. Les voix qui nous entourent résonnent de façon presque musicale.

— T'as vu Alex ?

Il hausse les épaules en tripotant son chewing-gum entre ses doigts.

— T'as été voir dans sa *batcave* ?

La sonnerie perçante me vrille les tympans. Je me lève sans motivation tandis qu'il sort une feuille froissée de son sac.

— Devant le self ?

— Devant le self, dit-il en exécutant un salut militaire.

Ses yeux effilés renvoient la lumière aiguë.

ALEXANDRE

J'appréhende la fin de semaine parce qu'on s'approche du week-end et que c'est toujours le week-end que les conflits atteignent leur apogée. Il y a les coups que mon père assène sur le mur lorsque j'ai le malheur de faire un peu de bruit pendant qu'il fait sa sieste. Il y a les larmes de ma mère qui gouttent sur les brocolis qu'elle est en train de couper en bouquets. Il n'y a pas de cris, mais des bouts de phrases qui grincent derrière des portes qu'on referme dès que je m'en approche. Un malaise feutré qui n'explose jamais, mais grossit mois après mois jusqu'à polluer l'oxygène de la maison.

J'aimerais un peu plus de douceur et de sérénité.

J'aimerais qu'en moi il fasse moins froid.

1 problème ? m'écrit Agathe sur sa gomme en forme de fleur.

Je fais « non » de la tête. Elle pose sa main sur ma cuisse qui tressaute. Je lui jette un regard outré auquel elle répond par un sourire chaud. Puis elle efface sa première phrase et réécrit sur la gomme :

Pk tu stresses ?

Je dispose mes surligneurs sur la table et je les classe par couleurs. Agathe griffonne sur le coin d'une de mes feuilles de cours puis la fait glisser vers moi. Ses cheveux blonds prennent une teinte de beurre frais sous l'éclat matinal. Un rayon de soleil coupe son œil vert d'un fil platine.

Raconte tes malheures à la bigoudène

J'entoure le *e* de « malheures » et ajoute deux points d'exclamation.

C'est des malheurs filles ☺

La prof nous surveille.

Elle relève la tête puis sa main court à nouveau sur le papier :

La prof te mettrait dans son lit si elle pouvait...

??!!!

Fais pas l'innocent, tu le sais bien...

C'est toujours la même merde chez toi ?

Elle m'observe avec un regard fragilisé que je lui connais peu. Je hausse les épaules, détaché.

Ma mère n'arrête pas de chialer, Agathe. Un bruit de fond incessant qui m'écrase. C'est impossible de dormir. Je l'entends lorsqu'elle se lève pour aller aux toilettes ou qu'elle ouvre le frigo pour grignoter un morceau de fromage. Je l'entends lorsqu'elle sort sur la terrasse pour fumer l'une de ses cigarettes mentholées.

Sa tristesse suinte sur chaque meuble et chaque bibelot du salon.

MAIS RACONTE-MOI !!

Ma mère est terrifiée à l'idée que ma colonne vertébrale se torde comme la sienne s'est tordue, enfant, et elle m'oblige à marcher dans le couloir avec un dictionnaire sur le crâne. Mon père m'interdit de manger du sucre parce que le sien est mort d'un diabète fulgurant. Ma mère refuse que j'ouvre à des inconnus lorsque je suis seul à la maison. Mon père vérifie le peu de courrier que je reçois.

Je ne sais pas d'où leur vient cette angoisse terrible.

Je me sens en insécurité permanente parce qu'ils me *transmettent* ce sentiment d'insécurité.

Je sens le monde dangereux qui ausculte et qui juge.

— Alex ?... me souffle-t-elle très bas.

Je peux me concentrer
sur mes fonctions exponentielles ?

Tu me donnes les réponses ?

Je secoue la tête, concentré sur le tableau.

Mais je fais mes grands cils...

Aucun effet sur moi.

Terminator ?

Je lui jette un regard blasé ; elle éparpille mes surligneurs d'un geste vexé. Je les réorganise minutieusement alors qu'elle fait glisser ma feuille de maths vers elle. La prof nous considère avec un mélange de sévérité et de tendresse.

— Mademoiselle Le Gall, allez prendre l'air et revenez lorsque vous serez décidée à travailler.

— C'est ça, du balai, lui dis-je tout bas, agacé.

Mais dès qu'elle quitte la salle, je sens mon téléphone vibrer. Je l'attrape d'une main discrète et le pose sur mes genoux.

Quand y'a personne dans les couloirs
le lycée ressemble à un hôpital

Tu me déranges pour me dire ça ?

Tu savais qu'il y avait un extincteur
en haut des escaliers ?

*Honnêtement, je m'en bats les c*******.*

Tu t'autocensures maintenant ?

Couilles.

Mais qu'est-ce que fout Édi
à traîner dans la cour ?

Tout seul ?

Elle ne répond plus. Je mets mon téléphone en veille et baisse les yeux sur mon bureau lorsque la prof croise mon regard. Je souligne mes résultats à la règle pour m'occuper en attendant la fin du cours. Le gars derrière moi n'arrête pas de renifler. À travers la fenêtre, j'observe le grand chêne déshabillé qui agite ses bras squelettiques dans le vent. J'aimerais grimper sur ses branches pour contempler le lycée d'en haut. Être un oiseau le temps d'une nuit pour qu'aucune main ne pèse plus sur mon épaule, et planer au-dessus des grands champs de blé.

SARAH

Le garçon dont je suis amoureuse ne connaît même pas mon nom. Je lui écris sur une feuille simple à grands carreaux parce que je n'ai pas de papier à lettres.

Yannick, terminale S2.

Je me lève le matin et je pense à lui. Je choisis mes vêtements en fonction de ce qui pourrait lui plaire et je passe dix minutes à tracer mon eye-liner. Je le laisse décider de tout ce que je fais et je m'observe sans arrêt de l'extérieur avec ses yeux à lui. Il m'est impossible d'imaginer être belle en étant simplement *moi*.

À ma droite, Éden joue avec son critérium, l'autre main plaquée sur son livre pour le maintenir ouvert. Et on ne sait toujours pas si le duc d'Auge rêve qu'il est Cidrolin ou l'inverse.

— Pourquoi t'étais pas en philo ? dis-je en tapotant ma feuille avec mon stylo.

— Je me suis senti mal.

— Bizarre, c'est la deuxième fois que tu te sens mal en philo.

Il m'adresse un regard furtif.

— Oui, bizarre.

— C'est coef 7 pour nous, Éden.

— Je rattraperai avec l'anglais.

— Mais c'est pas coef 7.

— Je rattraperai avec les lettres.

— Tu prends même pas de notes.

— Mais pourquoi tu m'agresses comme ça ? souffle-t-il en jetant son crayon dans la rainure du roman.

Imperturbable, le prof marche dans la salle en chantant les louanges de la virgule. Comme son œil gauche tire vers le bas, on ne sait jamais vraiment s'il est en train de nous regarder ou pas.

— C'est pas la peine de t'énerver, lui dis-je tout bas.

— Je m'énerve pas.

Les traits de son visage s'adoucissent peu à peu.

— Ne lis pas, dis-je en cachant ma lettre derrière le creux de mon coude.

— Je lis pas.

— Mais regarde ailleurs.

Il m'adresse un sourire ténu, le menton dans la main. Je n'avais jamais remarqué que ses yeux n'étaient pas exactement de la même teinte. Dans celui de gauche, un ton doré se mélange à l'ambre.

— Tu crois qu'il va te répondre ? demande-t-il en désignant ma feuille.

— J'en sais rien, dis-je, pensive. J'espère.

— Tu fais des ronds au-dessus de tes *i*.

— Et puis ?

— Ça fait pas très sérieux.

— Ton admiratrice, elle te fait des cœurs, c'est pire.

— J'ai jamais remarqué, chuchote-t-il d'un air vague.

Je souris en le poussant vers le mur, puis retourne à ma prose. Je raye et réécris, rature encore, sans fin. Je discute avec Yannick dans les renfoncements de mon crâne et j'imagine des conversations splendides, des intrigues passionnées. La première chose que je fais en entrant dans l'enceinte du lycée, c'est le chercher.

Une journée sans l'apercevoir est une journée irrespirable.

Les yeux lointains, Éden griffonne des notes de musique dans son livre. Vers le fond de la classe, un raclement de chaise fêle l'atmosphère studieuse.

— Et toi ? lui dis-je tout bas. T'as reçu une nouvelle lettre d'amour dans ton casier ?

— Non, pas ce matin.

— Pourquoi tu lui réponds pas, à cette fille ?

Il hausse les épaules, insondable, puis murmure :

— Je sais pas comment réagir.

Il baisse les yeux sur la table et fait sortir la mine de son critérium avec nervosité. De longues secondes suintent avant qu'il ne parle à nouveau :

— Je pense qu'elle me voit pas vraiment comme je suis.

— Qu'est-ce qui te fait dire ça ?

— Elle aime peut-être ce qu'elle voit de moi, mais le vrai Éden...

Il s'interrompt sans terminer sa phrase, laissant son chuchotement s'émietter comme un pétale arraché à une pâquerette.

— Le vrai Éden ?...

Il m'adresse son habituel sourire empli de tourment.

— Qui est le vrai Éden ? demande-t-il, égaré, comme s'il attendait ma réponse.

Mon estomac choisit cet instant de silence pour se mettre à grogner. Éden se penche vers son sac, puis pose devant mes doigts une pastille Vichy. Il en avale une après moi, qu'il commence à sucer lentement.

— J'ai aussi du chocolat, dit-il, mais ça ferait trop de bruit.

— Merci, dis-je en fourrant le bonbon dans ma bouche.

Le diamant blanc tinte contre ses dents lorsqu'il me sourit.

GABRIEL

Mes doigts cavalent sur les touches du téléphone que je cache sous mon bureau :

On se voit ce soir ?

J'entends la craie crisser sur le tableau. J'entends Bastien, à côté de moi, s'amuser à sortir puis à rentrer la lame de son cutter dans un cliquetis métallique. Quelqu'un s'éclaircit la gorge sans arrêt et la fille derrière moi tape avec régularité sur le pied de ma chaise.

Puis Agnès répond enfin :

Demain plutôt.

Non tu m'as dit ça hier et avnat-hier

— À qui t'écris ? demande Bastien, à moitié couché sur sa feuille.

— Ma copine.

— Laquelle ?

— J'ai une copine, pas dix mille.

— C'est pas ce qu'on raconte.

— Arrête avec ton cutter, lui dis-je en tournant la tête vers lui. Ça me tape sur les nerfs.

Il s'est à nouveau avachi sur la table et le concert qui se joue autour de moi m'irrite de plus en plus. La craie qui grince. Bastien qui clique. Le gars devant moi qui se gratte la nuque toutes les minutes. Quelqu'un qui se mouche et tousse gras. La fille qui tape et tape et tape. Toujours concentré sur mon téléphone, je glisse une main derrière mon dos et lui cramponne le mollet. Elle pousse un petit cri de surprise. J'entends sa copine rigoler.

— Range-le, marmonne Bastien derrière son bras plié.

Je lui jette un coup d'œil mais une main ouverte surgit déjà devant moi.

— Téléphone, déclare la prof d'un air las.

Je le mets en veille et le dépose dans sa paume, frustré. Elle le fait glisser sur son bureau puis se retourne vers moi et m'offre sa craie.

— Je t'en prie.

La fille dans mon dos murmure quelque chose qui la fait rougir. Bastien se range pour me laisser passer. Je me lève et monte sur l'estrade.

Et je me fige.

Je sens mon cœur claquer, ma main trembler. Le parfum de la prof se déploie derrière moi. Un parfum de poires froides.

— Commence par la colonne de gauche, me dit-elle d'une voix tranquille. Qu'est-ce que tu remarques ?

— Je suis censé remarquer quelque chose ?

— Concentre-toi un peu. C'est le même exercice que celui que tu m'as rendu la dernière fois et tu l'as réussi.

Je me retourne vers elle, dépité, et secoue la tête.

— Tu n'essaies même pas, Gabriel.

Je soupire et fais de nouveau face aux colonnes durant de longues secondes stériles. Les chiffres valsent devant mes yeux. Puis des doigts tièdes effleurent les miens et me dérobent la craie.

— Va t'asseoir, me lance enfin la prof, ennuyée.

Je rejoins ma place et continue à fixer ce foutu tableau sans réussir à me concentrer sur rien. Puis quelque chose d'aigu me pique le crâne. Je me retourne, exaspéré.

— Tu m'arraches des cheveux, maintenant ?

Elle sourit à sa copine puis la sonnerie de fin des cours explose au-dessus de nous. Je ramasse mes affaires et m'avance vers le bureau de la prof. Elle me jette un coup d'œil en rassemblant un paquet de copies.

— C'est la deuxième fois ce mois-ci que je te pince avec ton téléphone, déclare-t-elle en me le rendant.

J'acquiesce de façon machinale en fixant le bord du bureau. J'ai envie de monter dessus et de me mettre à gueuler sans raison. J'ai envie de poires froides.

— Ressaisis-toi, Gabriel, jette-t-elle dans mon dos avant que je ne quitte la salle.

Aussitôt, je lis les deux messages qui s'affichent sur mon écran :

C'est bon pour ce soir, 22 h. Tu viendras ?

Gabriel ?

Je relève la tête et souris au couloir surpeuplé.

SARAH

Assise à la cafétéria, j'observe les gens se diriger d'un pas mou vers le réfectoire. Mon estomac grogne, agacé. À ma droite, avachi sur sa table, un garçon mord dans un morceau de pain.

L'enfer, c'est les chiffres.

Ça régit toute ta vie.

Ça commence par un nombre inoffensif sur mon carnet de santé : 45. En seconde, cours d'anglais, je suis appelée à l'infirmerie pour une visite médicale. On me demande de me déshabiller et on me mesure, on me pèse, on me touche, on m'observe. Je me souviens précisément de cette feuille qu'on me tend : « Sarah Maréchal, 1 m 60, 45 kilos ». L'infirmière note « longiligne » dans la partie « commentaires ». Mais ces chiffres ne quittent plus mon esprit. Lentement, ils germent, fleurissent et créent les premières ramifications qui séquestreront mon cerveau.

Il y a aussi les regards qui s'attardent sur mon « nouveau corps ». Le cousin farceur qui claque la bretelle de mon soutien-gorge neuf. Les réflexions des oncles et tantes, des amis des parents, inconscients du chamboulement qu'ils provoquent. *On la voit pas grandir, ta fille. C'est fou comme on change à cet âge.* Et puis, le pire, les yeux dérapant sur mon chemisier : *Dis donc, ça commence à pousser ?*

Voilà, j'ai arrêté la danse classique depuis un an et mon corps me trahit. Moi qui ai toujours été la plus filiforme de toutes mes copines ballerines, aujourd'hui je me sens lourde et prisonnière. Je ressens cette chair nouvelle comme un crime, alors l'idée de maigrir surgit comme une évidence.

Au départ, c'est magique.

J'ai la sensation d'avoir trouvé le remède miracle. J'ai peur d'échouer au bac donc j'arrête de manger. J'ai peur du monde adulte donc j'arrête de manger. Je suis captivée par un garçon qui ne me voit pas, je me sens insécurisée, grosse, laide.

Donc j'arrête de manger.

Tout est résolu, oublié, puisque *je vais maigrir.*

Alors dès que je décide d'atteindre les 42 kilos, c'est un festival dans ma tête. Je vais devenir mince, délicate, fragile. Je vais me transformer en roseau satiné.

Et chaque journée se remplit d'une excitation permanente. J'aime me lever le matin en sachant que rien n'entrera en moi et que je resterai intacte. J'aime me réveiller la nuit en sentant mon estomac se contracter. Je me sens puissante. Une puissance que je n'ai jamais ressentie auparavant. Une sensation grandiose, enivrante et déjà ineffaçable.

Je me sens plus talentueuse.

Je me sens *unique.*

Et puis, au fil des mois, je perds l'excitation. Mon corps fatigue. Mes yeux se brouillent. Mon cerveau déconnecte. N'étant pas comblée par les 42 kilos, je décide de poursuivre jusqu'à 40. Je marche maigreur, pense maigreur et respire maigreur. Je me dissimule dans des vêtements larges et j'applique le fard rose de ma mère sur mes joues. Mais le regard de mes amis se fronce.

39 kilos.

C'est grisant.

37 kilos.

Ça ressemble à de la sorcellerie.

Quand vais-je m'arrêter ? *Où* vais-je m'arrêter ?

Ma main trace un par un les traits qui composent mes caractères chinois. Je dois les dessiner dans un ordre très précis puis inscrire le pinyin du mot juste à côté. C'est presque musical à faire. C'est apaisant et beau à regarder.

Mais, toujours, mon estomac se rappelle à moi.

Je sens soudain qu'on tapote sur le dossier de ma chaise. Je relève la tête et croise les yeux de glace d'Alex, absorbé par mes idéogrammes. Il tient contre lui un tas de livres empruntés au CDI. À son air intrigué, j'explique :

— C'est l'histoire de Chang'e qui se retrouve coincée sur la Lune après avoir avalé une potion d'immortalité.

— Comment il s'est retrouvé sur la Lune ?

— *Elle*, dis-je dans un sourire.

— Elle, répète-t-il, obéissant.

— En fait, son corps a fait n'importe quoi et elle s'est envolée.

— La tuile.

Je me rends compte à cet instant à quel point cette légende fait écho à ma propre histoire. Mon regard agrippe une écorchure fraîche sur la mâchoire d'Alex, sûrement faite avec son rasoir. Les néons creusent ses pommettes en deux ratures agressives.

J'aime cet assemblage surprenant de ton visage, Alex. Tout est harmonieux chez toi, ciselé et gracieux. Coupés courts, tes cheveux très noirs ont des reflets d'essence. Tes lèvres ourlées ressemblent à un cœur moelleux et la courbure exceptionnelle de tes cils me donne presque envie de les maquiller.

Et il y a tes yeux.

Deux dragées brutalement enfoncées sous tes sourcils droits qui te donnent un air dur et offensif alors que tu es la loyauté et la précision. Dans tes jeans sombres, tes pulls blancs et ton beau manteau bleu marine, tu as l'allure d'un lycéen japonais modèle. Tes tennis noires sont impeccables. Un sillon fin barre ton front, sans cesse soucieux et attentif à toute chose. Et parfois tu ris, et ce rire grave et musical tinte telle une poignée de bulles serrées, embaumant l'atmosphère. Ton regard glacé se réchauffe. Tu ressembles à un Slave. Tu sens la fleur d'oranger, le savon de Marseille et les cachous que tu suces à longueur de journée.

Une odeur confortable et sage.

Autour de nous, les gens entrent et sortent de la cafétéria en brassant des effluves de tabac et d'humidité. Alex attrape mes yeux et, du menton, désigne la porte ; mais je secoue la tête, honteuse. Depuis longtemps déjà, je ne rejoins plus mes amis au réfectoire. L'obsession rassure, mais elle isole avant tout. Il tapote sur le dos d'un livre avec patience puis se résigne et disparaît dans un parfum d'orange boisée.

Refuser de se nourrir, c'est tellement propre, tellement blanc et tellement net. J'ai l'impression que le monde est en ordre. J'aime ne peser sur rien.

Parce que je *vole*, littéralement.

Je plane au-dessus des êtres humains ordinaires.

J'ai du mal à me souvenir du temps où je mangeais *sans me poser de questions.*

AGATHE

Jav pose son plateau sur la table et se laisse tomber sur sa chaise. Puis il désigne le livre qui trône à côté de mon assiette.

— C'est quoi ?

Je le fais pivoter vers lui.

— *Antigone*, déchiffre-t-il en soulevant la carafe d'eau. C'est pour ton cours de théâtre ?

— Oui, dis-je en le rangeant dans mon sac. Je joue Ismène.

Je lui glisse ensuite un papier plié en quatre.

— Lis ça.

— C'est quoi ? demande-t-il en l'ouvrant avec délicatesse.

— Lis au milieu.

— Quel milieu ?

— Lis en diagonale, dis-je dans un long soupir.

— Je préfère lire en isocèle.

— Tu zozotes.

— Tort, tu as.

Je roule des yeux en tapant le dos de la feuille.

— Je peux pas lire en diagonale, Agathe. Cf. ma dyslexie.

— C'est une affiche pour le concert d'Édi.

— Oui, j'ai vu, y'a son nom en gros. T'as eu ça où ?

— Je les ai *faites*, andouille. Je vais les coller partout. J'en mettrai sur la vitrine de la pharmacie de papa et dans la salle d'attente de maman. Éden va devenir une star.

— Il va surtout gueuler.

— C'est pour ça que je compte sur toi pour arrondir les angles.

— Rapport à l'isocèle ?

— T'es en forme, aujourd'hui.

— En forme de quoi ?

Je soupire en fermant brièvement les paupières.

— C'est fatigant de te parler.

— J'en suis conscient, dit-il en trempant, à l'aide de sa fourchette, son surimi dans la mayonnaise.

Il avale une bouchée puis repousse son assiette.

— Ce truc est vraiment dégueulasse.

— J'ai vu Édi traîner du côté du gymnase pendant les heures de cours.

— Donc t'étais pas en cours non plus.

— O.K., je me suis fait virer parce que j'ai rigolé avec Alex.

— Depuis quand tu *rigoles* avec Alex ?

Je tapote mon plateau du bout des doigts.

— T'entends ce que je te dis ? Éden *n'était pas en cours.*

Il se sert un verre d'eau qu'il met du temps à avaler.

— J'entends, dit-il. Il a séché un cours. Y'a pas mort d'homme, on l'a tous fait.

Je secoue la tête, agacée, tout en raclant la pellicule graisseuse qui recouvre mon morceau de poulet.

— C'est ce que tu dis à ta psy ?

— Ha ha.

— Raconte. Ça en est où ?

— Elle veut m'envoyer chez l'orthophoniste pour, je cite : « traiter ma dyslexie et contrecarrer l'échec scolaire ».

— Elle a dit « échec scolaire » ?

— Avec du rouge à lèvres sur les dents. La bombe est lancée.

— Ouille.

— Mais ça m'atteint pas, lâche-t-il en creusant le poulet avec sa fourchette.

— Tes parents viennent de se séparer, Jav.

— Et je le vis bien.

— T'es surtout un bon acteur.

Il m'observe en plissant les paupières puis jette un regard vague à la salle. Je l'imite et perds mes yeux dans les couleurs et les bruits.

— C'est pas la dyslexie, le problème, c'est la façon dont les profs nous font gober les cours. J'ai vraiment autre chose à faire qu'ingurgiter des trucs par cœur. J'ai besoin de comprendre *comment ça marche.*

— C'est ce que tu lui as dit ?

— Oui, j'ai parlé cinq minutes sans m'arrêter et je l'ai fait bugger.

— Tu parles trop vite, dis-je en grattant un défaut sur la table. Donc, à un moment donné, plus personne n'écoute.

— C'est pas moi qui parle trop vite, c'est les gens qui entendent trop lentement.

J'éclate de rire tandis qu'il plonge ses petits pois dans sa compote. Lorsqu'Alex apparaît enfin, je lève le bras pour qu'il nous voie. Il s'installe à côté de Jav avec son plateau couvert de feuilles plastifiées, puis retire écharpe et bonnet.

— T'as trouvé un nouveau système ? demande Jav en attrapant une pochette plastique.

— Comme ça, je révise en mangeant, explique Alex. Et mon pote *ne me pourrit pas mes cours* avec la sauce de ses carottes râpées.

Les lèvres de Jav s'allongent en un sourire malicieux.

— Même dans ses chiottes, il bosse.

Alex hausse les épaules, placide, et découpe son surimi en triangles. Une fine mèche de cheveux noirs découpe son front, remuant à chaque fois qu'il bouge la tête.

— C'est vrai ? dis-je, amusée.

Jav lui donne un coup de coude.

— Dis à Le Gall que t'as collé tes cours partout dans tes chiottes.

— C'est vrai, répond Alex en avalant un triangle orangé. Je déteste perdre mon temps.

— C'est ce qu'on appelle « chier utile ».

— Moquez-vous, mais moi j'aurai mon bac en juillet.

— C'est le père Carraz qui doit être content. Il a créé un bon petit robot qui ne remet rien en question.

Sans tourner son visage vers Jav, Alex lui offre un doigt d'honneur. Jav y plante son pot de compote.

— Tu trouves ça malin ?

— Très, lui répond Jav, flegmatique. Oublie pas qu'en matière d'humour, j'ai 5 ans.

Je tends une serviette en papier à Alex et demande :

— Tu révises sous la douche aussi ?

— Bien sûr.

— Moi, je chante du metal.

— Moi, je me tripote, lance Jav en ouvrant son paquet de tabac.

Je grimace en lui donnant un coup de pied sous la table.

— Sainte Marie, mère de Dieu, fait-il en écarquillant ses yeux fins.

— Dis-moi qu'Éden est le premier à passer sous la douche quand il dort chez toi.

— Éd sait très bien ce que je fais sous la douche, crois-moi.

— Il vient pas manger aujourd'hui ? demande Alex en se servant un grand verre d'eau.

C'est à cet instant que je l'aperçois. Éden avance vers nous avec sa grâce de chevreuil paumé, s'assoit à côté de moi et retire son blouson. Ses joues sont rosies par le froid piquant.

— T'étais où ?

— Je parlais avec le prof, répond-il d'une voix douce.

— Pourquoi ?

— J'ai oublié de rendre un devoir.

Il ramasse un petit pois avec ses doigts puis pose un papier plié au milieu de la table.

— Y'avait ça dans mon casier.

— La factrice a encore frappé, lance Jav dans un sourire taquin.

Il se penche vers la feuille, mais je la récupère avant.

— Qu'est-ce qu'elle te dit cette fois ? dis-je en la dépliant avec raideur. C'est la mode, maintenant, d'écrire des lettres d'amour sur du papier millimétré ?

Éden hausse les épaules, perdu dans ses pensées, en continuant à picorer ses petits pois à la main, un par un.

— Elle m'énerve, dis-je en parcourant la lettre. Elle m'énerve, elle m'énerve.

— Tu vas sortir avec elle ? demande Alex à Éden, à la fois curieux et sceptique.

Je lui donne un coup de pied sous la table, les traits froncés. Éden secoue la tête, déboussolé.

— C'était ma jambe, me lance Jav en léchant les bords de son papier à cigarette.

Je fourre la lettre d'Éden dans la poche de mon manteau pendant qu'Alex avale une bouchée de compote.

— Montre-lui ton chef-d'œuvre à toi, susurre Jav, son regard naviguant entre Éden et moi.

— Pas maintenant, dis-je, tendue.

— Me montrer quoi ? demande Éden en faisant tourner son verre sur la table.

Jav laisse échapper un rire franc qui tinte comme un collier plein de pampilles. Je l'observe avec étonnement.

— Pourquoi tu ris ?

— Je sais pas, répond-il en se frottant les yeux avec les doigts. On m'a dit une blague dans ma tête.

— Mais qu'est-ce que tu fous dans tes clopes, lâche Alex, consterné.

— Des trucs que ton programme informatique ne connaît pas.

— Bouffon, réplique Alex.

— Bouseux.

— Crétin.

— Ornithorynque.

— Ornithorynque ? répète Alex, perplexe.

— Ornithorynque, conclut Jav dans un regard pétillant.

Le menton dans la main, Éden sourit. J'agite mes doigts devant Jav et demande :

— Pourquoi t'as ri ?

— J'ai pensé à un truc sexuel.

— Tu penses constamment à des trucs sexuels, réplique Alex en se pinçant l'arête du nez.

— T'inquiète, R2-D2, les robots ne font pas l'amour. T'embête pas à comprendre comment ça marche.

Alex ouvre la bouche mais ne dit rien et tripote la fine chaîne en argent qui brille autour de son cou. Jav repousse pour la troisième fois une mèche de cheveux derrière son oreille.

— Sinon tu pourrais les couper, aussi, lui dis-je, moqueuse.

— Impossible, répond-il en dégageant sa tempe gauche. J'ai cette horreur à planquer.

— Comment tu t'es fait ça ? Pourquoi je suis pas au courant ?

— Une étagère s'est effondrée sur moi.

J'écarquille les yeux ; Éden ébauche un sourire lointain.

— Raconte.

— Y'a pas grand-chose à raconter. J'avais 6 ou 7 ans, je jouais sur la moquette et je revois ce truc énorme en train de basculer vers moi.

— Mais quel boulet tu fais.

— Le mec qui m'a recousu s'y est repris à deux fois tellement il galérait. Ça ressemble plus à une limace qu'à une cicatrice.

Alex regroupe ses feuilles plastifiées et les classe en un tas propre et net. Lorsque je tourne la tête vers Éden, il tourne aussi la sienne, de façon automatique. J'agrippe ses yeux jusqu'à ce qu'il s'esquive, le visage coloré sous les taches rousses.

— Vivement la fin du bac, dis-je, songeuse, que je balance tous mes cours à la poubelle. On fera un feu de joie, avec Jav.

— Tu m'étonnes, répond-il, j'ai hâte de gagner un max de pognon.

— Tu bosseras à la bibliothèque de ta mère ?

— Un max de pognon, j'ai dit. J'essaierai de me faire embaucher à la banque du père Maréchal.

Il prend une voix de canard puis ajoute :

— *Tenter de conquérir le monde, Minus.*

Alex lâche un sourire spontané qui me fait sourire aussi.

— Et toi, Édi ?

Il tourne la tête vers moi avec lenteur, le menton toujours dans la main.

— Je veux partir en Écosse et écrire un livre, dit-il, les yeux brillants. Et je veux une bibliothèque avec une grande échelle.

— Et une lampe verte ?

— Et une lampe verte. Une cheminée. Trois mille bouquins. Et un clavecin. Et un majordome aussi, si j'ai de l'argent.

Nos sourires réchauffent et emmaillotent l'atmosphère bruyante du réfectoire. Je crois qu'à cet instant, on s'imagine tous dans l'immense bibliothèque d'Éden, installés dans de beaux fauteuils au coin du feu, un air de clavecin dans l'oreille.

— Ça a sonné ? questionne Alex en ramassant ses feuilles de cours.

Jav récupère son yaourt et sa pomme pendant qu'Éden avale le fond de son verre d'eau. À la sortie du réfectoire, je m'arrête à côté de Jav, penché sur la cigarette qu'il tente d'allumer contre le vent.

— Comment il est quand il joue ? dis-je en contemplant le dos d'Éden à quelques pas de nous.

Jav se redresse, range son briquet dans la poche de son jean et tire sur sa clope avec énergie.

— Tu l'as entendu au square, l'autre jour, quand il nous a joué du Saint-Saëns.

— Mais non, dis-je, j'étais pas là, moi.

Nous marchons au rythme des expirations agressives du vent.

— Il fronce les sourcils, confie-t-il dans un nuage de fumée. C'est plus le même quand il attrape son violon ; il explose tout, autour.

J'acquiesce avec indolence, tentant de visualiser les attitudes qu'Éden prend lorsqu'il joue.

— Et il est tellement concentré que je pourrais danser la lambada déguisé en Ewok, il me verrait même pas.

J'éclate de rire.

— Qui connaît la lambada, Jav ?

— Mes parents dansaient sur ce truc, me répond-il en souriant autour de sa cigarette.

Il m'abandonne en pointant les toilettes, alors je me mets à suivre Alex et Éden. En passant devant la cafétéria, j'aperçois Sarah penchée sur ses cours. Je m'appuie à côté du casier qu'Alex est en train de fouiller. Un sillon barre ses sourcils.

— Tu me laisses recopier tes exos de physique ? lui dis-je, timide.

Il me tend son trieur d'une main blasée.

— Intercalaire jaune.

— Je sais, dis-je en déposant un baiser sur sa manche.

Il referme son casier puis me fait face, son manuel d'espagnol plaqué contre son torse.

— Je passe voir la prof de chimie.

— Pour un demi-point, Alex, t'exagères.

— J'ai *mérité* ce demi-point, râle-t-il avant de s'éloigner.

Lorsque j'appelle Éden, il tourne la tête avec lenteur. Son regard met de longues secondes à se fixer sur moi. Son sourire instable emplit le couloir.

SARAH

Un yaourt et une pomme atterrissent devant mon classeur. Jav s'assoit en face de moi, le sourire aux lèvres. Les rectangles clairs des fenêtres se reflètent dans ses yeux.

— Je mange pas les yaourts avec les doigts, lui dis-je sans m'arrêter d'écrire.

Il lève l'index, plonge une main dans la poche de son blouson et en sort une cuillère bossue.

— Tadaaa.

— Tu l'as volée ?

— Empruntée.

— Tu fais chier.

— J't'aime aussi, répond-il en se calant une cigarette entre les dents.

Posant ses Doc Martens usées sur le bord de sa chaise, il plisse les paupières comme s'il tentait de distinguer quelqu'un parmi tous les élèves qui s'agitent.

Jav est le seul à donner de grands coups de pied dans ma carapace et il le fait avec une habileté prodigieuse. Et, malgré tout ce que je peux dire, j'aime ses petites attaques amicales. J'aime ses yeux élancés qui ressemblent à des pendentifs. J'aime ses sourcils plus foncés que ses cheveux et sa peau mate de métis blond – Tunisie et Hongrie, c'est bien ça ? J'aime ses jeans bien trop larges pour lui et son débit de parole qui frôle les mille mots à la minute. J'aime ses doigts bouffés jusqu'à l'os, ses vannes à deux balles, son sourire de chat rusé.

Il lève sa cigarette pour m'indiquer qu'il part fumer puis s'éloigne vers le préau. Et moi, je n'arrive pas à détourner mon esprit de la pomme et du yaourt installés devant moi. Sous mes yeux, ma grille de caractères chinois sautille et se brouille.

C'est le collège privé qui a posé les derniers pièges autour de moi.

Nous devions porter une blouse bleu ciel qui ressemblait à un tablier et que nous personnalisions en secret : l'une écrivait des paroles de chanson sur la doublure pendant que l'autre détachait trois boutons du haut. Mais la sœur principale rôdait dans la cour de récréation, l'œil raide : *Mademoiselle Maréchal, pensez à repasser votre blouse la prochaine fois.* J'entends encore sa voix aride et insolente : *Mademoiselle Maréchal, votre jupe est trop courte, pensez-y la prochaine fois.*

Moi, je riais intérieurement. J'avais deux brindilles à la place des jambes et il n'y avait pas un seul garçon ici ; dès lors, pour qui ma jupe était-elle trop courte ? On nous apprenait sournoisement que le corps était une obscénité qu'il fallait cacher. On nous envoyait en confession pour purifier nos âmes. Je me revois marcher dans la chapelle, le cœur frappant au rythme de mes pas sur le sol de pierre. Face au prêtre, on n'avouait jamais les vrais péchés : on inventait des délits modestes, on brodait de petits crimes.

— J'ai dit beaucoup de gros mots.

— Hum.

— Et j'ai été méchante avec ma sœur.

— Oh.

— Et j'ai menti des fois.

— Ah.

— Je crois que c'est tout.

— Bon. Vous réciterez trois *Notre-Père* et huit *Je vous salue Marie.*

On m'enseignait que la chair était sale et qu'il fallait se priver de nourriture pour approcher Dieu. Je portais des chemisiers blancs à col Claudine, des jupes plissées bleu marine et des socquettes à dentelle. Les murs du collège étaient si hauts qu'avec mes amies on l'appelait « la prison ». On allait à la prison, on sortait de la prison ; une caméra nous épiait dans le couloir de l'entrée. Notre seule rébellion consistait à chanter des chansons des Spice Girls dans la cour de récré et à nous appliquer du crayon noir à l'intérieur de l'œil. Les notes étaient déclamées à voix haute pour que toute la classe en profite. Et la cloche résonnait dans les couloirs avec une violence stridente. C'est sœur Maria qui l'agitait dans le hall.

Elle cogne encore contre les parois de mon crâne, mêlée au brouhaha qui emplit la cafétéria.

Soudain, devant mes yeux, ma pomme prend vie et se hisse dans les airs.

— Hey, souffle Éden en la faisant sauter entre ses doigts.

— Y'avait quoi à manger ?

Chaque jour, je lui demande – c'est une façon pour moi de me nourrir par procuration – et chaque jour, il répond avec une patience égale.

— Poulet et petits pois, dit-il alors qu'Agathe s'assoit près de moi et déboutonne son manteau.

Elle sort sa chemise cartonnée puis une feuille simple, une règle, et commence à dessiner un graphique.

— C'est pas à Alex, ça ? dis-je en tapotant le bout de mon stylo-plume sur le trieur ouvert.

— Sarah, répond-elle en traçant des croix, quand je serai aussi douée que toi, je te ferai signe.

— Tu vois, c'est pour ça que j'ai la pression : à cause de phrases comme ça.

— Tu nous fais un complexe à la Alex ?

Son sourire a la fraîcheur des grands ciels de mai. Je souris à mon tour. Puis Éden repose ma pomme sur la table et rejoint Jav qui l'appelle, posté dans l'embrasure de la porte. J'observe Agathe en mâchant le bout de ma tresse.

— Tu te rends compte que c'est bientôt fini ?

— Quoi ?

— Nous, dis-je, le lycée. On va passer le bac et puis on va tous se quitter. Alex entre en médecine, toi en pharma, Éden se barre de l'autre côté de la Manche et Jav...

J'ébauche un geste interrogatif. Agathe tapote sa règle contre sa lèvre inférieure.

— Jav entre dans les Renseignements généraux.

— Ça m'étonnerait pas, lui dis-je, amusée. Mais quand même, j'ai jamais pensé qu'un jour on pourrait se décoller. Que *la vie* pourrait nous décoller.

— Ta fac de lettres est à dix minutes de ma fac à moi.

— Oui, mais ça sera plus pareil.

— Putain, tu me fous le cafard, Sarah.

Comme un acte magique, j'enserre mon poignet gauche et caresse les bracelets brésiliens que j'ai créés en l'honneur de mes amis : bleu pour Alex, vert pour Agathe, doré pour

Jav et orange pour Éden. Je les refais à chaque fois qu'ils se cassent.

— Y'a des potes de lycées qui se fréquentent encore, adultes, reprend Agathe.

— Mais ils sont rares.

— Pas forcément. Faut faire l'effort de ne pas s'oublier, aussi.

J'ai soudain l'image de la main d'Éden qui s'effrite dans ma main. J'ai l'image d'une rue désertée et d'un ciel de ciment. Les voix de mes amis résonnent, transparentes, sous une pluie de cendres tristes.

Il nous reste six mois pour consolider les sutures.

Je ne suis pas prête à les laisser s'en aller.

Je ne suis pas prête à être arrachée.

ÉDEN

Le prof d'histoire-géo parle et parle et je ne comprends rien à ce qu'il raconte. Je vois les bustes affalés sur les tables, j'entends les stylos-plumes crisser sur les copies, j'entends la craie sur le tableau.

Mais tout reste pour moi indéchiffrable.

— Écris, souffle Sarah en me donnant un coup de coude.

Mais je n'arrive pas à rentrer. Je suis parti trop loin. Je sors sans arrêt de mon corps ; ça m'est devenu extrêmement facile. La fille devant moi s'amuse à percer sa gomme avec la mine de son stylo. Derrière moi, ça ricane et ça marmonne.

— T'es chiant, chuchote Sarah. T'écris rien et tu vas encore me demander mes cours après.

— T'es chiant, la singe le mec derrière moi en prenant une voix pointue.

Je me retourne et envoie valser ses feuilles. Il écarte les bras avec emphase et crache :

— T'es débile ou t'es con ?

— *Le quarteron de gauche*, nous lance le prof dans un geste guindé. Je ne veux plus entendre un son.

Sarah me jette un regard noir avant de se repencher sur ses notes. Le prof claque des doigts à mon intention et répète ce qu'il était en train de dicter. Je replonge le nez dans mes grands carreaux. Je ne comprends pas ce qu'il dit. Le gars derrière moi continue à susurrer des idioties pour m'énerver. Je dessine des mandalas autour des trous de ma feuille.

Cette nuit, j'ai cru que j'avais à nouveau pissé au lit. Je me suis réveillé paniqué, trempé de sueur ; les draps collaient à mes jambes. J'ai cru que ça avait recommencé.

Parce que j'ai quand même pissé au lit pendant des années.

J'ai des problèmes avec mon corps. Je n'aime pas qu'on me touche, qu'on m'agrippe, qu'on me serre. Ça me fait l'effet d'une brûlure. J'ai l'impression qu'on m'agresse et qu'on m'envahit.

Et pourtant, j'aimerais tellement qu'on m'embrasse.

J'ai envie de choses douces, un peu naïves. J'ai envie de balades main dans la main quand tombe le soir et de discussions électrisées dans la nuit. J'ai envie de faire des cadeaux et d'y mettre tout mon argent de poche. J'ai envie de me laisser approcher. J'ai envie d'enlacer.

Mais je ne sais pas faire.

La peau des autres reste dangereuse pour moi.

— Éden, chuchote Sarah en m'adressant un regard tourmenté.

Je m'arrache à mes gribouillis tandis qu'elle pousse mon avant-bras à l'aide du livre d'histoire posé entre nous. Elle pointe un paragraphe en gras.

— Lis, ajoute-t-elle, nerveuse.

— Lis, répète le mec derrière moi d'un ton flûté.

De l'estrade, la voix du prof tonne avec grandiloquence :

— Que feriez-vous sans votre collègue de bureau, monsieur Dresden ?

Il atterrit près de moi avec sa hâte exceptionnelle et claque des doigts sous mon nez.

— Page 97, paragraphe trois. Un phrasé élégant. Exécution.

AGATHE

Le cours d'espagnol me rend léthargique. J'avale une grande gorgée de ma bouteille, puis j'attrape la feuille d'Alex et j'écris à l'encre jaune :

J'en ai marre de Franco, j'aime pas ce mec

Il lève les yeux au ciel et répond à la hâte, en noir :

Sans blague ??
C'était un dictateur !

Tu sens l'odeur de banane ?
C'est 1 stylo-senteurs ☺

Tu peux pas te prendre une nouvelle feuille ?
À chaque fois que tu écris sur mes cours,
je suis obligé de tout recopier ensuite.

J'écris autour, je te signale

Mais tu fais des pâtés partout.

C'est mon stylo qui bave
Il a la rage ☹

Il roule des yeux et tourne la page du livre. J'avale une troisième gorgée et les sons autour de moi se ramollissent.

J'ai besoin de vertiges, j'ai besoin de frissons. J'ai toujours eu la sensation que la vie n'était pas *assez*. Je veux la rendre *trop* : trop bruyante, trop risquée, trop puissante et trop colorée.

Alors, depuis quelques semaines, je glisse une cuillère à café de vodka dans mon demi-litre d'eau. Mes parents tiennent à leur apéritif du samedi soir ; tout est à ma portée : les bouteilles trônent dans un grand meuble en ébène surmonté de magnifiques verres à whisky.

Mais je ne considère pas que je bois : disons que je buvote.

Je me sens plus intéressante avec un peu d'alcool dans le sang.

Plus imaginative, plus confiante et – chose étrange – plus jolie aussi.

Je ne pense pas qu'Alex puisse trouver mon haleine suspecte, parce que j'ai pris l'habitude de lui voler des cachous. Et je n'estime pas que ce soit très grave : je ne buvote qu'en cours, quelques gorgées à peine, pour m'offrir l'illusion de journées plus intenses.

Et personne ne le voit.

Je veux simplement sauter, rire, valser. Je veux tourbillonner jusqu'à tomber par terre. Je veux que le monde éclate sous mes pieds.

— C'est une blague ? souffle Alex, furieux.

Je tourne la tête vers lui, l'applicateur du vernis dans la main.

— Mes ongles sont tout nus.

— Tu peux pas attendre la pause ?

— C'est « *coral lobster* ».

— La prochaine...

Il s'interrompt parce que la prof tapote sur le tableau avec mécontentement. Dans un soupir, il récupère sa feuille et écrit dans la marge :

La prochaine fois, je me mets tout devant et tu ne me suis pas.

C'est pas la peine de me crier dessus avec tes soulignages ☹

Ça pue, ton truc !

Batman n'est pas aussi méchant dans les comics

Quel rapport avec la conversation ?

C'est Jav qui t'appelle comme ça

Il me regarde avec étonnement. J'agite mes ongles vernis devant son nez.

— Alors ?

— Alors c'est rouge.

— Non, c'est orange.

Il saisit ma main et fronce les sourcils.

— C'est entre la grenadine et le coquelicot, dit-il, obstiné. Donc c'est rouge.

— C'est « frisottis d'Éden ».

Il reste une seconde interdit, puis lève les yeux au plafond en lâchant mes doigts.

— T'as débordé, en plus.

— C'était voulu.

La prof nous jette un regard agacé, mais je sais qu'elle ne dira rien : Alex est son meilleur élève. Il est à moitié espagnol et parle la langue couramment. Le monde ondule autour de moi. Mon stylo improvise des arabesques entre les mots serrés d'Alex. Lorsque je lève la tête vers lui, ses yeux sont deux glaçons parfaits.

De toute façon je préfère Superman

Un sourire fin étire ses lèvres et réchauffe les glaçons.

ALEXANDRE

Assis dans la cafétéria, je suis dérangé par Jav qui plaque une copie double sur la table.

— Tadaaa, lance-t-il, victorieux, en prenant place en face de moi.

Je me penche sur sa dissertation.

— À côté du 3, c'est une rature ?

— 13, monsieur, répond-il, fier. Et j'ai même pas grugé.

Agathe surgit sur ma gauche et s'assoit à côté de moi. Jav plisse les paupières, surpris.

— Vas-y, moque-toi, dit-elle dans un geste nonchalant de la main. Alex t'a raconté ?

— Je crois qu'il m'a laissé le plaisir de la découverte.

— O.K., deuxième édition pour Javori : j'ai éventré mon blanco et il m'a pété à la gueule.

Jav se penche en avant et s'appuie sur la table.

— Que se passe-t-il dans la tête d'une fille qui éventre son blanco ?

— La mine était bloquée, explique Agathe en fouillant dans son sac. Donc je l'ai ouvert aux ciseaux. J'ai frotté mes cheveux pendant dix minutes mais ça part pas à l'eau. Va falloir que je les lave ce soir.

Les yeux de Jav patinent vers moi.

— En cours de chimie, elle s'amuse à déchiqueter des piles ?

— C'est un vrai danger public, dis-je en haussant un sourcil.

Agathe me donne un coup de coude agacé tout en feuilletant son agenda. Jav fait glisser sa dissertation vers elle.

— Mate-moi ça, Malicia.

— T'as copié sur qui ? demande-t-elle, taquine, en jetant un œil à la note.

Faussement vexé, Jav replie ses jambes contre la table et passe ses bras derrière le dossier de sa chaise. Agathe subtilise ma trousse et fouille dedans en faisant voler mes stylos partout. Un gars gueule au fond de la salle et me fait sursauter.

— Tu sens la clémentine, susurre Agathe en se penchant vers moi.

— Mandarine.

— C'est pareil.

— Non : la clémentine est un croisement entre la mandarine et l'orange.

Elle tourne le visage vers Jav, amusée.

— T'imagines, si on faisait un croisement entre Alex et Sarah ?

— Le droïde parfait, dit-il dans un sourire sibyllin.

— Il t'en reste une pour moi ? me demande-t-elle en m'ouvrant ses grands yeux.

— Si tu me rends mes fiches de bio.

— J'ai osé t'emprunter tes fiches de bio ?

— Jav, dis-je, agacé. Tu baves sur mon bic.

Il sort le stylo de sa bouche, le lèche de haut en bas, puis me le tend. Je l'essuie sur mon jean et le range dans ma trousse.

— Petite récréation pour détendre l'atmosphère, marmonne Jav en déballant une bande de chewing-gum : qu'est-ce qui est vert et qui pousse au fond du jardin ?

— Une salade, suggère Agathe, occupée à détacher les coins prédécoupés de son agenda.

— Nan.

— Une tomate pas mûre.

— Nan. Un alien constipé.

Elle rit tandis que Sarah s'assoit à côté de moi, l'œil désespéré, son sac de sport à la main. Dans sa jupe grise et son gros pull torsadé blanc, elle me semble aussi fragile que du caramel filé.

— Piscine ? dis-je en lui jetant un regard soucieux.

Elle acquiesce puis chuchote :

— Quelqu'un veut aller nager à ma place ?

Jav lève les bras en soufflant une bulle cristalline qui claque dans sa bouche.

— Sans façon.

— J'ai même pas le droit de mettre un T-shirt.

— Pourquoi tu veux mettre un T-shirt ? lui dis-je.

— Pour cacher cette horreur, répond-elle en désignant son corps d'une main dure.

Je l'observe d'un œil perplexe. Jav, lui, plisse le front, tendu. L'éclairage aux néons nous donne des allures de vampires fiévreux.

— Ton prof est dingue, dis-je à Sarah. La piscine en décembre... J'ai les doigts violets même quand j'enfile des mitaines en cours.

Jav m'adresse un sourire piquant.

— Bah mets des taines entières.

Sarah éclate de rire. Agathe se lève, puis s'arrête derrière Jav et lui plaque les mains sur la bouche pour le faire taire. Il cramponne ses poignets et se libère aussitôt.

— Qu'est-ce qui est orange et qui pousse au fond du jardin ?

Agathe se rassoit avec maladresse ; je surligne la mauvaise phrase et ronchonne entre mes dents.

— Un alien qui a mangé trop de carottes, dit-elle, enthousiaste.

— Nan.

— Un alien roux ?

— Nan. Une orange au fond du jardin.

Le rire d'Agathe recouvre les voix bruyantes de la cafétéria, tandis que Jav se balance sur sa chaise. Indifférent, je sors ma boîte de cachous et en avale deux.

— Je crois qu'Alex a pas compris, murmure Jav en plissant ses amandes grises.

Je lui jette un regard en biais.

— Il a compris, mais il trouve pas ça drôle.

Jav lâche un rire spontané, toujours en équilibre sur les pieds arrière de sa chaise. Agathe étend sa paume devant mon nez ; j'y verse de petits carrés noirs.

— Il a été livré avec le mode d'emploi ? dis-je en pointant Jav du menton. Y'a quelqu'un qui sait comment on l'éteint ?

La chaise de Jav retombe sur le lino. Il allonge ses bras sur la table.

— Cherchez pas, j'ai pas de bouton *off*.

— Pas encore, dis-je, impassible. Je vais t'en construire un.

Il aiguise ses yeux d'Égyptien, la bouche agacée par une moue d'indignation.

— J'ai peur de te tuer par mégarde un jour, Carraz.

— Tu plaisantes ? Tu seras bien content de venir à mon cabinet pour ton incontinence et tes rhumatismes.

Sarah rit doucement en frottant ses cuisses glacées. Jav souffle une bulle embuée qui éclate contre ses lèvres dans un froissement mou, puis il marmonne :

— Bon dieu, j'ai hâte.

Agathe ouvre un classeur qui disperse tout un tas de feuilles mélangées sur mes cours. L'une d'elles s'envole vers la table voisine ; Jav se penche pour la ramasser.

— Tu te souviens de notre premier clash en seconde, Alex ? demande-t-il d'une voix plus vive. J'avais utilisé une insulte pas jolie-jolie.

— Je m'en souviens.

— Et tu m'avais répondu quoi ?

— Aucune idée.

— Tu m'avais jeté ton regard Carraz et tu m'avais répondu, je cite, « c'est celui qui dit qui l'est ».

Agathe m'envoie son coude dans le bras en me tirant une langue noire. J'esquisse un sourire au-dessus de mon surligneur vert.

— Ça me ressemble bien.

— Je me rends compte du taf qu'il me reste à faire avec toi.

— J'ai fait quelques progrès quand même, depuis.

Jav m'adresse une grimace dubitative ; je lui tends mon majeur. Agathe se penche vers moi et plaque un baiser sur ma joue.

— C'est tout collant, dis-je en m'essuyant sur la manche de mon pull.

— C'est du gloss.

— Dresden risque d'être jaloux, lance Jav.

Agathe lui tend une mimique contrariée.

— Dresden n'a qu'à se décoincer un peu et me rouler une pelle.

— Il est où, d'ailleurs ? dis-je en tournant la tête vers Sarah.

Elle hausse les épaules en décollant de sa chaise, son sac entre les mains.

— J'en sais rien mais c'est l'heure de la piscine, alors priez pour nous.

— Amen, lui lance Jav en exécutant un signe de croix dans le mauvais ordre.

— Ne le noie pas, ajoute Agathe dans un regard moelleux. J'aime beaucoup ce garçon.

ÉDEN

Le prof de sport m'étudie avec incrédulité, bras croisés sur le torse.

— Et tu comptes te payer ma tête encore longtemps ?

Je baisse les yeux sur le carrelage, le cœur désordonné, et tripote le mot que j'ai falsifié.

— Tu m'as jamais posé problème pendant le hand ou le volley. Qu'est-ce que tu reproches à la natation ?

Je hausse les épaules, englué dans mes peurs et mes mensonges.

— Tu sais nager ?

— Oui.

Il m'arrache la feuille des mains et l'agite devant mon visage.

— J'appelle ta mère pour qu'elle authentifie sa prose ?

— Non, s'il vous plaît, lui dis-je, honteux.

— Tu préfères un avertissement sur ton livret scolaire ?

Je baisse à nouveau la tête, misérable. Il m'adresse un claquement de langue agacé en se poussant vers le mur pour laisser passer les élèves.

— Elle comptera pour ton bac, ma note, Éden.

— Je sais.

— Je te veux dans l'eau dans cinq minutes, dit-il en déchirant le mot d'une main vive.

— J'ai pas mon sac.

Ses yeux butent contre les miens et les fouillent. Mon cœur tousse et suffoque. Je ne peux pas lui dire que l'odeur du chlore m'est insupportable et que l'idée de devoir exhiber mon corps devant vingt-cinq élèves me terrorise au point d'en avoir la nausée.

— Dans l'eau, Éden, m'ordonne-t-il, plus sec, en tendant le bras vers les vestiaires. Je t'apporte un maillot.

Je me mords la lèvre en suivant les autres mais, dès qu'il me tourne le dos pour descendre les escaliers, je fais demi-tour et m'enfuis. La porte se referme derrière moi dans un sifflement matelassé.

— C'est à l'intérieur, la piscine, me lance Sarah en s'avançant.

— J'y vais pas, lui dis-je en accélérant le pas.

Elle me suit du regard et se retourne lorsque je la dépasse.

— Éden, râle-t-elle en frappant les graviers du pied. Je vais encore passer deux heures sans personne avec qui parler.

— Y'a Manon et sa bande.

— Je *me fous* de Manon et sa bande, ces filles sont parfaites. Est-ce que j'ai envie de traîner en maillot à côté de filles parfaites ?

— J'ai oublié mes affaires, dis-je, embarrassé.

— T'as rien oublié, tu le fais exprès.

J'écarte les bras, démuni, en continuant à marcher.

— Désolé, dis-je tout bas avant de me mettre à courir.

GABRIEL

Le papier cigarette roule entre mes doigts froids. J'aplatis les brins de tabac qui s'échappent des extrémités et, du coin de l'œil, j'aperçois Éden qui s'avance vers moi. Il marche avec son éternelle torpeur, un livre plaqué sur sa hanche.

— Mirage en vue, dis-je en retirant mes écouteurs.

Il ébauche un sourire mince qu'il efface aussitôt.

— T'es pas censé nous faire de la brasse, toi ?

— Je me suis bidouillé un mot d'excuse, dit-il, la voix aussi fine qu'un bruissement de cils. Le pire, c'est que cette fois ça a foiré.

Il esquive mon regard, pose son livre sur le banc et s'assoit en serrant ses genoux dans ses bras.

— T'aimais bien la piscine avant, lui dis-je en allumant ma cigarette.

— Avant.

— Tu vas finir par avoir des emmerdes, Éden.

— Mets-toi en slip de bain, on en reparle après.

— Là, t'as pas tort, dis-je d'un ton plus léger. Nous faire ça à notre âge, putain.

Il hoche la tête avec engourdissement.

— Remarque, lui dis-je, moi j'ai droit à la poutre et aux barres parallèles, alors t'es pas si mal tombé.

— N'importe quoi plutôt que la piscine, souffle-t-il d'une voix qui s'effrite. Et personne ne peut me forcer à me déshabiller si j'en ai pas envie.

Lorsque je lui tends ma cigarette, il l'attrape avec une maladresse étrange.

— Agathe t'a vu traîner près du gymnase, lui dis-je, plus doux.

— Et puis ?

— Pendant les cours.

— Agathe n'est pas ma mère.

Ses doigts tremblent lorsqu'il me rend la clope.

— Ça va pas, toi, en ce moment, lui dis-je tout bas.

Il croise mon regard une brève seconde puis l'esquive et hausse les épaules.

— Si, ça va.

Je lui donne un coup de coude affectueux.

— Je comprends rien à ce cours, jette-t-il, plus dur. Je sais pas *ce qu'il faut dire.*

— C'était quoi ma question ? dis-je, déstabilisé.

— Je séchais la philo, explique-t-il, le front chiffonné, en frottant ses genoux.

— On te demande pas de *comprendre*, Éden, mais de donner ton avis.

— J'en ai pas, d'avis.

— Bien sûr que si. Tout le monde a un avis.

Il soupire avec rudesse, les yeux étincelants.

— J'ai pas d'avis, répète-t-il, obstiné. Et si Nietzsche ou Bergson ont déjà écrit dessus, pourquoi on m'emmerde ?

— On veut savoir ce que *toi* tu en penses.

— Mais je *sais pas* ce que j'en pense, dit-il en écartant les bras, fébrile.

Il se frotte le visage puis me vole à nouveau ma cigarette.

— Demandez-moi de recracher des kilomètres de cours mais me demandez pas mon avis.

— Moi, c'est ça qui me plaît. D'ailleurs, j'ai fait remarquer à ma prof combien c'était stupide de se baser sur les propos de types qui ont vécu y'a deux mille ans pour comprendre les problèmes de la vie moderne.

Ses lèvres esquissent un sourire frêle mais franc.

— Elle a tenu dix minutes avant de me virer de la classe.

— D'où le squattage de banc ?

— D'où le squattage de banc.

Un souffle de vent vient déranger nos cheveux. Le froid me brûle les joues. Il tire à nouveau sur ma cigarette puis me la rend en tournant la tête vers un mec qui gueule sous le préau.

— Je dors chez toi cette nuit, murmure-t-il en posant son front sur ses genoux.

— Cette nuit, ça va être compliqué mais demain, sans problème.

— Tu la vois ce soir ?

— Yep.

— Demain alors.

— Ça va finir par jaser, dis-je pour le détendre.

Il lâche un début de rire mou puis renifle et tire sur ses manches pour réchauffer ses mains.

— J'ai pas laissé des partitions chez toi ?

— Peut-être. Lesquelles tu cherches ?

— Du Mendelssohn.

— Mon foutoir est à ta disposition.

Il se mordille la lèvre inférieure en regardant fixement devant lui. Je pointe le livre posé sur le banc.

— Y'a encore des Jules Verne que t'as pas lus ?

— Il en a écrit soixante-deux, tu te rends compte ?

Je hausse les sourcils et l'observe caresser la vieille couverture rigide.

— Toi, t'en écriras soixante-trois.

Il secoue la tête mais je sais qu'il est touché.

— Gab ?

— Yep.

Ses doigts tapotent sur son genou avec nervosité. Si nets ses ongles, à côté des miens rongés jusqu'à la matrice. Ses yeux enlacent les grappes d'élèves qui emplissent le préau. Il renifle mais reste obstinément mutique, tandis que la sonnerie nous frappe de son cri suraigu.

— J'ai une heure de colle à faire, dis-je en sautant du banc.

— Encore ?... Maintenant ?

J'acquiesce en sortant une nouvelle roulée que j'allume avec mon mégot avant de la lui offrir. Il sourit et tire une longue taffe, paupières à demi-closes. Les nuages se reflètent dans ses iris roux comme de la dentelle d'écume.

ÉDEN

J'observe sa silhouette jusqu'à ce qu'elle ait disparu dans les escaliers et la solitude me déchire le ventre. J'attrape mon livre et me lève, m'arrête face aux casiers pour y récupérer mon sac, et je passe la grande grille du lycée. C'est à ce moment-là que la voiture de mon frère freine devant moi. Il abaisse la vitre du siège passager.

— Recrache-moi ça et monte.

— Mais pourquoi t'es là ? Je finis à cinq heures le jeudi.

— Alors qu'est-ce que tu fous dehors ? me charrie-t-il. T'y vas jamais, à la piscine, y'a ton sac de sport qui traîne dans l'entrée depuis des plombes.

— J'allais prendre le bus.

— Monte, répète-t-il, crispé, en ouvrant ma portière. Ça fait trois fois que je tourne et je bloque toutes les bagnoles.

J'éteins ma cigarette, la range dans la poche de mon blouson et m'installe à ses côtés. Ça sent la bière piquante et le mauvais sandwich.

— Maman veut qu'on t'achète un nouveau jean.

Je tourne la tête vers lui, déconcerté.

— Il est très bien, mon jean.

Matthias coule son regard sur mes jambes et m'adresse un sourire railleur.

— Si tu parles de cette guenille, sache que c'est pas un jean.

— Mais j'ai pas envie d'essayer des jeans.

Il frappe sa paume sur le volant.

— Bordel, maman te paye un nouveau fute et toi tu râles ?

Je soupire et me renfonce dans mon siège, le livre pressé sur mon ventre. Je sens l'angoisse grimper.

— Allez, fais pas la tronche, Spirou.

J'augmente le chauffage puis tourne la tête vers la vitre et mon regard se perd dans les bâtiments qui défilent. En quelques minutes, le soir est tombé. Le tableau de bord indique 16 h 43. Les phares des voitures s'emmêlent en un long coulis lunaire. Au loin, des sirènes d'ambulance cisaillent le silence lourd.

— Fais pas la tronche, répète Matthias en me frottant la joue avec son pouce.

Il agace ma peau, la pince.

— Laisse-moi, dis-je en repoussant sa main.

— Dis donc, qu'est-ce que t'as bouffé aujourd'hui ?

Il tambourine sur le volant puis freine brusquement lorsque le feu passe au rouge. Je serre les dents et me concentre sur les lumières de la ville qui percent le crépuscule. La voiture saute à chaque fois que Matthias roule sur un nid de poule sans ralentir. Certains arbres sont vêtus de minuscules guirlandes colorées.

J'ai pas envie de me déshabiller, Matthias, voilà.

J'ai pas envie d'apercevoir mon corps dans les grandes glaces du magasin.

Du coin de l'œil, je le vois qui m'observe. Ses doigts martèlent le levier de vitesses.

— Souris, m'ordonne-t-il en tirant mes lèvres vers le haut.

Je me dégage d'un coup de tête ; il me balance une baffe qui mouille mes cils et me casse la respiration. Je serre les dents. Il enfonce le klaxon.

— *Mais bouge ton tas de boue, connard,* gueule-t-il en direction de la voiture qui nous précède.

Je ferme les yeux et laisse ma tempe épouser la vitre glacée.

AGATHE

Au loin, j'aperçois Jav en train de fouiller dans son casier, les écouteurs plantés dans les oreilles. Il fredonne en agitant la tête. Je m'arrête dans son dos et lui tapote l'épaule.

— C'est quoi ?

Il se retourne et ôte une oreillette en perçant une bulle de chewing-gum entre ses dents.

— C'est ta musique de Nosferatu ?

— Yep.

— Tu fais écouter ?

Aussitôt, ça m'arrache une grimace.

— On dirait un genre de messe noire.

— C'est pas loin, réplique-t-il, songeur.

Ses pommettes accrochent la lumière agressive. Je lui rends l'écouteur et lui lance :

— Mon groupe a besoin d'un nouveau bassiste.

— J'ai jamais tenu une basse de ma vie.

— Si tu fais l'effort d'essayer, je te tricoterai un joli bonnet.

— Tu m'as déjà vu porter un bonnet ?

— Un pull tout doux ? Un Jabba machin en crochet ?

— Jabba le Hutt.

— Jabba n'importe quoi, tant que tu viens.

Il me tend un sourire canaille puis s'accroupit au-dessus de son sac pour y ranger un livre.

— Serais-tu en train de m'acheter ?

— Jusqu'à la moelle, dis-je en papillonnant des cils.

Il se relève, désenchanté.

— Agathe, le seul truc potable que je sais jouer, c'est *J'ai du bon tabac* à la flûte.

— Tu fais de la flûte, toi ?

— J'en faisais, au collège. Et j'avais 2.

Frustrée, je le pousse, mais il me cramponne le poignet avec une rapidité de lynx et le plie jusqu'à me faire tomber à genoux. Je pousse un gémissement voilé.

— Ne défie jamais un 2e dan d'aïkido, lance-t-il, très fier. Voici un superbe *kote gaeshi*.

J'attends qu'il m'ait lâchée pour me relever.

— T'es juste 4e kyu, dis-je en massant mon poignet.

— « Toujours en mouvement est l'avenir », répond-il en claquant la porte de son casier. Maître Yoda.

Je le suis comme il se dirige vers le préau et tente d'allumer une cigarette dans un vent insensé. Les spots éclairent nos visages avec dureté, nous donnant des allures de spectres. Le ciel est aussi inquiétant qu'un dessin à l'encre de Chine.

— J'ai pas réussi à convaincre Alex de venir s'amuser chez Clément, dis-je, déçue.

— C'est le mot *s'amuser*, ça a dû l'effrayer.

Je lui frappe le bras d'une main lasse.

— Maintenant, dis-moi la vérité : Éden a une copine cachée ?

— Planquée entre le matelas et le sommier.

— Jav... dis-je, fatiguée.

— Pas à ma connaissance.

— Elle était comment, la fille de cet été ?

J'aperçois un tressaillement sillonner ses iris.

— J'en sais rien, je l'ai pas croisée.

Je me décale et m'abrite du vent derrière sa longue silhouette mince.

— Alors qu'est-ce qui cloche avec moi ? Tu le connais depuis quoi... six ans ? sept ?

— Onze ans. CE1. Coincés devant le bureau de la maîtresse. J'étais le cancre et lui le miro à grosses lunettes qu'on colle au tout premier rang.

Je souris au bitume.

— Dis-moi, qu'est-ce qu'il a dans la tête ?

Il se frotte la lèvre inférieure avec l'ongle du pouce. La fumée ondule devant son regard pensif.

— Éden me dit pas tout, Agathe.

— Oh, s'il te plaît, à d'autres.

— Il a toujours été un peu zarb, murmure-t-il en jetant ses yeux vers un gars qui rit trop fort. Je l'ai connu comme ça. Je l'aime comme ça. Même s'il a commencé à s'assombrir depuis plusieurs années.

— S'assombrir ?

Il hausse les épaules, confus. Je le pointe du doigt avec gravité.

— C'est toi qui m'éponger as le cœur, ce soir, si Éden le piétine.

— Tu nous prépares une déclaration shakespearienne ?

— J'ai même pas lu Shakespeare.

— Et tu t'en vantes ? fait-il en souriant autour de sa cigarette.

— Alors ? Tu m'éponges ou tu m'éponges pas ?

— Je t'éponge jusqu'à dix heures max, mais pas plus tard : j'ai un rencard.

Je le dévisage de longues secondes avec un mélange de trouble et de jubilation.

— C'est une fille du lycée ? On la connaît ?

Son sourire se déploie jusqu'à dévoiler ses canines saillantes mais il s'obstine à secouer la tête, hermétique.

— O.K., dis-je en lançant mes yeux au loin vers le gymnase. Garde tes grands secrets. Mais tu m'éponges ce soir.

— Ça marche, Tornade.

J'arrange mon sac sur mon épaule.

— Je file à l'auto-école. Préviens ton pote qu'il y a là-bas un garçon que j'aime bien. Et surtout *qui m'aime bien.*

Il plisse les paupières. Un frémissement fin dérange ses cils. Ses yeux ressemblent à deux fragments de lune. Je me dirige vers la sortie puis me retourne une dernière fois, intriguée par son rendez-vous secret. Il m'adresse un clin d'œil impénétrable sous le voilage de la fumée.

SARAH

— Sarah : un, la piscine : zéro, lance Jav en s'asseyant sur le lino de la cafétéria à mes côtés.

— Éden m'a encore lâchement abandonnée.

— Je sais, souffle-t-il, plus grave.

— Ton bus a du retard ?

— Je l'ai vu filer devant moi et j'ai la flemme de rentrer à pied. J'ai même failli me faire percuter par un con de vélo en voulant l'attraper.

Il passe son sac par-dessus sa tête et le laisse retomber d'une main lasse.

— Journée de merde, ajoute-t-il en fermant les yeux. Je sors d'une heure de colle, je me suis fait gauler avec mon téléphone en cours d'éco, la fille derrière moi est une fétichiste du cheveu et je vais bientôt être blacklisté par la prof de philo. Pourquoi je me suis levé, ce matin ?

Lorsqu'il rouvre enfin les paupières, je tapote sa manche en pointant les écouteurs qui crépitent autour de son cou.

— C'est quoi ?

Il m'en tend un que je plonge aussitôt dans mon oreille. C'est tellement lourd et saturé que ça fracasse toutes mes pensées.

— Oh, c'est ta musique de démons.

Il sourit. Je repose l'écouteur sur son épaule, les yeux hypnotisés par la table du fond.

— Jamais entendu des rires plus idiots, lâche-t-il en suivant mon regard. On dirait un troupeau de bovins.

Je lui donne un coup de coude affectueux dans le bras.

— Un troupeau de chameaux ?

J'éteins mon sourire en arrachant les peaux gercées autour de mes ongles. À chaque fois qu'un des copains de Yannick gueule plus fort, je sens mon cœur accélérer.

— Il m'a traitée de pouffe, dis-je d'un coup.

Jav tourne la tête vers moi.

— Pardon ?

— Le pote de Yannick. Celui à la casquette verte. Il m'a traitée de pouffe.

Lorsque je jette un œil timide vers lui, ses sourcils sont froncés. Son regard s'embrase, impatient.

— Où, quand, pourquoi, comment ?

— Mardi, en salle d'étude. Ils étaient là, tous les quatre, à gratter les tables. Je suis passée devant eux, et le pote de Yannick a soufflé : « Tu dis pas bonjour à ta pouffe ? »

Il prend appui sur le lino et se relève.

— O.K., dit-il. Je me le fais.

— Non, dis-je en tirant sur la manche de son blouson. S'il te plaît, non.

Il se rassoit en secouant la tête, atterré.

— C'est pas correct, Sarah.

— Je sais. C'est rien. Oublie.

— Et ton Yannick, il a fait quoi ?

— Il a évité mon regard. J'avais envie de disparaître.

— Le sale vendu, crache-t-il tout bas.

Je tripote ma bague avec égarement.

— J'ai l'air d'une pouffe ?

— Bien sûr que non, répond-il, abasourdi.

— Alors pourquoi il me fait ça, Jav ? Pourquoi il s'amuse avec moi ? Pourquoi il me dit pas très simplement : « non, tu m'intéresses pas, dégage » ?

Il soupire, indigné. Ses yeux gris prennent une teinte minérale sous la lumière des néons. J'ai envie d'attraper sa main. J'ai envie qu'il me serre fort pour dévier le mal. Du coin de l'œil, je le vois faire danser une cigarette entre ses doigts.

— La moitié des mecs du lycée te bouffe des yeux, mais toi tu choisis le seul péquenot qui te regarde pas.

Je souris à la fenêtre en mâchouillant le bout de ma tresse mouillée. Telles des ombres chinoises, les arbres esquissent une étrange chorégraphie, lente et molle. Mon estomac fait un bruit de carton qui craque.

— Je parie que ma pomme et mon yaourt sont en train de moisir dans ton casier.

Je serre les lèvres, un peu honteuse.

— Feu ma pomme, chuchote-t-il pour essayer de me détendre.

Je pousse sa jambe avec la mienne.

— Feu mon yaourt.

— T'es lourd, Jav.

— Le sol tient le coup, pourtant.

J'agrandis mon sourire en replaçant une mèche égarée derrière mon oreille. C'est à ce moment-là que la bande de Yannick décide de malmener le baby-foot.

— Tu manges pas, Sarah. Tu manges rien. Que dalle.

Choquée, j'attrape mon sac et je me lève brusquement, mais il me cramponne aussitôt le creux du coude.

— Pardon, dit-il très vite en agrippant mes yeux. Je suis un con. Pardon.

J'hésite un instant puis je me rassieds auprès de lui, gênée.

— On se fait du souci, Sarah.

— S'il te plaît, stop, dis-je en dressant une main tremblante.

Il hoche la tête, élégant, et durant une longue minute, seuls le bruit métallique du baby-foot et le ballet des élèves nous unit.

Je ne sais pas pourquoi je fais ça, Jav.

Maigrir est devenu la réponse à tout, la solution à tout.

Pour capter les regards ou, au contraire, pour disparaître. Pour que rien n'accroche sur ma peau et que tout soit fluide et net. Pour repousser les mains menaçantes des garçons. Pour m'excuser d'avoir un corps qui s'épanouit et de me transformer en femme. Pour avoir l'illusion d'accomplir quelque chose d'exceptionnel puisque je me sens inutile et fade. Pour avoir la sensation furtive d'être Dieu.

Pourtant, ce corps a été mon ami, un jour. J'avais 7 ans, 9 ans, 11 ans. J'étais mousse, parfum, étoile, aile de papillon.

J'ai perdu la légèreté et j'ai perdu l'innocence.

Où est passée la brillance du début ?

Comment redevient-on une aile de papillon ?

— Tu dis : *on* se fait du souci, mais t'es le seul à t'inquiéter.

— Je suis le seul à t'en parler, nuance.

Je lui jette un regard sceptique auquel il répond par un clin d'œil affectueux.

— Éden est toujours dans sa bulle et Alex dans ses équations, dit-il, mais Agathe a emprunté un bouquin sur le sujet à la bibliothèque et elle m'en parle souvent.

Mon cœur rate un battement. Je suis en train de chercher ce que je pourrais répliquer lorsque la bande de Yannick quitte la cafétéria dans une farandole de ricanements sourds. Jav tend les bras vers le plafond pour délasser son dos puis ramasse son sac et le passe en bandoulière.

— Allez, je rentre auprès de mes cartons, lance-t-il d'un ton blasé.

— Vous les avez pas encore déballés ?

— Eh non. Je vais pisser et je bute contre des cartons. J'entre dans la baignoire et je bute contre des cartons. Même dans les cartons, y'a d'autres cartons qui pondent d'autres cartons.

Un rire spontané m'échappe et me réchauffe la poitrine.

— J'exagère, ajoute-t-il en jetant ses yeux vers les fenêtres foncées. Je les apprivoise peu à peu. On te voit chez Duval ce soir ?

Je fronce le nez en rougissant.

— Alors à demain, dame Sarah, me souffle-t-il dans une courbette avant de quitter la cafétéria.

ALEXANDRE

J'ouvre la porte, essuie mes pieds sur le paillasson et je pose mes clefs sur le coffre de l'entrée. La femme de ménage a laissé dans la maison un parfum de détergent au citron. J'ôte bonnet, écharpe et mitaines, suspends mon manteau et pénètre dans la cuisine, mon téléphone à la main. Un mot trône sur l'îlot central, placé sur un vieux cahier de recettes. L'écriture ciselée de ma mère. Elle me demande de préparer la tarte au potiron de la page 56 et d'étendre le linge.

J'attrape un couteau et une assiette sur laquelle je pose une pomme et un œuf dur, puis traverse le couloir jusqu'à ma chambre. J'ôte mes tennis et je m'allonge sur mon lit, les bras en croix. J'écoute le bourdonnement des voitures qui passent sur la route. J'écoute le concert excentrique des oiseaux d'hiver.

Un instant de répit, à ne rien faire d'autre que respirer.

Puis je me redresse et tranche ma pomme en huit croissants de lune impeccables. J'écale mon œuf et le coupe en huit rondelles plus ou moins égales.

J'aime les choses symétriques ; ça me donne une impression d'ordre et de maîtrise.

On ne peut pas contrôler le monde, mais on peut contrôler tout ce qui fait partie de ce monde.

La musique de mon téléphone fendille mes pensées.

Agathe. C'est toujours Agathe.

Tu viens à la fête tout à l'heure

Ou pas.

Puis j'écris un deuxième message pour Jav :

*Dis à Le Gall de me lâcher la ******.*

Il répond aussitôt :

C'est pas un gros mot ça, Alex

Grappe.

CHEF OUI CHEF !

Mais elle revient vite à la charge :

Jav a juré qu'il ne vomirait plus
sur ton joli pull blanc

Y'a une abeille qui m'embête
et qui fait bzzz bzzz.

???
Bah fais-la sortir

Je souris en mastiquant mes tranches de pomme, puis j'ouvre l'armoire de ma chambre et récupère la boîte à chaussures que j'ai placée au fond. J'allume la chaîne HI-FI, lance *November rain* des Guns N' Roses et appuie sur « Repeat ». Puis je m'installe à mon bureau, sors des crayons, des stylos ainsi qu'un bloc de feuillets que j'ai passé des heures à découper.

Et je dessine.

Je ne pense plus à rien pendant que ma main court sur le papier. Ça me vide la tête de tous les parasites qui m'agressent.

J'esquisse des portraits de gens que j'ai aperçus dans la rue ou j'invente des paysages de fantasy peuplés de créatures surnaturelles et féeriques.

Mais ce que je préfère dessiner, ce sont des flipbooks.

Je raconte la vie du lycée en une cinquantaine de petites feuilles sur lesquelles je mets mes potes en scène. J'ai toujours des pinces à dessin dans mes poches de manteau parce que je crayonne n'importe où, n'importe quand. Au fond de mon armoire, j'ai trois boîtes à chaussures dans lesquelles sommeillent près de 276 flipbooks. J'aime ces carnets sur lesquels mes potes m'accompagnent et s'éternisent. Ces bouts de nous tatoués au stylo Bic que rien ne peut toucher.

Un lieu secret dans lequel mon père n'entre pas et n'entrera jamais.

Mon téléphone bipe à nouveau et entaille ma concentration.

J'ai compris, c'était moi l'abeille :(

Le numéro que vous avez composé
n'est plus attribué.

Ok, je te désaime

Je repousse le téléphone et replonge dans mes croquis.

Elle est envahissante, Agathe, mais c'est une amie attentive et rayonnante. Avec son carré ondulé, son nez pointu et sa fossette au-dessus de la lèvre lorsqu'elle rit. Avec son parfum d'amande et de praliné qui te donne envie de sucré. Avec ses yeux vifs et brillants qui te disent qu'elle connaît déjà tout du monde et qu'elle n'est pas dupe.

Elle me pousse hors de mes cases rassurantes et m'encourage à vivre mes 16 ans avant d'avoir le temps de devenir vieux. Elle me défie sans cesse et m'entraîne dans son tourbillon effréné et solaire. Et, même si je ne parviens pas encore à la suivre où j'aimerais la suivre, ses invitations s'impriment et voyagent en moi, plantant çà et là des graines qui ne demandent qu'à germer.

Agathe est la seule qui sait qu'un second garçon s'abrite au fond de moi, moins sérieux et plus gai, et elle tente de le faire éclore.

C'est probablement celle qui restera lorsque tous les autres seront partis.

Je relance le solo final de guitare pour la troisième fois, tout en peaufinant le tulle d'un tutu. En ce moment, je dessine une danseuse qui tournoie, pour Sarah. Trente-deux fouettés, m'a-t-elle dit, dans *Le Lac des cygnes*. Trente-deux pirouettes sans s'arrêter.

ÉDEN

— Déjà rentrés ? s'étonne ma mère en éparpillant des rondelles de pommes de terre dans un plat à gratin.

— Je suis innocent, jette Matthias avant de grimper l'escalier et de s'enfermer dans sa chambre.

Je lâche mon sac sur le carrelage et j'appuie mes bras sur la table. Les yeux de ma mère glissent sur mon jean abîmé.

— J'aimerais quand même que tu portes un beau pantalon à Noël.

— Y'avait rien au magasin.

Elle attrape le sachet d'emmental et l'émiette sur sa préparation. À l'étage, Matthias lance un CD de techno.

— Il tire le rideau d'essayage à chaque fois que je me déshabille.

Elle sourit en s'emparant d'un pot de crème. Je fais glisser le fromage râpé vers moi et pioche une poignée de brins moelleux.

— C'est pas bien méchant, mon cœur.

— Mais *moi*, ça me gêne.

— Ton frère t'adore, répond-elle en tendant la main pour me reprendre le sachet.

Alors pourquoi il me fait ça, maman ?

— On ira tous les deux, d'accord ?

— D'accord.

Je me penche sur la table et glisse mon doigt sur le rebord de la crème fraîche.

— Y'a une fête chez Clément Duval, ce soir.

— Duval... fait-elle, pensive.

— La maison avec la grande piscine et le portail bleu. Matthias m'y a emmené une fois.

— Qu'est-ce qu'il fête ?

— Son anniversaire ?

— Tu n'as pas l'air très au courant.

— C'est Agathe qui nous traîne là-bas, j'en sais pas plus.

— Agathe, sourit-elle, concentrée sur son gratin. La petite qui t'appelle souvent ?

Je lève les yeux au ciel mais elle ne me voit pas.

— Tu veux y aller ?

— Oui. Non. Je sais pas.

— Ne me mange pas ma crème, dit-elle d'une voix tendre en tapotant le dos de ma main.

Du bout du doigt, je récupère les miettes d'emmental tombées sur la table et les grignote.

— Finalement, ton père vient le 25, dit-elle. Il a appelé tout à l'heure.

Je sens mon corps se raidir malgré moi.

— Elle sera là aussi ?

Ma mère hoche la tête et lève ses grands yeux foncés sur moi. Je réalise que c'est la toute première fois qu'elle me regarde depuis que je suis rentré.

— Tu as une petite mine, mon cœur.

— Je crois qu'elle m'aime pas.

— Allons bon.

— Elle ne parle qu'à Matthias.

— Parce que ton frère *lui répond* quand elle s'adresse à lui.

— Moi aussi.

— Non, tu ne sais pas entretenir une conversation, réplique-t-elle dans un sourire câlin.

Derrière elle, le four achève son préchauffage dans un claquement mat.

— Elle me pose des questions, mais se fiche des réponses.

— C'est ta belle-mère maintenant, fait-elle, plus dure, avant de jeter un regard vers l'escalier. Mais pourquoi ton frère met sa musique aussi fort ?

— Papa veut nous montrer qu'il a refait sa vie, il ne vient pas pour nous.

— Éden, marmonne-t-elle, assombrie.

Je me mords la lèvre avec culpabilité. Je sens bien que je l'ai meurtrie.

— Papa ne parle jamais de moi.

— Ton père t'adore, mon cœur.

Je gifle l'air avec mes mains.

— Tout le monde « m'adore », mais tout le monde me fait mal.

Elle repose le pot de crème, contourne la table et me prend la main. Elle caresse les veines bleu turquoise visibles sous ma peau.

— Ton père m'a demandé comment se passaient tes cours de violon. Il s'intéresse à toi.

— Il a *oublié* mon anniversaire.

— Je sais, mais c'était la rentrée, il était débordé...

— Débordé par quoi ? Il est musicien, pas prof.

Elle pose ma main contre son cœur en caressant ma peau.

— Il t'a appelé, tout de même.

— Deux jours trop tard.

Je retire mes doigts avec plus de rudesse que je ne l'aurais voulu.

— Il pense à l'anniversaire de Matthias mais il oublie le mien.

— Mais ton frère *prend sa place*, mon cœur.

Elle contourne à nouveau la table, saisit les gants de cuisine et glisse le plat dans le four bouillant.

— C'est toi qui m'as pris ma crème pour les mains ?

— Non, dis-je en baissant les yeux.

Elle remplit l'évier avec la vaisselle sale, qu'elle inonde de produit nettoyant.

— Rends-la-moi, mon cœur, j'en ai besoin.

Lorsqu'elle se dirige vers l'escalier, je la suis. Elle s'arrête un moment dans la salle de bains pour se brosser les cheveux. Je m'assieds sur le rebord de la baignoire et j'ouvre le robinet.

— Tu m'emmènes chez Clément ?

— Demande à ton frère ; j'ai quelques courses à faire avant d'aller travailler.

— Merci, lui dis-je, absent.

— Tu ne te gaves pas de bonbons.

Je lâche un sourire timide.

— Non.

— Tu ne te jettes pas sur le chocolat non plus.

— Non, non.

— Il n'y a plus d'eau chaude, dit-elle en caressant ma joue. J'ai pris un bain.

Je ferme le robinet au moment où elle repose sa brosse à cheveux dans le tiroir.

— Je voulais me doucher…

— Mais tu te doucheras en rentrant de ta fête, réplique-t-elle en jetant un dernier coup d'œil à son visage dans le miroir.

Je hoche la tête, docile, pendant qu'elle annonce à Matthias qu'elle part chercher nos derniers cadeaux de Noël. J'écoute le grincement des marches sous ses pas frêles, puis le claquement de la porte. Je resserre le robinet qui goutte et descends dans la cuisine. J'attrape deux tranches de brioche et j'appelle mon frère, en bas des escaliers. Il faut que je l'appelle trois fois pour le faire sortir de sa chambre.

— Quoi ? fait-il d'une voix sèche.

La musique hurle de sa porte entrouverte.

— Je sors, dis-je en mordant dans ma brioche.

Il avance de quelques pas et m'observe avec méfiance.

— Où ça ?

Je hausse les épaules, lassé d'être pisté, et me dirige vers la sortie.

— *Où ça ?* répète-t-il plus fort en descendant deux marches.

Je soupire en enfilant mon blouson.

— Du côté des toboggans, ça te va ?

— Me parle pas comme ça, Spirou.

Il souffle par le nez en croisant les bras sur son torse pendant que j'enroule une écharpe autour de mon cou.

— Il fait nuit noire, dit-il.

— Oui, mais j'ai besoin de marcher.

Il abat soudain sa paume sur la rampe et me fait sursauter. Ses yeux crépitent.

— À partir du moment où maman n'est pas là, je suis *responsable* de toi. Alors, si je dis que tu ne sors pas, *tu ne sors pas.*

Je baisse la tête sur le carrelage comme un enfant fautif. La brioche a pris l'empreinte de mes doigts.

— Excuse-moi, lui dis-je en retirant écharpe et blouson.

Je grimpe les marches d'un pas peureux, mais il reste au milieu de l'escalier, rocher au regard caverneux.

— Eh bah, *monte*, fait-il, la voix grise, dans une petite danse du poignet.

Je tente de le contourner mais il s'amuse à me barrer le passage. Mes doigts libres se serrent sur la rambarde. Je déglutis plusieurs fois, déstabilisé. Puis il s'écarte enfin dans un sourire rugueux.

— Guignol, souffle-t-il en me décochant une claque derrière la tête.

AGATHE

À peine ai-je refermé la porte de l'auto-école que j'aperçois la voiture de ma mère stationnée sur le trottoir, le clignotant nerveux. Je saute à l'intérieur, j'attache ma ceinture et jette un dernier regard à travers la vitre.

— Ça s'est bien passé ? me demande-t-elle en baissant la radio.

— Onze fautes.

— C'est bien, chérie, ça descend tranquillement.

— Je hais les feux de brouillard et les questions à doubles réponses.

— Ils sont où les feux de brouillard ?

Je souris en fermant brièvement les yeux.

— Et le lycée ?

— Normal, lui dis-je en faisant défiler les stations de radio.

— J'écoutais l'émission, râle-t-elle en poussant mes doigts.

Elle retrouve la fréquence puis se concentre à nouveau sur la route, et démarre en seconde. La voiture force et peine avant d'avancer.

— Si t'as raté ton permis cinq fois, j'ai le droit de le rater cinq fois, moi aussi ?

Elle lâche un rire léger.

— Tu n'oublies pas que j'ai une conférence ce soir avec ton père.

— Si, j'avais oublié.

— Tu ne passes pas toute la nuit au téléphone avec Jav.

— J'oserais jamais.

— Et puis tu me laveras ceci, ajoute-t-elle en faisant valser ma mèche blanche.

— Tu veux pas savoir le pourquoi du comment ?

— J'aime mieux pas, non.

— Donc les cheveux multicolores, c'est niet ?

Elle sourit à la route puis enclenche la quatrième pour la deuxième fois tout en résolvant l'énigme posée par l'animateur-radio. Ma mère fait partie de ces gens qui n'apprivoiseront jamais un levier de vitesses. Sur l'autoroute, elle cherche constamment à passer une sixième vitesse qui n'existe pas.

— Elles sont trop faciles, tes questions, lance-t-elle au présentateur avant de s'arrêter au feu rouge.

Sur ma droite, un chien aboie avec fureur derrière le portail d'une vieille maison. Je sens que ma mère tourne la tête vers moi. Le clignotant palpite. Ses yeux s'attardent.

— C'était qui, ce joli garçon qui t'a saluée ?

Je soupire, gênée.

— C'est le même que la dernière fois, enchaîne-t-elle, curieuse. Comment il s'appelle ?

— Non, je ne passe pas toute la nuit au téléphone avec Jav.

— C'est fini avec le joli rouquin ?

Dans sa bouche, tout est toujours joli. Un joli coussin, un joli devoir, un joli garçon.

Et mon joli rouquin.

— Ça commence pas, en fait.

— Te tracasse pas, va, tu finiras bien par le séduire.

— Là, j'ai plutôt envie de laisser tomber, il veut pas de moi.

— T'aurais déjà laissé tomber, chérie. Je me suis battue pour ton père et tu es aussi obstinée que moi.

Je ne sais plus, maman. Éden m'évoque un flocon qui s'évanouit sur la peau. Quand j'essaie de le toucher, mes doigts n'agrippent qu'un peu de vapeur. Il n'est jamais là où l'on croit et ne dit jamais ce que l'on attend de lui. J'aime les garçons confiants et lui rase les murs. J'aime les garçons qui se foutent de ce qu'on pense d'eux et lui est trop inquiet du regard qu'on pose sur lui. Il marche en fixant le sol, trop léger, comme s'il n'y avait que des boules de coton sous ses pas. Il ne fait pas de bruit, respire à peine, et disparaît avec la virtuosité d'un sorcier.

Son odeur me donne envie de pleurer.

Est-ce normal que l'odeur d'un garçon me donne envie de pleurer ?

La voiture toussote à nouveau lorsque ma mère démarre au vert.

— *Première*, maman.

— Oui, oui, dit-elle en maltraitant le levier de vitesses.

— J'ai le droit d'aller à la fête d'un pote ce soir ?

Elle fronce les sourcils en jetant un regard au rétroviseur central.

— Quel pote ?

— Clément Duval.

— Le fils de l'ostéo ?

— C'est ça.

Elle ébauche une moue fine avant de grimper sur un trottoir en activant les feux de détresse.

— Je vais poser mes chèques, dit-elle en attrapant l'enveloppe qu'elle a calée dans le coin gauche du pare-brise. Tu klaxonnes si y'a les flics.

Dès qu'elle ouvre la portière, je plaque mes paumes devant les grilles de chauffage. Mais elle revient vite, s'engouffre dans la voiture et redémarre en faisant tressauter les pneus.

— Le joli rouquin sera là ?

— Oui, dis-je en levant les yeux au ciel. Son frère viendra me chercher.

Elle tourne la tête vers moi, le visage allumé par l'éclat grenadine du feu. Son sourire s'étire comme une flèche rosée.

— Ah, les garçons, lance-t-elle d'un ton savoureux. Qu'est-ce qu'on ferait pas pour eux.

GABRIEL

— Maman ?... dis-je en entrant dans la maison. T'es là ?...

Aucune réponse.

Je pose mon sac par terre, vérifie dans la cuisine puis monte les escaliers.

— Maman ? dis-je en frappant contre la porte de sa chambre.

Mais la pièce est déserte. Le lit encore défait. Une paire d'escarpins vernis traîne sur la moquette, abandonnée. J'attrape mon téléphone et tape :

T'es où ? Tu finis pas à 6 h aujorudh'ui ?

J'entre dans ma chambre, me débarrasse de mon blouson puis redescends jusqu'à la cuisine et ouvre le frigo.

Il me choque, le silence, par-dessus les clappements de la pendule.

Je claque le frigo et tourne sur moi-même. Des pièces désertées, des murs nus, des montagnes de cartons. Il n'y a que le vide autour de moi qui me nargue et ricane. Je sors le téléphone qui vibre dans ma poche :

Mon chéri, je ne rentre pas ce soir.
Tu peux commander à manger,
prends l'argent dans le meuble télé

et ne te couche pas trop tard.
Je t'aime.

Maman.

Je soupire puis attrape mon paquet de céréales, m'assieds sur la table et plonge la main dedans.

— Ah ! dis-je très fort pour entendre quelqu'un parler. Comment s'est passée ta journée ? Très bien maman, merci. As-tu des notes à me montrer ? J'ai eu 13 en éco. C'est très bien, mon chéri, tu as faim ? Je suis en train de manger *des céréales*, maman. Oui, mais j'ai fait un hachis parmentier avec une salade de roquette. Ah ! super, j'adore ça ! Je sais, mon chéri, viens à table.

J'écoute le silence entre deux mastications. J'en ai plein la bouche, du silence.

— *Maman, putain de merde.*

Ma voix ricoche sur les murs en projectiles disloqués.

SARAH

— Ça va, ma puce ? demande ma mère en ôtant son sac du siège passager pour que je puisse m'asseoir. Je sais, je suis en retard, j'avais deux élèves à voir.

J'acquiesce en me glissant dans la voiture surchauffée. À travers les enceintes, Barbara nous susurre que les roses sont belles à Göttingen. Ma petite sœur est à l'arrière, un chausson aux pommes dans les mains. Je sais que ma mère a également acheté un pain aux raisins pour moi et qu'elle n'ose pas le dire. Elle le posera délicatement sur mon bureau lorsque je serai sous la douche. Je passerai une bonne heure à l'observer suinter dans la fine serviette en papier, avec un mélange de répulsion et d'attraction terrifiante.

Puis je l'émietterai dans ma poubelle pour ne plus avoir à subir sa présence.

— Ça s'est bien passé au lycée ?

Je hausse les épaules en fixant la route. Du coin de l'œil, je la vois tourner la tête vers moi plusieurs fois avant qu'elle n'ose poser sa main sur mon genou.

— Qu'est-ce que Yannick a encore fait ?

Je souris, mais c'est un sourire de dépit et de frustration.

— Rien, dis-je en collant les yeux sur ma vitre embuée. Il a rien fait.

Il ne fait jamais rien, maman. Il se laisse admirer, s'amusant de ce rôle de roi qu'il endosse grâce à moi. Je crois qu'il aime que je rampe à ses pieds. Ça le rend prestigieux. Ça le rend superbe et spécial.

Ma mère s'engage sur la quatre voies et nous passons devant des arbres costumés d'étoiles blanches qui semblent dégouliner.

— Tu es en train de gâcher ton adolescence.

Il me faut plusieurs secondes pour comprendre ses paroles, tellement elles sont inattendues.

— Tu crois qu'il est unique parce que tu as 17 ans, ajoute-t-elle d'une voix plus basse. Mais plus tard, tu te rendras compte que tu te trompais et tu t'en voudras d'avoir gâché toutes ces années.

Mon cœur accélère sous mes côtes.

— Aucun garçon n'est unique, ma puce, achève-t-elle en frottant mon genou.

J'entends, maman, mais je n'arrive pas à le rayer de ma tête. Je n'arrive pas à stopper la descente. J'ai le sentiment de vivre une expérience exceptionnelle que personne n'a jamais vécue avant moi.

De la banquette arrière, l'odeur de pomme chauffée me ronge le ventre. Les lumières de la nuit pailletée d'or et d'argent donnent à la voix de Barbara une finesse plus puissante. Un violon cristallin décore ses mots et me fait penser à Éden.

Nous danserons encore, chante-t-elle, longue et grave, *là-bas, à Marienbad.*

AGATHE

Je frappe une nouvelle fois, mais Éden n'ouvre toujours pas.

— Il a ses écouteurs dans les oreilles, tonne une voix puissante comme un morceau d'anis.

Je me retourne et je croise le regard de Matthias, l'épaule adossée au chambranle de sa porte. Lorsque j'avance vers lui pour lui faire la bise, il se penche dans un sourire chaud. Il est plus grand qu'Éden, les yeux aussi foncés que du chocolat noir. Ses boucles blondes miroitent sous la lampe dorée du couloir. Il sent la menthe glacée.

— Vas-y, fait-il d'un signe de tête vers la chambre d'Éden.

J'appuie sur la poignée, et j'entre. Une vieille balle de tennis roule dans la pièce dès que je pousse la porte. Ça sent le caramel et quelque chose qui me rappelle les feuillages en hiver. Éden est assis en tailleur par terre, un crayon de papier dans la main droite. Ses cours sont étalés autour de lui, des sachets de sucre éparpillés sur la moquette crème. Lorsqu'il aperçoit la balle et tourne le visage vers moi, ses cils palpitent dans la lumière ambrée. Il tire sur les fils de ses écouteurs.

— Qu'est-ce que tu fais ici ? On devait passer te chercher.

Je m'agenouille en face de lui.

— Mes parents sont partis plus tôt, donc ils m'ont déposée. Et j'avais jamais vu ta chambre.

— Fais pas attention au bazar.

Il pousse le lecteur CD et ramène ses jambes contre son torse.

— J'ai défié le sens interdit collé sur ta porte, tu m'en veux ?

— Non, bredouille-t-il, gêné.

— Trop mignon, le portrait dans l'escalier. T'as quel âge dessus ?

— Quatre ans, répond-il en rougissant.

Lorsque je glisse sur la moquette pour me rapprocher de lui, il se lève avec nervosité et s'appuie contre son bureau. Je l'imite en ramassant l'un des sachets blancs qui traînent partout.

— Comment t'arrives à avaler ces trucs ?

— Je suis accro au sucre, avoue-t-il, mortifié.

Je fais quelques pas dans la pièce, enregistrant chaque détail de son monde privé. Le fouillis de vêtements qui recouvre le bord du lit. Les cartes postales punaisées sur le mur. La pile de livres qui engloutit la table de chevet et tous ceux qui tapissent son étagère. La peinture d'un château gris entouré de verdure sur une toile sans cadre, posée à même le sol.

— C'est toi qui peins ?

— Ma mère, corrige-t-il en s'approchant du tableau. C'est le château de Kilchurn, en Écosse.

Je tourne la tête vers lui et accroche son regard. En pensée, je l'embrasse. Deux fois, trois fois, jusqu'à marquer sa bouche. Puis j'effleure le pied du pupitre sur lequel est noué un foulard bleu et doré.

— Tu me joues quelque chose ?

Il baisse les yeux en croisant les bras sur son torse. Ses lèvres hésitent.

— S'il te plaît, dis-je. Les autres ont pu t'écouter et pas moi.

J'effeuille les partitions du bout des doigts et rencontre Mozart, Telemann, Bach ou Tchaïkovski. Des noms de compositeurs que, parfois, je ne connais même pas. Et beaucoup de Vivaldi.

— Qu'est-ce que t'aimes autant dans Vivaldi ?

— Ça sautille, répond-il, c'est entraînant. Et puis j'adore le bariolage et il en met partout.

— C'est quoi ?

— C'est ça, fait-il en s'emparant de son archet.

Il tend la mèche, attrape son violon et l'installe sur son épaule. Les premières notes découpent le silence maladroit avec une précision de peintre. Il est ensorcelant. Il est tragique. Il est le cristal et la nacre.

— Mais pourquoi tu t'arrêtes ? dis-je, envoûtée.

— Tu me déstabilises.

— C'était dingue, Éden. C'est quoi ?

— Un passage du concerto n° 8 de *l'Estro armonico*, le troisième mouvement.

Il m'observe avec un mélange de gêne et de timidité.

— Ça sonnait un peu vide parce que normalement y'a un second violon qui répond derrière.

— Encore, lui dis-je, charmée.

Il semble réfléchir, les yeux lointains, puis fouille dans les feuilles qui envahissent son pupitre, en dépose une devant les autres et installe l'instrument sous son menton. Je m'assieds sur la moquette puis pose l'une de mes joues sur mes genoux pliés.

Et là je m'envole.

Dans sa musique, je vois un couple de danseurs qui pirouette, enfermé dans une boule à neige. Je vois un paysage de Bretagne arrosé par le vent salé. L'orage qui cravache la roche, une invocation jetée en pleine forêt. Ses notes, on dirait des oiseaux de perles. On dirait des diamants violets.

— Non, continue, dis-je en redressant la tête, brusquement tirée du rêve.

Il repose l'archet et le violon dans l'étui.

— Ça t'a plu ?...

— C'était merveilleux.

Il se penche et sourit à ses chaussettes. Son teint laiteux vire au framboise.

— Merci, murmure-t-il en se balançant légèrement sur ses jambes.

— C'était quoi ?

— Le prélude de la *Partita* n° 3 de Bach, répond-il en jetant ses yeux vers la porte.

Je suis son regard et percute la silhouette de Matthias, la main sur la poignée.

— C'est l'heure, dit-il d'une voix de velours. Je vous emmène.

ALEXANDRE

Je reconnais le son de sa voiture sur le bitume. Le craquement caverneux des pneus sur les graviers. Puis les clefs tintent dans la serrure et la porte se referme. Penché sur mon bureau, je le *vois* dans l'entrée. Il dépose sa mallette contre le coffre et accroche son manteau au mur. Il passe aux toilettes puis reboutonne son pantalon à la vue de tous. J'entends l'eau couler dans la cuisine.

Et alors, enfin, il vient me voir.

Ses semelles claquent sur le carrelage puis elles sont étouffées par la moquette du couloir. Il frappe à ma porte et entre sans attendre mon invitation. Je me retourne vers lui alors qu'il approche, longue silhouette inquiétante et sévère. Il place ses doigts sur mon épaule et pose un œil minutieux sur mes cours. Je sens la tension parcourir mon corps entier.

Une main habile qui menace et qui veille.

— Sur quoi tu travailles ?

— Ma biologie.

— Tu as des notes à me montrer ?

Je lui tends mon dernier devoir de mathématiques. Il l'attrape d'une main énergique et s'assoit sur mon lit. De longues secondes, il l'étudie dans un silence total, examinant chacune de mes réponses. J'entends le chuintement du papier lorsqu'il retourne la feuille. Alors, lentement, il hoche la tête puis me rend la copie.

— 19, c'est bien, Alexandre. Mais pourquoi pas 20 ?

Je me contente de hausser les épaules en fixant mon stylo. Il quitte ma chambre et referme la porte derrière lui. Perdu sous mes cours étalés, mon téléphone vibre et éclaire l'une de mes feuilles. C'est encore Agathe.

La fête sera merdique sans Batman

Je tape très vite :

Occupé à sauver Gotham.

Et je travaille jusqu'à ce que ma mère m'appelle pour le dîner. Je repousse mes cours, les yeux exténués, me masse les tempes puis rejoins le salon. Une odeur de noix de muscade embaume la pièce.

Nous sommes très loin les uns des autres, les pieds bien à plat sous la nappe, cuisses serrées et dos droit. D'une main timide, ma mère dépose la tarte devant mon père, comme si elle avait besoin de son approbation. Puis elle le contourne et s'assoit à sa gauche.

Nous formons un triangle embarrassé, boiteux.

Et le ballet commence, sans que personne ne prononce plus un mot. Seuls les bruits de mastication de mon père troublent le silence épais. Ma mère picore, les yeux baissés sur son assiette, en faisant tourner le rond de sa serviette sur la nappe. Et, dès que débute le film d'action du soir, mon père attrape la télécommande et monte le son au maximum. Personne ne doit plus prononcer un mot ni provoquer le plus léger grincement de chaise.

J'aurais la même sensation si je pénétrais dans une église abandonnée.

C'est glacial, pierreux et austère.

En face de moi, mon père enfourne d'énormes bouchées. Sa langue claque dans un bruit mouillé.

J'ai envie de me lever et de pousser un grand cri.

J'ai envie d'attraper la nappe et de la tirer d'un coup sec pour tout renverser.

Alors je mange vite, pour pouvoir me réfugier à nouveau dans mon cocon. Le plus souvent, je m'enfuis au bout de dix minutes, et c'est le cas ce soir. Je quitte la table avec mon assiette à moitié pleine. Je range le reste de ma tarte dans le frigo, remplis le lave-vaisselle puis referme la porte de ma chambre.

Le dos contre le bois, j'imagine que je me mets à hurler.

Mais le hurlement stagne à l'intérieur, coincé dans les renfoncements de ma chair.

Il n'y a pas d'issue.

SARAH

J'observe la part de quiche enfouie sous un lac de purée et, aussitôt, mon cerveau passe en mode calcul. Combien de calories, la quiche ? La pâte, les œufs, le lait... je dirais 300. Et la crème ? Combien de calories, la crème ? Je dirais 450 pour la part entière. J'arrondis toujours plus haut que plus bas – on n'est jamais assez prudent. Ma petite sœur raconte sa journée avec de grands éclats de voix colorés ; ma fourchette trace de longues arabesques dans la purée. Un par un, je retire les dés de jambon et les cale sur le bord de l'assiette.

Je me sens complètement désemparée.

Ce n'est pas de la quiche que je dois avaler, c'est de la poussière, du sang, du venin. Ce sont mes peurs, mes doutes, mes colères jamais crachées, mes peines, mes regrets impossibles à soigner.

Ma mère scrute mon assiette par petits regards agacés.

— Ne chipote pas, Sarah.

Elle enroule les jambes autour des pieds de sa chaise. Elle ne mâche pas ses bouchées mais les gobe. Elle mange toujours trop vite, ma mère. Comme si le jour filait et qu'elle manquait de temps pour vivre.

— Je peux aller manger dans ma chambre en terminant mes devoirs ?

Mon père lève à peine les yeux et ma mère esquisse un bref geste de la main, entre agacement et résignation. C'est tellement simple de me détruire devant mon père. Il ne voit ni mes combines, ni mes tromperies. Je glisse des plâtrées de haricots verts dans ma serviette et il ne voit pas. Je simule la nourriture en mâchant du vide, il ne voit toujours rien. Je raconte à quel point le poulet aux petits pois de ce midi était immonde et il hoche la tête, peiné.

Sous le regard lourd de ma mère, je ramasse assiette et fourchette puis je traverse le salon et me réfugie dans ma chambre.

Là, je me sens protégée.

La porte fermée, je récupère le deuxième volume des aventures d'*Harry Potter*, tout juste entré dans ma vie. Je pense à jeter le contenu de mon assiette comme je le fais souvent mais ce soir, la poubelle est presque vide, et aucun papier ne peut m'aider à dissimuler mon crime.

Alors, je fais quelque chose de répugnant : j'ôte mon pull et verse quiche et purée dedans.

Je ne sais pas comment je vais réussir à laver ça mais, sur le moment, j'y pense à peine : la seule urgence, c'est de me débarrasser de cette nourriture qui m'écœure autant qu'elle m'attire.

Et, lorsqu'on frappe à ma porte, j'enfouis le pull sous mes draps.

Honteuse.

Ma mère entre et déambule dans la pièce, jetant ses yeux partout. Elle me pose des questions sur le lycée en se penchant discrètement au-dessus de ma poubelle. Les doigts crispés sur mon roman, je l'observe aller et venir dans ma chambre jusqu'à ce qu'elle récupère mon assiette vide et sorte enfin.

Les premiers mois, j'ai aimé cette angoisse croissante. J'ai aimé qu'on évalue mon corps, les sourcils froncés. J'ai aimé les coups d'œil envieux et les affolements. Mais, aujourd'hui, ces regards pèsent sur mes os et je n'ai plus de forces. J'ai voulu qu'on me voie, or je n'ai pas choisi la bonne méthode. Mes cheveux tombent, ma peau est terne, tout m'essouffle et m'épuise.

Et je ne sais même pas pourquoi je continue.

J'ai encore l'espoir fou que ça me sauve, un jour.

Au loin, des tintements m'annoncent que ma mère est en train de faire la vaisselle. Je saute de mon lit, me déshabille et enfile mon pyjama. Dans le coin de la pièce, le miroir en pied m'adresse un rictus mauvais.

Je m'approche, peureuse, et j'examine mon reflet. C'est toujours la même confusion : je vois mes os, mais l'ensemble est encore bien trop épais et flasque. Comment est-ce possible d'être aussi maigre sous mes doigts et aussi grasse dans le miroir ?

Qui ment ?

AGATHE

Jav grimpe à l'arrière de la voiture, froissant une bulle de chewing-gum sous ses dents, puis Matthias redémarre.

— T'as pas répondu à mon dernier texto, lui dis-je, vexée.

Il sort son téléphone d'un geste machinal et l'agite sous mon nez.

— J'ai déjà le pire hors-forfait de tous les hors-forfaits.

— Demande à ta mère de t'acheter un nouveau téléphone, au lieu de te refiler son vieux pourri.

— Tu t'es séparé de ta mèche télépathique ? dit-il en désignant mes cheveux.

— Rendez-vous demain pour ma prochaine expérience.

Il m'adresse un clin d'œil railleur tandis que je me colle au siège d'Éden, devant moi, et effleure son épaule. Je le sens aussitôt tressaillir. Mes doigts remontent sur le col de son blouson jusqu'à frôler sa nuque, mais il se dégage d'un mouvement sec. Je me renfonce dans mon siège, dépitée.

— Tu bois pas, Spirou, déclare Matthias d'une voix sourde.

Éden secoue la tête puis glisse ses yeux vers moi dans le rétroviseur. Toutes les deux secondes, les réverbères zèbrent son visage d'éclairs dorés. Il m'observe du bout des cils et je soutiens son regard jusqu'à ce qu'il le détourne, perturbé. Puis je m'avance vers l'espace entre les deux sièges avant et lui caresse le bras. À travers le rétroviseur central, les yeux de Matthias glissent sur moi et me font penser à la fourrure d'une marmotte.

— Je t'ai *parlé*, Spirou.

— J'ai dit non, répond Éden d'une voix raide en s'écartant de moi.

À mes côtés, trop silencieux, Jav fait crisser son briquet sous son pouce avec une étrange régularité. Dans la pénombre, son regard m'est indéchiffrable. Matthias emprunte une rue très étroite en oubliant les priorités à droite. À chaque feu rouge, il tourne la tête vers son frère en tambourinant sur le volant.

— Pourquoi tu veux pas qu'il boive ? dis-je, curieuse.

Les marmottes se posent à nouveau sur moi.

— Il chiale après.

— C'est pas vrai, s'agace Éden, le visage braqué vers sa vitre.

— Si, tu chiales. Comme un bébé.

Éden soupire, mâchoire serrée. Matthias lui pince la joue dans un sourire moqueur en pressant l'accélérateur. Éden repousse sa main, le regard toujours happé par les lumières de la nuit. Sur la droite apparaît soudain une maison habillée de guirlandes électriques et de décorations clinquantes.

— Sans déconner ? fait Matthias en ralentissant.

J'essuie la buée qui envahit la vitre.

— Le Père Noël ressemble à un gros psychopathe, sourit Jav en s'appuyant sur mon épaule pour mieux voir.

Je lâche un début de rire sourd.

— Les daims ont l'air shootés.

— Les rennes, me corrige Éden d'une voix douce.

— Oui, c'est pareil. Des daims, des rennes, c'est des Bambis.

Au bout d'une rue encombrée de zigzags, la maison de Clément apparaît enfin sur la gauche, avec ses volets mauves et son portail bleu roi. Des ombres mouvantes obscurcissent les fenêtres éclairées. Des groupes serrés piétinent la pelouse de l'entrée. Matthias ralentit en ignorant le klaxon de la voiture qui nous suit. Lorsqu'Éden détache sa ceinture, il lui happe le bras.

— Je viens vous chercher à quelle heure ?

— Je t'appellerai.

— Me pourris pas toute ma soirée non plus.

Éden hoche la tête avec mollesse en refermant la portière. Ses yeux sont aussi hermétiques que la nuit qui l'embrasse.

GABRIEL

Nous entrons dans le salon bondé et une odeur de sueur, de cigarettes et de graisse chaude me claque au visage. Duval se tient debout, au fond de la pièce, les bras s'agitant au fil de l'histoire qu'il raconte à son public. Je me fraie un passage entre les corps collés, dérobe un gobelet puis déniche un endroit inoccupé à côté d'un vaisselier. Éden me suit, l'œil tourmenté, les bras serrés autour de lui. Puis Agathe nous rejoint, trois nouvelles boissons dans les mains.

— Qu'est-ce que t'as pris ? me demande-t-elle.

J'avale une grande gorgée d'un liquide rouge cerise.

— Aucune idée, lui dis-je en tâtant mon palais. Liqueur de fraise ? Sang de vampire ? Au choix.

Elle tend l'un des gobelets à Éden, qui secoue la tête.

— T'as peur de te mettre à pleurer ? lance-t-elle avec tendresse en les déposant sur le vaisselier pour se débarrasser de son manteau.

Je l'imite et jette mon blouson sur le bras d'un gros fauteuil brun dans lequel un couple mêle sa salive. Éden, de son côté, reste immobile, les yeux hantés, le front raidi.

— Je ne *pleure pas*, crache-t-il au sol avec une brusquerie soudaine.

Je sors une cigarette et questionne Agathe du regard : « Qu'est-ce qu'il a ? » Elle hausse les épaules.

— Mais y'a pas de fumée sans casser des œufs, sourit-elle.

J'acquiesce en la pointant avec ma clope.

— Et qui aime bien n'amasse pas mousse.

Elle allonge son sourire et réfléchit de brèves secondes.

— À cœur vaillant, les chats sont gris ?

— Pas mal, lui dis-je en cherchant mon briquet. Par contre, la musique, ça va être dans le même style toute la soirée ?

Agathe me jette des yeux amusés.

— Savage Garden, Jav.

— Ça va gerber surtout.

Elle me vole mon gobelet tandis qu'Éden tripote l'ourlet de son blouson, soucieux. Je tapote son pied avec le mien et, lorsqu'il lève la tête, mime : « Ça va ? ». Il acquiesce dans un sourire mince. Quelqu'un m'effleure les reins mais quand je me retourne, il n'y a personne derrière moi. Éden tourne la tête vers un groupe de gars qui gueulent en levant leurs boissons. Quelqu'un monte le son de la chaîne HI-FI. Les premières mesures de *Nothing Else Matters* emplissent l'air avec l'aura d'un aigle noir.

— Mince alors, et Carraz n'est même pas là.

Je me retourne et tends le bras vers la table où sont alignés des gobelets pleins. J'en attrape un ; Agathe me le dérobe aussitôt. Les traits crispés, Éden tente de le lui arracher des doigts.

— Celui-là et j'arrête, souffle-t-elle en battant des cils.

— J'aime pas quand tu bois trop, fait-il, nerveux. Tu ris en *mute*, tu répètes tout trois fois et tu te sers de moi comme d'une tête à coiffer.

Elle laisse échapper un rire mou ; il lui vole son verre avec brusquerie. Quelques gouttes couleur coquelicot étoilent son jean.

— Merde, râle-t-il en frottant les taches.

— Mais qu'est-ce que t'as ?...

Les yeux d'Éden prennent une teinte menaçante. Un tremblement agite sa bouche. Lorsqu'elle cramponne son bras, il se dégage d'un geste rude avant de s'évaporer dans la foule.

— Qu'est-ce que j'ai fait ?... me demande-t-elle, désorientée.

— T'inquiète, Éd est un peu claustro.

Une fille passe entre nous deux et trébuche à moitié sur Agathe qui s'appuie sur moi pour se frotter le pied, agacée. La porte vitrée s'ouvre et se referme sans interruption, nous baignant de bouffées glacées.

— J'ai cru voir l'ex-copine d'Alex, lui dis-je en jetant un œil sur la foule.

— Oui.

— Oui quoi ?

— Oui, elle est ici.

— O.K., on a évité l'incident diplomatique.

Ses lèvres sourient autour de son verre puis, d'un mouvement de tête, elle m'invite à la suivre dans la cuisine, moins encombrée que le salon. Elle se cale contre la fenêtre ornée de rideaux crème et pioche au passage une poignée de chips dans un grand saladier.

— Y'a du pognon ici, dis-je en cognant l'articulation de mon index sur les carreaux de faïence.

— Il m'a joué du Bach et du Vivaldi tout à l'heure, dit-elle, la bouche enrobée par un sourire onctueux.

— Et ?

— Je suis encore plus accro qu'avant.

J'acquiesce en ouvrant des placards au hasard, curieux, au moment où les premières notes de *Taste In Men* emplissent l'atmosphère.

— Putain, lui dis-je, je sens mon énergie vitale s'enfuir.

Elle sourit plus fort en levant les yeux au ciel. Un gobelet craquelle sous son pied.

ÉDEN

Je me replie près de la porte-fenêtre pour échapper au magma de la foule. Sur ma gauche, deux couples se tripotent dans le canapé en cuir. Sur ma droite, une fille est en train de se remaquiller. Dix centimètres de bracelets en plastique habillent son poignet. Sa copine vide son verre d'un coup et le pose sur l'étagère derrière elle. La sono crache un Nirvana sursaturé.

Et moi, j'ai la sensation d'avoir le corps d'un vieillard.

Les gens s'effleurent, s'étreignent et je reste à l'écart, inapprochable.

Je m'assieds, le dos collé au mur, tentant d'apaiser mon cœur qui tangue, mais tout me ramène à mon frère. La musique, les rires crus, les chairs qui se cognent et s'explorent.

Ça commence très doucement.

Au début, il me touche par-dessus mes vêtements.

J'ai 7 ans, j'ai 9 ans. J'ai une moustache de chocolat chaud sous le nez, j'ai un déguisement de pirate des mers qui me donne la sensation d'être fort. Il me chatouille, me fait tomber, et ses mains se baladent sur moi. Ça arrive n'importe où, n'importe quand dans la journée ; il fait passer ça pour un jeu. Et, peu à peu, ça se poursuit le soir, juste avant que j'aille me coucher. Il m'observe pendant que je me déshabille. Son regard sur moi dissone, ses yeux brillent sans lumière. Il a 12 ans, puis 14 ans. Il s'est mis à boire de la bière. Et quand il s'approche de moi, ses taches de rousseur me font penser à des éclaboussures de sang.

Je l'aime, mon frère. Mais comment je fais taire ce chaos dans ma tête ?

Il me rapporte un kilo de chocolat de Birmingham parce qu'il sait que j'adore ça. Il se dénonce à ma place quand je sonne aux caisses du magasin de disques. Puis il plonge sa main dans mon pantalon et le monde se replie, épouvanté.

— Je fais rien de mal, là, me souffle-t-il. Je t'aime, Spirou. Tu m'aimes aussi ?

— Oui...

— Alors laisse-toi faire, ça va te plaire.

Mais ça ne me plaît pas du tout. Je me sens sale tout le temps. Une saleté que rien ne peut nettoyer. Le matin, il ne faut pas m'effleurer, ni se trouver sur mon chemin.

— Tu me fais de la place ? susurre-t-il en se glissant dans mes draps, la nuit.

Il râle parce que j'ai les pieds froids. Il caresse mes lèvres du bout du pouce. Il force mes dents et enfonce ses doigts dans ma bouche. Puis il se faufile sous mon haut de pyjama.

— Respire, Spirou. Tu respires pas.

Lorsqu'il glisse vers le bas, je lui prends le poignet. Il lâche un sourire arrogant, se dégage et m'attrape la main. Puis ses doigts coulent à nouveau sur mon ventre.

— Non, s'il te plaît...

— Qu'est-ce que t'as, aujourd'hui ? dit-il en s'appuyant sur le coude. T'aimes ça, d'habitude.

— Non, j'aime pas ça...

— Mais si, t'aimes ça.

Mon cœur cavale tellement fort qu'on n'entend que lui. Son doigt recommence à frotter mes lèvres. J'ai envie de hurler.

— Calme-toi, chuchote-t-il en m'embrassant. Pourquoi tu t'agites comme ça ?

Soudain il m'agrippe la mâchoire. Ses yeux grésillent.

— T'es pas très agréable, tu sais ?

Contre toute attente, il quitte mon lit et claque la porte. Je serre la couverture contre moi. Il faut de longues minutes pour que mon cœur cesse de tambouriner comme un dément. Mais je sens encore ses doigts dans ma bouche. Je sens sa main rouler sur le bas de mon ventre.

Je pue le chlore et la menthe froide.

Quand j'essaie d'en parler, ça bloque. Je me dis toujours que je le ferai demain. Et mes demains s'enchaînent à l'infini. J'ai écrit deux lettres de plusieurs pages à Gabriel, que j'ai brûlées ensuite.

Alors, mille fois, je le dis dans ma tête.

« Je ne veux plus que *tu me touches*, Matthias. »

Mais il n'y a que moi dans ma tête et personne n'entend.

Et ça fait dix ans que je dois parler demain.

Je place une vieille balle de tennis devant ma porte pour être averti lorsqu'on l'ouvre et que j'ai la musique dans les oreilles. Mais ça ne fait que me prévenir, ça ne me protège pas. Souvent, je dors chez Gabriel parce que sa sœur est en fac à Paris et qu'elle me laisse sa chambre. Là-bas, je me sens en sécurité. Je n'ai pas peur qu'on se glisse subitement dans mon lit en pleine nuit ; je peux me reposer.

Mais il faut bien rentrer, ensuite.

J'ai perdu toute confiance en moi. Je mens, je déguise et je trompe les gens que j'aime. Et tout me terrorise : les regards intrusifs, les sourires équivoques et les peaux qui se frôlent. Dans ces moments-là, je perds les pédales et je ne maîtrise plus rien. Je dis ou fais des choses qui ne me ressemblent pas.

J'ai de plus en plus peur de cette violence qui se développe en moi.

Parfois, j'appelle ma mère à l'hôtel où elle bosse, assis dans le couloir, le téléphone entre mes jambes. Elle râle un peu parce que je la dérange en plein travail.

— Qu'est-ce qu'il y a, mon cœur ?

Et les mots coincent encore.

— Maman, Matthias, il...

— Matthias quoi, mon cœur ?

Matthias fait chier son monde et elle le sait. Matthias met sa techno à fond. Matthias décide de jouer de la guitare à deux heures du matin. Matthias laisse traîner ses affaires de natation partout. Matthias s'énerve sur la console et jette la manette contre le meuble télé. Matthias me serre la nuque et fourre sa main *dans mon caleçon*, maman.

— J'arrive pas à dormir, lui dis-je tout bas.

— Prends ma brume à la lavande et asperge ton oreiller.

— Tu rentres quand ?

— Mais à sept heures trente, mon amour, comme tous les jours... Qu'est-ce qui se passe ?

J'appuie le combiné contre ma joue. Je me sens tellement seul, assis par terre dans ce couloir.

— Tu pleures, mon cœur ?... mon amour ?...

— Non, ça va.

— Il s'est passé quelque chose au lycée ?

— Non. Oui. Je risque d'avoir une mauvaise note en philo.

— Allons bon. Bah, c'est pas bien grave, tu feras mieux la prochaine fois.

Il m'arrive très souvent d'aller me réfugier dans le lit de ma mère et de m'endormir là. Dès que la porte claque, je sais qu'il est bientôt huit heures. Ses escarpins tintent sur le carrelage de l'entrée lorsqu'elle les retire. Puis l'escalier grince sous ses pieds nus.

Je serre les paupières et la couverture. J'entends le bruit que fait la porte sur la moquette. Un instant de silence parfait s'étire lorsqu'elle se rend compte de ma présence. Puis un parfum de chocolat et de fruits de la passion m'enlace tandis qu'elle se penche vers moi. Je continue à faire semblant de dormir pendant que sa main caresse longuement mes cheveux.

— C'est l'heure de partir au lycée, mon cœur.

Elle pose un baiser sur mon front, contourne le lit et s'installe face au petit miroir de sa chambre. J'entends les flacons qu'elle soulève. J'entends ses doigts frotter sa peau. Elle quitte la pièce pour se déshabiller, puis se glisse dans les draps.

— Maman.

Je sens son visage pivoter vers moi, même si je lui tourne le dos.

— Tu vas être en retard au lycée, mon cœur.

Elle me caresse la nuque d'une main fourbue.

— Maman.

— Oui ?

Elle remue en cherchant le sommeil et ne réclame pas l'oreiller que je lui ai subtilisé. Sa respiration s'adoucit, puis ralentit.

— Il me touche, maman. Il m'embrasse partout.

C'est à peine un soupir. C'est de l'air sur de l'air.

— Il me fait faire des choses dégueulasses, la nuit, quand tu n'es pas là.

Lorsque j'arrive enfin à le chuchoter, elle s'est déjà endormie et seuls les murs ont accès à mes confessions. Je sors des draps, égare ma main vers sa coiffeuse et y dérobe un rouge à lèvres. Je le planque sous mon oreiller et le respire après le passage de Matthias.

La toute première chose que j'ai volée, gamin, c'est l'un de ses pots de crème. Je plongeais mon visage dedans et j'avais la sensation que ça me soignait. Que ça me *nettoyait* un peu.

Parce que j'ai peur de ne jamais réussir à me sentir propre un jour.

J'ai peur qu'aucune fille n'ait jamais envie de moi.

Tout ça, je l'écris dans un cahier que je cache entre deux gros classeurs de cours. J'écris cette peur que j'ai, le soir, lorsque j'entends la porte d'entrée en bas. Lorsque j'entends les vieux volets qu'il claque. Et les marches de l'escalier grincer sous ses pas.

Je fais rien de mal, là. Je t'aime, Spirou. Tu m'aimes aussi ?

AGATHE

Je quitte la cuisine en évitant, de justesse, un coude inopiné. Autour de moi, ça s'enlace et se frotte dans de grands rires ramollis, me rendant la traversée du salon laborieuse. Je cherche des cheveux roux sous les spots acérés.

— Excuse-moi, dis-je en me rasseyant à côté d'Éden.

Il relève la tête avec brusquerie comme si je l'avais arraché à des pensées profondes.

— Pourquoi ?

— J'en sais rien, à toi de me dire. J'ai fait quelque chose qui ne t'a pas plu ? Ou dit quelque chose qui ne t'a pas plu ?

Il passe ses mains sur son visage.

— C'est pas toi, murmure-t-il dans un souffle. Je manque de sommeil, c'est tout.

Je laisse ma tête glisser sur son épaule et le sens tressaillir. Sous mes paupières, mille étoiles colorées s'ébrouent. Tout est satiné dans mon crâne, ouaté. Même la voix sourde d'Éden se fait plus confortable :

— Je ramène du gâteau ?

— J'en ai déjà mangé deux parts, lui dis-je. J'ai aucun contrôle devant un gâteau au chocolat. J'ai les yeux exorbités et je bave.

— Pareil, répond-il dans un sourire doux.

Je change de position et ma bouche frôle l'angle de sa mâchoire. Il sent le talc, Éden. Il me rappelle la fleur blanche et la lotion pour bébé. Je souffle sur sa peau pour le faire réagir.

— Tu sens le feu salé, dit-il d'une voix très tendre.

Si je n'étais pas aussi près de lui, je ne l'aurais pas entendu.

— J'ai mangé des chips dans la cuisine, dis-je.

— Et tu m'en as pas rapporté ?

Je lui souris doucement, la tempe toujours pressée sur son blouson. Les semelles de ses baskets raclent le carrelage. De près, sa peau est plus nette et onctueuse qu'un pot de fromage blanc. Mais lorsqu'il se rend compte que je fixe sa bouche, il se détourne.

— Édi ?

— Mmm.

— Tu me manqueras si tu pars.

— Mytho.

— Tu me *manqueras*, lui dis-je plus fort en redressant la tête.

Ses yeux tournent autour des miens avec une tension étrange. Sous les lumières agressives, ils prennent une teinte mordorée.

— Choisis un œil, dis-je, tu me stresses.

Il lâche un rire bref pendant que j'enlace mes doigts aux siens. Étrangement, il ne me les retire pas.

— T'as le bout des doigts tout dur.

— C'est le violon, souffle-t-il.

Puis Jav atterrit derrière nous et s'accroupit en s'appuyant sur le carrelage poisseux.

— Je mets les voiles, lance-t-il, le regard engourdi.

Une lampe jaune placée près de lui donne à ses yeux une teinte pétrole. Sa peau mate a le velouté d'un bâton de cannelle.

— Où t'avais disparu ?

— J'ai été embarqué dans un « action ou vérité ». J'ai beaucoup actionné.

— C'est qui, la fille qui s'excitait sur toi ?

— Une fille de ma classe qui collectionne mes cheveux.

— Et sinon, dis-je en dressant mon verre devant lui, tu pourrais motiver ton pote pour qu'il boive un peu avec moi.

— C'est peine perdue, Éden est un moine Shaolin.

Je glisse un œil vers Éden, occupé à pousser du pied un gobelet abandonné. Après quelques secondes, il lâche entre ses dents :

— Éden n'a pas envie de finir soûl dans une baignoire à se rouler des clopes à l'ail séché.

J'écarquille les yeux, sidérée.

— Je crois qu'il y a une anecdote qu'on a oublié de me raconter.

Jav se relève en balayant le vide mais vacille et se cramponne au pied d'une lampe halogène qui tangue à son tour.

— Tu veux une des cannes de l'entrée, papi ?

— J'ai quasiment pas bu, fait-il, surpris, en se massant les tempes entre le pouce et le majeur.

— Fais gaffe quand même, dis-je alors qu'il se retourne et porte un toast avec un verre invisible avant de s'éloigner.

Au centre du salon, un groupe se met à frapper des mains sur un rythme lent, les bras en l'air. Ils scandent des paroles que je n'arrive même pas à comprendre. Je sens aussitôt le corps d'Éden se raidir.

— Je sors un peu, me dit-il, fébrile. Y'a trop de bruit ici.

Je récupère mon manteau et le rejoins à l'extérieur. De grandes lanternes blanches illuminent le chemin qui mène à l'entrée. Cerclée de dalles, la piscine bâchée ressemble à un grand cercueil. Le ciel est améthyste, grave et laiteux.

— Paraît que t'avais de grosses lunettes, dis-je en m'approchant de lui.

Un début de sourire vient chatouiller sa bouche.

— Je vois, dit-il. Il a cafté.

— Décris-moi les lunettes.

Les mains au fond des poches de son blouson, il remue les graviers avec son pied. Derrière nous, j'entends la voix de Bellamy gueuler sur *Sunburn*.

— Des trucs immondes qui me bouffaient tout le visage, dit-il en shootant dans une pierre. Et bleu marine, en plus, c'était affreux.

— Je veux voir une photo.

Il secoue la tête, mi-amusé, mi-anxieux. Son sourire s'aggrave lorsque je m'approche plus près.

— Qu'est-ce que...

Le tintement de mon téléphone fauche ses paroles ; je le sors de ma poche et coupe le son, frustrée.

— C'est loin, l'Écosse, lui dis-je tout bas.

Troublé, il s'écarte de quelques pas. À l'intérieur de la maison, ça gueule encore pour rien.

— J'achète toujours toutes les gares au Monopoly, souffle-t-il d'une voix aussi gracile que le vent. J'ai vraiment hâte de me barrer d'ici.

— Pourquoi ?

Il soupire et baisse la tête vers le sol. La lune habille son visage de reflets mouvants.

— Qu'est-ce qui t'attire autant là-bas ? lui dis-je en effleurant ses doigts.

Il ferme les yeux de longues secondes, puis les rouvre en inspirant avec profondeur.

— Quand je regarde tous ces paysages pleins de verdure et de vieux châteaux, c'est très bizarre, mais je me sens chez moi.

Il plaque sa paume contre son cœur.

— Je sens quelque chose qui s'apaise ici. Je me sens... consolé, et complété. Ça ressemble à la sensation que t'as quand tu regardes quelque chose d'un peu trop fort et d'un peu trop beau. Tu sens que ça t'aspire et que ça t'écrase mais c'est aussi tellement naturel et tellement... familier.

Ses mots pirouettent dans ma tête comme une nuée de passereaux. Ça me bouleverse et fait tanguer mes jambes. Dans les lumières de la nuit, ses yeux brasillent comme des gemmes. Éden ressemble à un prisme qui reflèterait l'éclat de mille bijoux.

— Pardon, sourit-il en pressant ses paupières sous ses doigts.

— Non... dis-je en saisissant sa main.

Il me la laisse une poignée de secondes, avant de la retirer. Et, à chaque fois qu'il m'échappe, je sens dans ma poitrine un creux s'élargir et pulser. Les larmes qu'il ravale se coincent dans ma gorge. Le voir pleurer me blesse avec une cruauté exceptionnelle.

— Pardon, répète-t-il en faisant quelques pas le long de l'allée.

— Reste là, s'il te plaît, dis-je en lui cramponnant la manche.

Il s'arrête et inspire avec ardeur.

— C'est super personnel, ce que je te raconte.

— Je sais.

Je regarde sa bouche pleine et sens mon ventre pétiller. Sous l'éclat brutal des lampes extérieures, ses cheveux prennent une nuance de feuille morte.

— J'ai envie de t'embrasser, dis-je tout bas.

Il presse ses lèvres l'une contre l'autre et tripote l'ourlet de son blouson avec anxiété. Mais, lorsque j'approche ma bouche de la sienne, il tressaille et recule d'un pas. À travers la porte vitrée entrouverte, le leader de Silverchair chantonne *Miss You Love.*

— Éden...

— Faut que je rentre, dit-il en s'adressant au sol. Ma mère va m'engueuler.

— Elle finit à *sept heures du mat*, Édi.

Il semble habité d'un vertige étrange. Ses yeux miroitent comme des lacs enflammés.

— Y'a une autre fille ?

— Non.

— Je te plais pas ?

— Mais si, répond-il vite. Non. Je sais pas.

Il inspire puis expire plusieurs fois, égaré. Il appuie sur ses tempes puis presse son front. Il tremble, il s'agite, il se débat avec des fantômes confidentiels dont je ne distingue que les ombres.

— Éden...

J'effleure son poignet mais il lève le bras devant lui pour m'empêcher de l'atteindre.

— Non, me touche pas, j'ai pas envie...

— Qu'est-ce que j'ai dit ?...

— Faut que je rentre, répète-t-il en glissant une main dans le fouillis de ses cheveux.

Il me dépasse et remonte l'allée en courant comme si je l'avais abîmé. Au loin, une alarme de voiture s'époumone avec rage.

GABRIEL

Mon téléphone vibre contre ma cuisse au rythme des à-coups du bus. Je l'attrape et me frotte les yeux : Agathe.

J'ai merdé avec Éden, j'ai tout fait foirer

J'appuie sur les touches sans trop voir ce que j'envoie. Elle répond aussitôt :

Xepilqeu ???

EXPLIQUE.
Pour les réclamations, prends rdv avec ma dyslexie

T'écris dyslexie mais xepilqeu ?

Mon superpouvoir est encore une énigme

Il s'est barré, Jav, et il pleurait

Il pleurait ?

Il m'a parlé de l'Écosse et ça l'a fait pleurer

Ok, c'est normal, il est parti où ?

J'en sais rien, il a dû rentrer
et moi je me retrouve toute seule
avec des abrutis bourrés

Je plaque le haut de ma joue contre la vitre glacée. La conduite du gars me donne mal au cœur.

T'es tojuorus chez Duval ?

Je squatte un coin du salon
en bouffant des œufs au plat

??

Les bonbons

Il s'est passé quoi avec Éd ?

J'ai voulu l'embrasser et il a mal réagi

Je tape une première réponse sarcastique mais tout à coup je n'ai plus le cœur à rire. J'efface puis réécris :

Éd est jamais sorti avec une fille

T'as fumé un truc périmé ?

Cette fois c'ets du sérieux

Mais la fille de cet été ?

Du mytho

T'étais dans le coup ??

C'est mon mielleur pote

Sa réponse tarde donc j'en profite pour presser le bouton d'arrêt et saute du bus.

Pourquoi tu m'as rien dit ?

J'entends sa voix dans ce message. J'aperçois ses grands yeux défaits, pleins de cils et d'abattement.

J'ai pensé que ça te ferait peur

Cette fois, elle met bien trente secondes avant de me répondre. Je grimpe les quatre étages en avalant les marches par trois.

Méchant,
t'avais dit que tu m'épongerais

_(^^)_/

<3 <3 <3

Je range mon téléphone dans la poche de mon blouson et frappe à la porte. Agnès ouvre en jetant un coup d'œil au palier, puis me tire à l'intérieur et ferme derrière moi. Il fait chaud chez elle, une chaleur qui m'enveloppe comme une couverture. Dans l'entrée, elle me prend le visage dans ses mains et m'embrasse plusieurs fois. Pieds nus, elle ne porte qu'un pull rouge et un jean clair. Aucun maquillage ne la change. Elle me donne l'impression d'avoir dix ans de moins.

— Tu t'es lavé les dents ? murmure-t-elle sur mes lèvres.

— J'ai mâché du chewing-gum.

— Ne cache pas le goût de ta bouche.

— J'ai un peu bu, lui dis-je, honteux.

Elle fronce les sourcils.

— T'es soûl ?

— Non, juste joyeux.

Elle me débarrasse alors de mon blouson et de mon sac, qu'elle laisse tomber sur le sol.

— T'as envie ? demande-t-elle dans un nouveau baiser.

— Oui.

Elle me prend par la main et m'entraîne dans le salon où trône le fameux canapé côtelé qu'elle a pris soin de déplier.

Deux grosses bougies brûlent sur la table basse. Sur le piano collé au mur, j'aperçois un grand vase vide qui n'était pas là la dernière fois, près de sa photo de mariage. Ça sent la vanille et comme un reste de champignons cuisinés à la poêle.

Elle m'arrache le haut de mes vêtements, qu'elle jette sur le parquet, puis caresse mon ventre. Ses doigts sont brûlants sur ma peau. Elle ôte son pull, qu'elle porte sans soutien-gorge, puis détache les boutons de mon jean avec hâte, sans me quitter mes yeux. Je retire mes chaussures avec le bout de mes orteils ; elle me fait tomber sur le canapé. J'ai le cœur qui cavale. J'entends de façon vague une voiture crisser dans la rue. Je ne pense plus à rien du tout.

— Comme ta peau m'a manquée, me chuchote-t-elle.

Elle enfonce sa langue si fort dans ma bouche que je ne sais plus comment l'embrasser. Puis elle essuie mes lèvres en me susurrant quelque chose que je ne comprends pas.

Les flammes des bougies font valser nos ombres sur les murs.

Je retire mes chaussettes pendant qu'elle ôte son pantalon et s'assoit sur moi. Puis elle glisse une main dans mon caleçon et me caresse sans cesser de me regarder.

— Je vais pas tenir dix secondes si tu continues à faire ça.

Elle sourit dans mon cou avant de mordiller ma peau. Ses oreilles sont habillées de perles qui tintent sous mes pouces. Elle me griffe les côtes en me tirant vers elle, puis baisse mon caleçon et retire sa culotte.

— Ouvre les yeux, murmure-t-elle sur mes lèvres avant de m'enfoncer en elle.

J'ai la sensation d'être fait de minuscules billes qui éclatent toutes en même temps.

Elle bouge en se cramponnant à mon cou et me mordille l'épaule. Elle m'attire sans cesse vers elle comme si j'étais en train de tomber. Mes bras, tendus derrière moi, tremblent.

— Viens sur moi, murmure-t-elle à mon oreille en m'attrapant la main.

Je me couche sur elle et plonge mon visage dans ses cheveux mêlés. Sa peau exhale une odeur ronde qui m'évoque les pâtisseries orientales.

— C'est bon, souffle-t-elle en pressant mes fesses.

Je crois entendre un bébé pleurer dans l'appartement du dessus, mais peut-être est-ce dans ma tête qu'il pleure. J'ai l'impression que mon corps est devenu aussi fin que du papier calque. Comme si on avait retourné ma chair, laissant toutes les terminaisons nerveuses à vif.

— Je tiens plus, dis-je, en sueur.

Elle referme ses jambes autour de ma taille. J'agrippe sa nuque en lui mordant le cou. Elle gémit et cramponne mes doigts. Puis je me laisse retomber sur elle, à bout de souffle. Je sens mon cœur palpiter contre son cœur. J'ai des cheveux dans la bouche. La sueur colle son ventre au mien. Ses mains caressent mes côtes avec une tendresse qui m'effraie.

AGATHE

Mon téléphone m'annonce que Jav a répondu à mon dernier message. Je presse l'écran et lis :

Je fais l'amour, fous le camp

Je souris en tapant :

Ooooooohhhhhh

Pendant ce temps, le garçon aux dreadlocks perlées démarre sa moto dans un ronflement gras. J'enfile le casque qu'il me tend, et c'est le décollage. La sensation est extraordinaire : je suis légère, enrobée par l'univers entier, libre.

J'espère retrouver un jour cette sensation dans tes bras, Éden.

Je suis persuadée que ta finesse déteindrait sur moi. Que tu me rendrais plus soignée, plus délicate et plus gracieuse. Moi qui ris plus fort que les autres. Qui renverse mon verre de jus d'orange sur la nappe immaculée. Qui suis trop franche, trop spontanée et trop tactile.

Maîtrise-moi, Éden.

Épure-moi.

— Toujours vivante ? me gueule mon pilote dans une accélération qui explose jusque sous ma peau.

— Toujours, dis-je en resserrant mes mains autour de sa taille.

Il cavale et slalome entre les voitures, aussi agile qu'une panthère. Le paysage défile en une coulée brune et dorée. Lorsque nous passons devant de grands champs, ça sent le crottin de cheval et la neige qui commence à saupoudrer la nuit.

La voix d'Éden s'enroule autour de moi comme un collier de bruine.

C'est très bizarre mais je me sens chez moi.

Rien ne nous lie ; pourtant, je sens une telle harmonie embraser le monde lorsque tu surgis devant moi. J'aime faire la fête, j'aime la foule, et toi tu es solitaire. J'aime la mer, la biologie, les concerts de metal et les mirabelles ; tu aimes la pluie, la musique classique, les romans d'aventures et les chouquettes pleines de sucre. Je suis fascinée par l'Afrique et tu veux partir en Écosse. Même physiquement, Éden : j'aime les peaux mates et noires. La tienne, c'est de la crème.

Alex est beau, d'une beauté froide, sophistiquée, presque agaçante. Jav est troublant et magnétique, tel un empereur persan ; mais toi, tu ressembles à un petit prince qu'on aurait mêlé à un diable.

Et on ne voit que toi.

Tes doigts, ce sont des plumes. Ta bouche, c'est de la soie. Et j'ai la sensation qu'à tes côtés je ne mourrai jamais.

— Plus vite ? me gueule mon pilote fou dans un grognement d'accélérateur.

— Plus vite, dis-je en levant un poing guerrier.

Tu irradies, Éden. Un vitrail éclaboussé de soleil.

Il n'y a que toi partout où j'inspire.

GABRIEL

Adossé au plan de travail de la cuisine, je regarde ses mains courir sur ma peau.

— Il te reste du sirop de menthe ?

Elle acquiesce en se détachant de moi puis ouvre le frigo et me tend la bouteille.

— Ça fait bizarre de voir tes amis, m'avoue-t-elle en sortant un verre. Quand tu passes à la bibliothèque.

— Pourquoi ?

Elle sourit sans me répondre et verse de l'eau bouillante dans un mug écossais ; Éd le lui aurait piqué. Je me remplis un verre puis m'assieds sur le comptoir, les jambes dans le vide.

— Tu leur en as parlé ? demande-t-elle en réchauffant ses mains autour de son thé. De nous. À tes amis.

— Non. Je devrais ?

— Surtout pas, réplique-t-elle en s'appuyant sur le mur, face à moi.

Je remue, mal à l'aise.

— Bon, j'en ai peut-être parlé à mon meilleur pote.

— Le garçon aux cheveux roux ou le brun aux yeux très clairs ?

— Éden, c'est le rouquin.

— Je m'en doutais un peu, dit-elle en soufflant sur sa tasse. Il me jette des coups d'œil appuyés, ce garçon.

— T'as rien à craindre de lui, il dira rien. C'est le genre de mec à qui je pourrais dire où j'ai planqué un cadavre.

— T'as planqué un cadavre ?

— Peut-être, lui dis-je, l'air cachottier.

Elle avale une gorgée sans lâcher mon regard.

— Fais attention quand même, j'ai une grenade au-dessus de la tête.

— C'est moi, la grenade ?

Elle lève les yeux au ciel, amusée.

— Je peux cloper ?

— Non, marmonne-t-elle, plus dure.

— Sur le balcon ?

— *Non*, Gabriel, il neige. Et puis je trouve ça tôt pour fumer, 17 ans.

— J'ai commencé à 14.

Elle penche la tête sur le côté, entre dépit et contrariété.

— Donne-moi ton paquet de cigarettes.

— Non.

— Gabriel, dit-elle d'une voix lisse en posant son mug sur la table. Ne te détruis pas la santé juste pour « essayer des choses ».

— Pourquoi tu me dis ça ?

Elle s'avance jusqu'à moi et place ses mains sur mes genoux.

— Parce que j'ai l'âge de pouvoir te dire ça. Parce que j'ai l'expérience que tu n'as pas encore. Et peut-être parce que j'ai passé toute mon adolescence à me détester et à tout tenter pour me détruire.

— Je me détruis pas.

Elle m'adresse une moue sceptique.

— J'ai fumé des trucs tellement pires qu'une clope, Agnès.

Elle soupire, assombrie.

— J'ai une copine qui, elle, se fait vraiment du mal, dis-je alors en regardant le carrelage. Elle mange pas. Elle mange rien. Que dalle.

— Oui, j'ai connu ce genre de choses aussi, dit-elle en me tirant le bras.

Je saute du plan de travail et la suis jusqu'au salon.

— Pourquoi tu mets une couverture ?

— Je ne veux pas qu'on tache le canapé, dit-elle en s'y lovant.

— C'est pas super romantique comme réponse.

— Gabriel Javori serait un romantique ?

— Possible.

Elle m'observe de longues secondes dans un grand sourire. Le silence mat et vanillé picote ma peau.

— On pourrait aller dans ton lit, dis-je tout bas. Ça t'éviterait de déplier le canapé à chaque fois.

— Non, répond-elle aussitôt, le front chiffonné. Écoute ce que je voulais te dire par rapport à ton amie. Ça a commencé quand j'avais 15 ans. Je ne mangeais pas parce que ça m'anesthésiait. Je vivais mes émotions de façon tellement extrême que j'avais la sensation d'être... écrabouillée. Un mot, un regard pouvaient être aussi violents pour moi que des coups dans le ventre. C'était une angoisse quotidienne. Alors m'affamer me donnait l'illusion d'une armure.

Elle attrape ma main et caresse l'intérieur de ma paume.

— Je refusais tout ce qui m'obligeait à vivre intensément. Je repoussais la nourriture, mais je repoussais aussi les jeux, les fêtes et toutes les distractions de mon âge. Je repoussais le désir en cherchant inconsciemment des garçons inaccessibles, et je repoussais les autres par peur qu'ils viennent fendre ma bulle. Et puis, par-dessus tout, je repoussais le sexe.

Rouge sombre, son vernis. Longs et soyeux, ses doigts.

— Tu es intelligent, Gabriel, tu as l'esprit fin et tu as surtout cet instinct des choses. Les filles qui ne mangent pas – et les garçons, je pense aussi – ne connaissent pas la demi-mesure. Ce sont des météorites. Si tu veux aider ton amie, bouscule-la. Pousse-la dans ses retranchements mais ne la laisse pas entretenir cette illusion de protection. Ne la laisse pas épaissir sa bulle jour après jour.

— O.K., je suis sur la bonne voie, alors.

— Elle te plaît ?

Je lève les sourcils, surpris.

— Elle est jolie et super douce, mais c'est pas mon style. Je sors avec des filles qui me brusquent et me remettent à ma place. Je veux pas d'une fille qui attend que je la protège.

— Je te trouve protecteur, pourtant.

— Ah bon ?

Elle se penche et m'embrasse l'épaule. Puis j'entends mon téléphone vibrer. Un numéro que je ne connais pas s'affiche sur l'écran.

— Excuse-moi, je réponds, lui dis-je. Oui ?

— C'est moi.

— Éd, tu m'appelles d'où ?

— Ils donnent des noms aux fleurs, tu le savais ?

Je n'aime pas la voix qu'il a. Je sens une inquiétude diffuse m'envahir.

— Qui donne des noms aux fleurs ? T'es où ?

— Au square. J'appelle de la cabine. J'avais jamais remarqué qu'ils donnaient des noms aux fleurs, y'a des panneaux devant. Y'a Ingrid, Romy, Marilyn, y'avait pas ça avant. Faut pas faire ça. Faut pas donner de noms aux fleurs. Après, tu fais quoi quand elles meurent ?

Je fais signe à Agnès que je m'éclipse dans la cuisine. Elle hoche la tête avec bienveillance.

— T'as bu, Éden ?...

— Non.

— Qu'est-ce qui se passe ?

Je l'entends renifler de façon lointaine comme s'il écartait le combiné.

— Tu pleures ? dis-je en m'appuyant sur la table.

— Non, murmure-t-il après de longues secondes. J'ai le nez qui coule et j'ai pas de mouchoir.

— T'es seul au square ?

— Oui.

— Putain, rentre chez toi, tu vas tomber sur des squatteurs.

Mais il ne me dit rien. Je l'entends respirer fort par la bouche.

— Appelle Matt.

— Non, ça va.

— Tu veux que je vienne te rejoindre ?

Toujours aucune réponse. Le silence est si dense que je jette un œil à mon téléphone pour vérifier qu'il n'a pas raccroché.

— Éd ?...

— Y'a quelqu'un là-bas.

— Qui ça ?

J'entends sa respiration accélérer. J'entends les bruissements d'un tissu, comme s'il frottait sa manche sur le combiné.

— Éden ?...

— J'arrive pas à bien voir de là, mais je crois qu'il me mate.

— Tire-toi. Et s'il approche, frappe-lui le menton ou l'oreille.

— Non, c'est bon, il se barre.

Je souffle en fermant brièvement les yeux. Je me rends compte que je me suis éloigné de la table et que je suis debout en plein milieu de la cuisine, le corps contracté sur mon téléphone. Je pose une main sur mon cœur agité.

— Bouge jusqu'à chez moi, je suis là dans un quart d'heure si j'attrape un bus rapidement.

— T'es encore avec elle ?

J'hésite une fraction de seconde avant de confirmer.

— D'accord, sourit-il tendrement. Je ne t'embête pas plus longtemps, j'appelais simplement pour...

Il n'achève pas sa phrase et je n'entends plus que son souffle heurté.

— Bouge pas, Éden, j'arrive.

— Non, je vais rentrer, j'ai presque plus d'unités.

— J'ai le numéro sur l'écran, je te rappelle.

— C'est pas la peine, dit-il, plus dur. Je rentre.

— Éden, Agathe m'a raconté.

Son soupir chuinte dans mon oreille.

— Je me suis ridiculisé.

— Mais non, lui dis-je en regagnant le salon. Je passe chez toi ou c'est toi qui passes chez moi ?

Je cherche mes vêtements du regard. Allongée sur le canapé, une cigarette russe à la main, Agnès m'observe, les traits anxieux.

— Je vais rentrer, chuchote-t-il dans un sourire frêle. Reste avec elle. Et merci d'avoir décroché.

— Ok, dis-je en lâchant mon pull sur le parquet. Tu rappelles si jamais.

— Je sais, dit-il d'une voix plus basse. Merci.

— Tu *rappelles*, Éden.

— Oui. Merci.

ALEXANDRE

Le visage fatigué, ma mère frappe à ma porte pour me dire qu'Éden Dresden est au téléphone. J'ai un instant de confusion : Éden n'appelle jamais chez moi. Je pose ma calculatrice sur mon livre ouvert, quitte ma chambre et ramasse le combiné sur le coffre de l'entrée.

— Allô ?

— Hey, murmure Éden d'une voix feutrée. Tu fais quoi ?

Je jette un coup d'œil à ma montre : 23 h 12.

— Je bosse mes cours, pourquoi ?

J'entends sa respiration s'alourdir. Je perçois un bourdonnement lointain, puis il chuchote :

— Je me souvenais plus de ton numéro de portable.

— T'es chez Clément ?

— Au square.

Je m'assieds sur le carrelage, récupère le socle du téléphone et le cale entre mes jambes.

— Qu'est-ce que tu fais au square ?

— Je suis parti, la soirée me gonflait.

— Jav est avec toi ?

— Non.

— Agathe ?

— Non, non. Je suis tout seul.

Il parle aussi bas qu'un bruissement de laine. J'entends les échos du film d'action que regarde mon père dans le salon.

— T'as l'air bizarre, Éden... Ça va ?

— Oui, répond-il d'une voix étroite.

En quittant la cuisine, ma mère passe devant moi et me fait signe de raccrocher, le visage très contrarié. Je plaque le combiné sur mon torse.

— T'attends un appel ?

— Il est tard, Alexandre, répond-elle en tapotant une montre invisible à son poignet. Dis à ton ami qu'on ne téléphone pas à cette heure-là.

Je souffle entre mes dents puis j'attends qu'elle ait refermé la porte de sa chambre pour me concentrer à nouveau sur la conversation.

— T'es toujours là ? dis-je en tentant de déboucler le fil avec mon doigt.

— Oui.

— Tu pleures ?...

Il met de longues secondes à répondre : « Non. »

— Il s'est passé quelque chose chez Clément ?

Je l'entends ouvrir la bouche plusieurs fois avant d'arriver à parler.

— Je me suis engueulé avec Agathe pour des conneries.

— C'est pas bien grave, dis-je pour tenter de le réconforter.

— Je sais, mais ça me fout les nerfs. J'arrête pas de merder tout le temps.

— Tu veux que je te rappelle avec mon portable ?

— Non, non, j'y vais, Alex, merci, chuchote-t-il d'une voix sourde comme s'il était à bout de souffle. Y'a mon bus qui arrive. Pardon d'avoir appelé à cette heure-là.

Je perçois d'autres sons impossibles à identifier parce que la télévision est trop forte.

— Merci, Alex, répète-t-il juste avant de raccrocher.

J'observe longuement le combiné muet dans ma paume. Au loin, derrière les tirs de balles et les répliques artificielles, il me semble entendre ma mère pleurer.

GABRIEL

— J'ai envie qu'on recommence, lui dis-je en bâillant sur le dos de ma main.

Elle me caresse les cheveux avec indolence. Les flammes de ses bougies dessinent des broderies sur mes cuisses.

— Il est tard, Gabriel.

J'étends mes bras vers le plafond.

— J'ai cours d'éco demain matin, c'est une tradition d'y finir ma nuit.

— Il faut quand même que tu t'en ailles.

— Ça va, dis-je en prenant appui sur mes coudes. J'ai pigé.

Elle me cramponne tendrement le poignet lorsque je saute du canapé.

— Je ne veux pas que tu aies des ennuis.

— C'est moi qui décide si j'ai des ennuis ou pas.

Je contourne la table basse et ramasse chaussettes et jean que j'enfile aussitôt.

— J'ai pas peur, lui dis-je, droit dans les yeux. J'assume tout.

Je me débats avec les manches bouchonnées de mon pull et je l'entends avancer dans mon dos. Elle agrippe les passants de mon jean et colle son visage sur mes omoplates.

— Moi, j'ai peur que...

Comme elle n'achève pas sa phrase, je me retourne vers elle, curieux.

— T'as peur que ? dis-je en finissant de m'habiller.

— J'ai peur que ta mère ne se doute de quelque chose.

Je soulève les sourcils et plonge mes pieds dans mes chaussures délacées.

— Pourquoi ? Elle est bizarre ?

— Non, répond-elle en enfilant son pull sur sa peau nue. Mais j'ai peur quand même.

— Elle voit rien, ma mère, dis-je en piochant un biscuit dans sa boîte en métal. Je pourrais disparaître pendant trois mois, elle s'en rendrait pas compte.

— Ne dis pas ça.

— Elle te parle de moi ? lui dis-je, l'œil provocateur, en passant mon blouson.

— Oui.

— Me raconte pas de conneries, Agnès.

Elle ramasse mon écharpe tombée par terre et me la tend.

— C'est horrible, cette sensation, souffle-t-elle pendant que je l'enroule autour de mon cou.

Sa voix est si fine que je ne suis pas certain des mots qu'elle a prononcés.

— Quelle sensation ?

Elle ne me répond pas et se frotte les bras, l'air absent.

— Quelle sensation, Agnès ?

— Rien, chuchote-t-elle dans un sourire en redressant la tête.

— Tu m'embrasses ? dis-je en lui happant déjà les lèvres.

Elle glisse une main sur le creux de ma taille. Ses dents cognent les miennes. Sa bouche a le goût des biscuits beurrés. Lorsque je me détache enfin, elle cramponne mon poignet. Je lui souris en me léchant la lèvre.

— Tu veux pas me laisser partir.

— Non, murmure-t-elle en regardant ma bouche.

Je récupère mon téléphone sur la table basse, puis jette un dernier coup d'œil dans le salon pour voir si je n'oublie rien.

— Excuse-moi de ne pas te ramener cette fois-ci mais j'ai peur de conduire sous la neige.

— T'inquiète, lui dis-je. J'aime bien marcher.

— Tu fais attention en rentrant.

— Mais oui.

Ses yeux m'étreignent et me caressent tandis que je me dirige vers la porte d'entrée.

— Tu me manques déjà, chuchote-t-elle. Même quand tu es là, tu me manques.

Je l'observe, troublé, puis j'enfonce les écouteurs dans mes oreilles et plaque un baiser sur ses lèvres. Je sors et me retourne une dernière fois en pressant mes pouces sur les touches d'un téléphone imaginaire. Elle acquiesce dans un sourire chaud qui s'évapore aussi vite qu'il s'est installé. Une bouffée d'air glacé frappe mon visage lorsque je quitte l'immeuble. Je remonte le col rembourré de mon blouson et m'engage dans la rue. Sous la lumière des réverbères, la neige prend une teinte crasseuse et malsaine. Le ciel est aussi noir que de la suie.

ÉDEN

J'entre dans ma chambre et je jette mon blouson sur le lit. Je n'arriverai jamais à embrasser une fille. Je me sens lamentable, vide, nu. J'appuie les mains sur mon bureau pour tenter de me calmer et c'est à ce moment que je remarque un infime changement : mes feuilles ne sont pas dans la position où je les ai laissées. Mon agenda est retourné, mes stylos ont bougé.

— Putain, dis-je en abattant mes paumes sur le bois.

Le choc cogne dans ma chair. J'envoie valser rédactions inachevées, classeur, calculatrice. Ça vole partout. Puis je me laisse glisser sur la moquette usée, une grosse boule de sanglots centenaires coincée dans l'œsophage. J'attrape mon lecteur CD, visse les écouteurs dans mes oreilles et lance la *Chaconne* de Vitali, que je rêve d'interpréter un jour. Jouée par Milstein, mon violoniste préféré. Le son au maximum. J'appuie sur « Repeat » et je ferme les yeux.

Lorsque je sens la porte d'entrée vibrer, j'arrache mes oreillettes. Il est rentré. Je me relève et l'attends sur le seuil, bras croisés pour me donner du courage. Dès qu'il commence à monter l'escalier, j'attaque :

— T'as encore fouillé mes affaires.

Il avale une gorgée de bière sans me quitter des yeux.

— Tu devais pas m'appeler pour que je vienne te chercher, toi ?

— Tu m'as pas répondu quand j'ai appelé.

— Bah t'avais qu'à rappeler un peu plus tard.

— Je suis rentré en bus.

— Oui, je vois ça, dit-il d'une voix sourde en montant les dernières marches. C'est pas moi le bigleux ici.

Je me réfugie dans ma chambre en claquant la porte d'un coup de pied mais il la rouvre aussitôt.

— Viens là, dit-il en tendant sa bière vers moi.

— Non.

— Viens là, j'ai dit.

En deux secondes, il atterrit devant moi, passe un bras agressif autour de ma nuque et me plaque contre lui. Sa voix siffle sur le rebord de mon oreille :

— Me fais pas chier, Spirou, je suis crevé.

— Lâche-moi, je peux pas respirer...

— T'aimes ça, d'habitude, chuchote-t-il en resserrant sa prise.

— Matt, tu m'étrangles...

Il me colle un baiser dans le cou puis me lâche en me filant une baffe et se retourne pour s'en aller. J'ai alors le réflexe idiot de lui frapper le dos. Ouvrant grand ses yeux ralentis par l'alcool, il m'attrape par la nuque et appuie jusqu'à me faire tomber à genoux. Son rire très serré m'insulte.

— Tu me cherches, Spirou ?

— Mais vas-y, dis-je en glissant sur la moquette. Touche-moi. *Touche-moi* !

Il avale une nouvelle gorgée de bière ; sa semelle écrase ma calculatrice.

— T'as pété un boulon, mon vieux.

Dès qu'il s'éloigne à nouveau, je me relève et frappe la feuille punaisée sur ma porte. Mes mots sortent, écrasés par la rage :

— Qu'est-ce que tu comprends pas, là ? Y'a écrit « t'entres pas », alors *t'entres pas* !

Je vois les muscles de son dos se contracter. Je vois ses poings se resserrer. Lorsqu'il explose sa bouteille sur le mur, je sens mes jambes céder, je sens la peur grimper. J'ai à peine le temps de regagner ma chambre qu'il bloque la porte avec son pied. Les éclats de verre sur lesquels il marche craquent comme s'ils hurlaient.

DEUXIÈME PARTIE

GABRIEL

Le choc aigu étoile ma vitre à la manière d'une araignée.

— Putain, dis-je tout bas. C'est quoi, ça ?...

J'ouvre avec précaution et je me penche dans la nuit glacée. Éden est debout sous les confettis de neige, le visage levé vers ma chambre. Ses cheveux sont constellés de flocons. Je vois ses épaules qui grelottent, un autre caillou dans sa main. Tachée de rouge, sa main.

— Éd ?... Qu'est-ce que...

— Viens.

— Où t'as mis ton blouson ?

— *Descends.*

Sa voix est noire. Je referme la fenêtre, dévale les escaliers et ouvre la porte d'entrée. Éden est affalé dans la neige, le visage enfoncé dans ses mains. Quand je m'approche et m'accroupis devant lui, il murmure quelque chose qui ressemble à « aime-moi » – mais je crois que c'est « aide-moi ». Il y a du sang sur son jean, autour de ses ongles et sur ses articulations.

— C'est ton sang, Éden ?...

Lorsque je tente d'effleurer son bras, il devient fou et se dégage brusquement.

— Merde, Éden, dis-moi...

Ses doigts se resserrent sur son visage comme des griffes.

— T'as vu quelque chose, Éden ?... T'as *fait* quelque chose ?...

Il m'observe avec une terreur immense. Puis il se penche en avant ; son corps entier se raidit.

— Tu veux vomir ?...

Il crache plusieurs fois. Ses bras tremblent et ses lèvres grelottent. Ça tourbillonne autour de nous en minuscules tornades blafardes.

— Éden, tu veux vomir ?...

Et là, il se met à hurler.

Plié en deux, la bouche plaquée contre ses poings serrés, il pousse un cri qui me lacère le ventre. Un cri que j'entendrai craquer dans ma chair jusqu'à la fin du monde et même *au-delà* du monde.

Son dos se soulève avec frénésie. Je tends le bras vers lui sans oser le toucher.

— Éden, donne-moi ta main...

Sous l'éclat laiteux de la lune, ses cheveux ont la teinte des abricots brûlés. J'effleure ses doigts comme si j'approchais de la nacre.

— Viens dans la maison, s'il te plaît...

Ma voix craque et s'effrite ; je ne sais même pas s'il m'entend. De longues secondes, il reste recroquevillé dans la neige, le visage sur ses mains trempées. Enfin, il lève la tête et se redresse. J'attrape son poignet, par peur de le voir s'enfuir ou tomber, et je le conduis chez moi.

Dès que j'ai refermé la porte, il grimpe l'escalier, spectral, en s'aidant de la solidité du mur. Ses baskets imbibées chuintent sur les marches. Son corps semble d'une légèreté surnaturelle.

— Je vais te donner des fringues sèches, dis-je en montant derrière lui.

Mais il ne réagit pas. Arrivé devant ma chambre, il se fige, les doigts repliés dans ses paumes. Puis il fait volte-face, entre dans la salle de bains et s'allonge en position fœtale sur le tapis. J'attrape une couverture dans la commode de ma mère et retourne auprès de lui mais, lorsque j'allume la lumière, il plaque son poignet sur ses yeux et me demande d'éteindre. J'obéis et je m'accroupis devant lui, attendant de m'habituer à l'obscurité. Il se blottit sous la couverture que j'étends sur lui.

— Fais voir ta main, dis-je tout bas.

Son regard m'évoque un puits dévasté.

— Merde, Éden, tu t'es abîmé un ongle.

Je me relève et rallume la lumière. J'ouvre un placard et attrape pansements, mouchoirs et alcool à désinfecter. Puis je dépose le tout sur le carrelage et me rassieds devant lui.

— Comment tu t'es fait ça ?

— Je sais pas, je m'en suis pas rendu compte.

J'enveloppe son doigt dans un pansement, imbibe un Kleenex d'alcool et le lui tends.

— T'as du sang sur la joue.

Il se frotte le visage, nettoie ses mains puis se mouche dedans. Ses lèvres tremblent encore.

— T'as fait les deux bornes en courant, Éden ?

Il acquiesce, le regard cassé.

— Explique...

Mais il secoue la tête, obstinément. Il ressemble à un petit chat blessé couché par terre. Le silence s'affaisse sur nos deux corps, écrasant.

— J'ai mal, grimace-t-il enfin d'une voix vide.

— Où ça ?...

— Au ventre... Partout.

Il ferme les yeux en tentant de maîtriser sa respiration. Un cil est tombé sur sa joue et ce cil me rend fou.

— *Dis-moi*, Éden.

— J'arrive pas, chuchote-t-il sans poids.

Ses iris étincèlent sous le néon du lavabo. Je serre les dents jusqu'à les faire craquer. Soudain, il souffle :

— Ton téléphone.

— Pardon ?

— Donne-moi ton téléphone.

ÉDEN

Ça ressemble à un décor qui se fige
les sons s'éteignent et les images se voilent
à travers ma fenêtre la lune est maculée de grandes taches noires
on dirait qu'elle a une bouche et des yeux et qu'elle fait
oh
tandis qu'il

entre

et saccage tout

tu fais pas ça Matthias ?
tu fais pas ça tu fais pas ça
dans ma tête, ça cogne comme un manège détraqué
c'est vraiment en train d'arriver
je vais mourir je vais mourir jevaismourirmourirmourir
je sens la porcelaine en moi s'ébrécher

gémir

et casser

j’ai mal maman

je ne m’entends même pas crier

les étoiles crient plus fort que moi

et puis enfin c’est terminé

la boucle de sa ceinture tinte dans le silence choqué

il se relève et remue mon corps avec le bout de son pied

il ne dit rien

puis il s’en va et me laisse là

la joue pressée sur la moquette

je sens ma peau d’enfant saigner

je ne peux pas me redresser

si je bouge tout va s’effriter

alors je lève mes yeux vers la lune en imaginant que je la plie comme un origami

et en belle princesse indignée

elle plaque ses mains sur son visage d’albâtre et sans bruit elle fait

oh

GABRIEL

Je relis pour la dixième fois les mots qu'Éden a tapés avant de baisser la tête vers lui.

— Il t'a quoi ?...

Son souffle hébété s'enroule autour de mon visage.

— Il t'a *quoi*, Éden ?...

— S'il te plaît, me force pas à le dire.

Son aveu s'efface sous mon pouce rageur. Je lis tout ce qu'il n'a pas écrit dans ses yeux. Je lis le monde qui s'agenouille, les oiseaux qui tombent comme des balles de plomb. Je m'entends murmurer

non

non

non

non

non

non.

Je sens mon univers s'éteindre, je sens mon corps céder.

J'ai envie d'arracher les draps du ciel.

J'ai envie de faire exploser la nuit.

Je me relève, assommé, en état de choc. Éden resserre ses genoux contre lui, un mouchoir pressé sur sa bouche.

— Je saigne, murmure-t-il en se mettant à pleurer.

Ces mots m'achèvent. Je perds tout contrôle de moi-même et jette mon téléphone sur le carrelage. Éden sursaute en protégeant sa tête.

J'ai 17 ans mais je suis devenu vieux.

J'observe chaque chose avec le regard grave des montagnes millénaires. J'ai la sensation que mon cœur s'est déplacé et qu'il bat dans ma gorge. Je déglutis pour l'avaler.

— Mais qui......... ?

Il se mouche plusieurs fois. Sa respiration s'épaissit. Je la sens grossir dans l'air et poisser ma peau.

— Qui, Éden ?... lui dis-je en m'appuyant sur le lavabo. Le gars qui t'emmerdait au square ?

Ses yeux tanguent dans toutes les directions, incapables de se fixer sur une cible. Il revient sans cesse au téléphone sur le sol, terrorisé par quelque chose qu'il est le seul à voir. J'ai la sensation qu'il ne m'entend pas.

— Éden, tu parles du gars qui t'emmerdait au square ?

Il acquiesce avec une extrême lenteur. Je mets de longues secondes à déchiffrer ce geste, comme s'il ne faisait qu'érafler la paroi de mon crâne.

— J'appelle les flics.

— Non, répond-il vite, apeuré.

Je ne comprends pas son regard. Je ne comprends pas son refus. Désemparé, sonné, je m'accroupis devant lui et pose ma main sur la sienne. Il la retire en chuchotant :

— Je peux avoir du chocolat ?

Je galope aussitôt jusqu'à la cuisine, déniche une tablette dans un placard, remonte en mode automatique puis la tends à Éden. Il casse un gros carré qu'il se fourre dans la bouche.

— J'ai froid, murmure-t-il enfin en serrant la couverture contre lui. Je peux me laver ?

— Bien sûr.
Ma voix résonne à peine, désincarnée.
Je n'arrive pas à croire qu'on est en train de vivre ça.

ALEXANDRE

La sonnerie de mon téléphone fissure le silence. Sourcils froncés, je jette un œil au nom qui s'affiche sur mon écran, et je prends l'appel.

— Allô, Jav ?

— Amène-toi, crache-t-il d'une voix brûlante.

— Quoi ?... *Maintenant* ?

— Amène-toi, j'ai dit. C'est Éd.

— Qu'est-ce qu'il a ?...

— *Bouge ton cul jusqu'à chez moi* ! Je peux pas t'expliquer au téléphone.

Il raccroche brutalement et le timbre sourd d'Éden me revient :

J'y vais, Alex, merci.

Aussitôt, je l'imagine mort.

Couché sur le sol dans une mare de sang.

Mon cœur frappe un grand coup.

J'abandonne mon livre de biologie, ôte mon pyjama et je me rhabille. Sur la pointe des pieds, je pars récupérer mon manteau dans l'entrée et je regagne ma chambre. J'enfile bonnet, mitaines, écharpe et ouvre discrètement la fenêtre avant d'en enjamber le rebord. La neige me gifle le visage avec une paresse délicate. Une fois dehors, j'essaie de rapprocher les deux battants, mais le vent les repousse.

J'y vais, Alex. Pardon d'avoir appelé à cette heure-là.

Mon cœur ricoche contre mes côtes. Le sang pulse à mes tempes. Je remonte l'écharpe sous mon nez et me mets à courir.

ÉDEN

L'eau coule sur moi sans parvenir à laver la saleté.
Je suis contaminé.
À quoi vais-je servir désormais ?

ALEXANDRE

Un quart d'heure plus tard, j'entre chez Jav en disséminant des bouts de neige sur le carrelage. En face de moi, un rayon de lumière éclaire le haut de l'escalier. Lorsque j'appelle son nom, Jav apparaît et descend les marches, le corps raide. Ses yeux ont la couleur de tuiles d'ardoise fêlées.

— Comment il va ? Où il est ?

— Avance, souffle-t-il, les dents serrées.

Il me pousse jusque dans la cuisine et claque la porte derrière nous.

— T'es venu vite.

— J'ai été pris en stop par une dame du quartier, lui dis-je, anxieux. Où il est ?

— Dans la salle de bains.

Sa voix est chargée d'une pesanteur inhabituelle. Sentant mes jambes faiblir, je tire une chaise et me laisse tomber dessus. Il se frotte le visage et m'observe à travers ses doigts en éventail. En trois ans, je n'ai jamais vu cette dureté dans ses yeux. Jav, l'original de la bande, l'insoumis pétillant, l'astéroïde qui crépite de partout. Ce regard me désarme.

— Il va bien ?

Il retire ses mains, s'adosse au mur, puis ouvre la bouche et chuchote :

— Il...

Le pronom s'émiette dans l'air.

— Il –

Son souffle s'emballe. Il resserre les poings et fait ressortir les os de sa mâchoire. Puis il frappe sur la table avec ses paumes.

— J'ai pas envie de prononcer ces *putains de mots dégueulasses*, t'entends ?

Je me lève mais il appuie sur mon épaule. Puis il se tourne vers le frigo, attrape le bloc-notes collé dessus et y plante la mine du stylo. Ses mains tremblent. À deux reprises il entame le papier puis pousse le bloc-notes vers moi. Il a écrit en majuscules.

Il me faut une vingtaine de secondes pour comprendre.

Je sens mon cœur se détacher et tomber dans mon ventre.

ÉDEN

Il s'est jeté sur moi, il a arraché mon jean et il m'a –

GABRIEL

Il se relève et recule vers le mur, hagard.

— Tu plaisantes ?

— Non.

J'ai mal partout, comme si j'allais casser. Les yeux d'Alex sont insensés.

— C'est quoi la *vraie phrase* ? dit-il en tapant sur le bloc-notes comme un dément.

— Ça, lui dis-je sans le quitter du regard.

— Qu'est-ce que tu voulais écrire ?

— *Ça*, Alex.

Il froisse le message dans sa main puis le déchire en fragments jaunes qui se répandent sur le carrelage.

— J'y crois pas, murmure-t-il, acide.

Je lui cogne une baffe que je n'ai même pas sentie venir. Il me jette contre le frigo, abasourdi. L'impact fait tinter les bouteilles posées dessus. Une boîte de céréales heurte le sol dans un bruit musical.

— Calme-toi, Alex.

J'enroule mes bras autour des siens pour le forcer à lâcher prise. Il fait quelques pas et frappe le plan de travail.

— Non, dit-il d'une voix à peine audible.

— Si.

— *Non.*

— Si, Alex.

Je sens *physiquement* que je l'abîme et que je le blesse. Je vois l'horreur gagner sa peau. J'aperçois dans ses yeux la lumière que malgré moi j'y éteins.

— C'est impossible, chuchote-t-il d'un ton creux.

Il vacille, la bouche ouverte et le regard voilé. J'ai le réflexe de tendre les bras, mais je ne suis pas assez rapide : il se laisse tomber, aussi mou qu'une poupée de chiffon. Ses iris clairs sont presque blancs.

— C'est impossible, répète-t-il, hébété.

Je m'accroupis devant lui et prononce son prénom ; il remue à peine. Son souffle se désorganise. Il retire son écharpe, mais continue à suffoquer.

— Je peux plus respirer, murmure-t-il en tirant sur sa chaîne en argent.

Puis il devient fou. Il se relève, rouvre la porte, grimpe les escaliers. Je manque de m'affaler sur les marches en agrippant sa manche.

— Stop, Alex, il prend une douche.

— Je *veux* le voir.

Je l'attrape par le creux du coude et je serre fort.

— Arrête, Alex !

Il hésite de longues secondes, puis je sens son corps capituler. Il redescend l'escalier, traverse le salon éteint et se laisse tomber dans le canapé. Je m'assieds en face de lui, sur la table basse. Ses yeux s'emmêlent aux miens.

— Qui ? demande-t-il, vidé de toute substance.

— Un type qui le guettait au square, j'en sais pas plus.

Nos regards s'affrontent et s'entaillent. Je sens un flot de rage bouillonner dans mon ventre.

Alex retire son manteau, puis se relève et erre dans le salon d'un pas accidenté.

— Putain, lâche-t-il tout à coup. Y'a des rasoirs dans la salle de bains.

Je le dévisage une seconde, sonné.

Oh.

Nom de Dieu.

Nous avalons les marches par trois et j'abats ma paume sur la porte.

— Éden ?...

Seul le gargouillement de l'eau me répond. Je frappe plus fort.

— Éden, dis quelque chose, *tout de suite.*

Un objet est jeté et rebondit sur le sol en ricochets aigus et légers. Je pense aussitôt à un flacon de shampooing. Alex se tourne vers moi.

— Il faut qu'on l'emmène aux urgences.

J'acquiesce et presse mes lèvres contre la porte.

— Éden, on t'emmène aux urgences après.

J'entends des éclaboussures. La voix d'Éden ressemble à de la poudre lorsqu'il répond :

— Non.

— Y'a pas de « non » qui tienne, me crache Alex.

Je colle mon front sur le bois, paupières closes.

— Éd...

— *Non*, répète-t-il d'un ton plus épais. Laissez-moi seul.

Je cramponne les yeux d'Alex et j'écarte les bras dans un geste désespéré. Jamais je n'ai ressenti une telle impuissance. Jamais le monde ne m'a paru plus laid.

AGATHE

Je décroche, enfouie sous ma couette. La voix de Jav ressemble à une cloche ébréchée.

— Y'a un problème avec Éden, lâche-t-il, inconsistant.

Je me redresse, les doigts tremblants.

Quelque chose craque dans ma poitrine.

GABRIEL

Les yeux d'Alex se décalent sur la gauche et fixent un point derrière mon dos. Des billes de givre, ses yeux. Je me retourne et avise Éden, emmailloté dans la couverture.

— J'ai pris une serviette au hasard et ta brosse à dents, j'ai paumé la mienne.

J'observe son jean assombri par la neige et la sueur. Ses cheveux mouillés. Ses pieds nus et violets.

— Je vais te donner des fringues sèches.

Il hoche la tête, absent, et me suit à l'étage. Il a posé un T-shirt sur ma lampe de chevet pour en pâlir la lueur sans se retrouver dans le noir.

— T'essaies de faire cramer la pièce ?

Il contemple son bricolage de fortune puis repose ses yeux sur moi.

— Ça peut cramer ?

Je hausse les épaules, tentant un sourire que je veux consolant. Il ne réagit pas et me fixe avec hébétude. Je me retourne vers ma commode, ouvre un tiroir et en sors un pantalon et un pull, que je lui tends.

— Putain, tu trembles...

Ses cils tressaillent. J'entends les tennis d'Alex chuinter sur le parquet du couloir.

— Change-toi, Éd.

— Oui, quand vous serez sortis.

Adossé au chambranle de la porte, Alex tapote sa tempe sur le bois et lâche :

— Agathe arrive.

Lèvres entrouvertes, Éden me dévisage. L'éclat de son regard me glace.

— Vous lui avez parlé ?... Vous lui avez dit quoi ?...

Les mots s'empêtrent dans ma bouche. Ça forme une vase pâteuse qui se coince sous mes dents.

— Rien, répond Alex d'une voix blanche. On n'a encore rien dit du tout.

— Ne lui dites rien.

Je referme brièvement les yeux.

— Éd...

— *S'il vous plaît.*

Son regard passe d'Alex à moi, dans un mélange d'égarement et de frayeur.

— Je voudrais dormir, ajoute-t-il en se fixant sur moi. Je peux prendre un médoc de ta mère ?

— Non.

— Un seul, s'il te plaît...

J'inspire avec vigueur pour étouffer la tension qui m'assaille.

— *Non*, Éd, n'insiste pas.

Alex me fait un signe de tête en direction du couloir. Je sors et tire la porte vers moi sans la fermer, gardant ma main sur la poignée.

— Et Sarah ? me demande-t-il, agité, en se balançant sur ses jambes.

— Sarah, on l'emmerde pas pour l'instant. On attend Agathe et on avise après.

Il acquiesce. J'entre dans la chambre de ma mère et fouille sa table de nuit ; je récupère toutes ses boîtes de médicaments, redescends, puis les fourre dans l'un des cartons qui traînent. Derrière le vitrage du salon, la neige s'affale en giclées molles et opalines.

J'ai presque la sensation que ça neige sur moi.

J'ai froid. J'ai mal. J'ai peur partout.

Je remonte dans la salle de bains, la vide de tous ses rasoirs et objets coupants et les cache dans le bureau de ma sœur. Puis je rejoins Alex, appuyé contre le mur extérieur de ma chambre, qui veille sur Éden à travers la porte entrouverte.

— On peut pas rester ici sans rien faire, jette-t-il, l'œil acéré.

— Il refuse qu'on l'amène à l'hosto, tu veux que je fasse quoi ?

— Donc tu le laisses décider de ce qui est bon pour lui ?

— Oui.

Il fouette l'air, agressif.

— Et tu crois que tu l'aides en faisant ça ?

— Laissez-moi du temps, s'il vous plaît, chuchote Éden du fond de mes draps, presque à bout de souffle.

— Combien de temps ? lui demande Alex, l'œil polaire.

Éden baisse la tête sans répondre. C'est alors qu'une image très précise me revient. Cinq jours avant cette nuit, j'entends ma porte couiner puis Éden se laisse tomber sur mon lit, en travers de mes jambes. Je râle dans mon oreiller et remue pour l'éjecter.

— Bouge, me lance-t-il, il est huit heures moins vingt.

Éden est toujours le premier levé. Lorsque je descends au salon, je le trouve devant la télé, absorbé par *Les Zinzins de l'espace*. La chanson nous poursuit durant le trajet au lycée. Nous la chantons en shootant dans une vieille cannette de soda oubliée sur un trottoir. Les rares fois où ma mère est là, nous bossons nos cours sur la moquette de ma chambre. Et lorsqu'elle est absente, nous nous étalons dans le salon, la table basse recouverte de boîtes de biscuits entamées, et nous jouons à *Puzzle Bobble* et à *Soul Reaver* toute une partie de la nuit.

Ces silhouettes, esquissées en pointillés, se superposent à nos corps d'aujourd'hui, blêmes et meurtris.

Nous n'avons pas assez profité de ces moments simples et naïfs.

Nous n'avions pas fini d'être des enfants.

— Mon frère, chuchote Éden derrière la porte en m'arrachant à ma mémoire.

Je ne comprends pas immédiatement alors il répète les mots, la voix aussi frêle qu'un copeau de lune. Il dit :

— C'est mon frère, c'est Matthias.

Le nom danse autour de mes yeux.

Taillant dans ma chair comme un sort de magie noire.

Piétinant tout ce qui respire encore.

J'entends Alex tousser puis suffoquer.

Et moi, j'ai la sensation de me transformer en lave.

ALEXANDRE

— Matthias ?... répète Jav, les yeux défaits.

Éden hoche la tête sans croiser nos regards. Je me laisse glisser sur le sol, mes doigts recherchant la solidité du parquet. Jav reste immobile. Puis j'entends le moment précis où tout cède. Il abat ses paumes sur le mur en poussant un grand cri. Il frappe trois fois. Puis il descend les marches, saisit un cadre photo devant lui et l'explose sur le carrelage.

— *Matthias* ?

Je jette un œil vers Éden, puis rejoins Jav et lui cramponne le bras. Jamais je ne l'ai senti trembler aussi fort.

— Le fils de pute, siffle-t-il sous ses dents.

Livide, il se dégage de mon étreinte et se précipite vers l'entrée.

— Le putain d'enfoiré de *fils de pute.*

Une rafale glacée nous agresse lorsqu'il ouvre la porte. Une odeur de monde qui naît ou qui meurt. Une odeur de nuit blottie dans une autre nuit.

— Putain, je vais le massacrer.

Il hurle tellement fort que sa rage rebondit sur les arbres. Ça monte jusqu'au ciel, ça brûle tout autour. Je lui cours après en fouettant la neige mais, lorsque je saisis enfin son bras, il donne un violent coup d'épaule et m'échappe avec la souplesse d'un chat.

— Tu vas vraiment faire deux kilomètres sous ce temps pour lui casser la gueule ?

Mes mots sortent, étrangement dilués. Les poings de Jav sont serrés sur le vide. Il marche et marche, le visage droit, jusqu'à ce que la voix d'Éden le stoppe :

— Il est *parti*, Gab ! crie-t-il, fragile dans l'embrasure de la porte d'entrée. Il est *parti de la maison* après !

Jav ne bouge plus, blafard sous le rayonnement de la lune. Puis il s'effondre et se met à frapper la neige avec ses paumes, il la gifle, la cogne.

— *Jav*, dis-je plus fort en lui serrant l'épaule.

— C'est qui ce putain de taré ? fait-il, ahuri de chagrin.

— Relève-toi, tu vas attraper la mort.

Il redresse la tête et me dévisage, le regard lacéré.

— Comment tu peux penser, un jour : j'ai envie de toucher mon frère ? Comment tu peux te lever un matin et *avoir envie de toucher ton frère* ?

Je sens mes jambes faiblir. Les flocons s'accumulent sur mes paupières et embrument ma vision. J'avale de la neige par brassées entières.

— Il m'a appelé, Alex.

Ces paroles me chavirent le cœur. Je me tourne machinalement vers la maison qui me paraît minuscule sous son étoffe laiteuse.

— Moi aussi, il m'a appelé, et j'ai pas compris.

— Qu'est-ce qu'on a fait, me souffle-t-il, anéanti. Qu'est-ce qu'on a fait.

GABRIEL

Je serre la neige entre mes doigts congelés. Je serre la neige pour les mômes qui ramassaient des marrons et faisaient des batailles avec. Je serre la neige pour les ciseaux que tu m'as jetés au visage un après-midi d'août et la cicatrice qui mord le bras que j'ai dressé pour me protéger. Je serre la neige pour ton regard terrorisé devant ma superbe mort de héros lorsqu'on jouait à Robin des bois. Je serre la neige pour les larmes insensées qui t'ont secoué ensuite. Je serre la neige pour le gosse si naïf qui m'a demandé si une poule d'eau était une poule remplie d'eau. Je serre la neige pour l'enfance qui finit ici.

ALEXANDRE

Un ronflement vibre dans l'air glacé. Une voiture apparaît au bout de la route, ralentit et freine en serrant la bordure. Le bruit sec des essuie-glaces fouette la nuit. Une portière s'ouvre avec lourdeur.

— Me refaites jamais ça, crache Agathe en se rapprochant, le doigt pointé sur nous. Me réveiller en pleine nuit pour me faire flipper. Me refaites *jamais ça*.

La voiture redémarre et s'éloigne après un appel de phares. Agathe nous dévisage l'un après l'autre, désorientée.

— Putain, vous avez l'air...

Elle n'achève pas sa phrase et examine nos silhouettes agitées, trempées, sans manteaux ni repères. Incapable de prononcer un seul mot, Jav fait demi-tour et se dirige vers la maison. Agathe m'interroge du regard mais le suit quand même, résignée. À peine la porte a-t-elle claqué que je me précipite à l'étage vérifier qu'Éden est toujours là. Toujours en vie. Avalé par les couvertures, je n'aperçois que le haut de ses cheveux. Je m'avance vers le lit et me penche sur lui. Ses yeux agrippent les miens, hantés.

— C'est elle ?...

— Oui.

Du salon me parviennent des murmures aussi vaporeux que des foulards. Des phares égarés illuminent la pièce le temps d'une gifle blanche. Derrière la vitre, la neige continue à tomber avec la légèreté de mille pétales de cerisier.

AGATHE

— Approche, balbutie Jav, les paumes ouvertes dans ma direction.

C'est tellement incongru de sa part que je ne bouge pas. Je sens mon corps se ratatiner pour me protéger du choc à venir.

— Pourquoi ?...

— Approche, me répète-t-il plus bas.

Alors j'avance à petits pas, tremblante.

— Tu me fais peur, dis-je en me collant contre lui.

Je comprime mes doigts sur ses côtes et sens son souffle rebondir sur mon oreille. Les mots qu'il prononce me paraissent bien trop gros pour mon corps.

Le choc est si violent que je le lâche et g
l
i
s
s
e entre ses bras.

Il s'accroupit à mes côtés, tentant d'accrocher mon regard. Mais la seule chose qui emplit mon esprit, c'est

le sourire d'Éden,

sa peau aussi crémeuse qu'un saladier de blancs montés en neige,

ses doigts courant sur son violon.

Repliée sur le sol, j'essaie d'assimiler les paroles de Jav, mais elles maculent les parois de ma gorge comme du ciment frais. Je me demande si je vais les vomir.

— Éden ? dis-je dans un chuchotement choqué.

Jav caresse mon poignet du bout de ses doigts.

— Oui.

— Éden, tu dis ?... *Mon* Éden ?...

— Oui.

À l'étage, j'entends le parquet craquer.

— Il est en haut ?

— Oui.

— Comment il va ?

Il ne répond pas. Je redresse enfin la tête et me relève en prenant appui sur le carrelage. Jambes flageolantes, je me dirige vers l'escalier dans un silence épais, seulement interrompu par le son de mes pas. Alex se décale pour me laisser entrer dans la chambre, le regard grave.

— N'allume pas, s'il te plaît, me souffle Éden du bout des lèvres.

Couché en chien de fusil, il me fixe, le visage à moitié mangé par l'oreiller.

— Éden...

— N'approche pas, s'il te plaît.

— Je peux te serrer dans mes bras ?

— Non, viens pas. Me touche pas.

Ses yeux me chassent avec frayeur. Sa voix sonne de façon étrange, comme écorchée. Une main se pose sur mon épaule.

— Lâche-moi, Alex, dis-je dans un mouvement brusque.

Puis je me tourne à nouveau vers Éden, dévoré par les couvertures. Lorsque j'avance d'un pas, il se crispe et donne un coup de pied dans la couette pour me faire reculer. Je ne l'ai jamais vu aussi sauvage et ratatiné sur lui-même, petit hérisson dont les piquants dressés m'empêchent d'approcher.

— Me touche pas, Agathe. Me touche pas, je t'en *supplie.*

Ses dents écrasent le dernier mot et le rendent caillouteux.

— D'accord, dis-je, tremblotante, je te touche pas.

Dans la pénombre, ses yeux ressemblent à des *toffees.* Désemparée, je tente :

— Je peux revenir plus tard ?...

— Oui, murmure-t-il en pressant son poing sur sa bouche.

Alors, je quitte la chambre en mode automatique, le corps aussi mou que de la gelée. Mon cœur se répand partout sous ma chair.

GABRIEL

Lorsqu'elle trébuche dans l'escalier, Alex se précipite vers elle et l'escorte jusqu'en bas des marches.

— Ça va, murmure-t-elle dans un sourire forcé en pressant l'interrupteur.

La lumière nous agresse les yeux.

— Vous avez appelé la police ?

Je secoue la tête, misérable.

— Mais putain, qu'est-ce que vous avez foutu ?

Je jette un regard vers Alex qui remonte à l'étage pour veiller sur Éden. Je suis paumé comme jamais je ne l'ai été.

— Éden ne veut pas qu'on le fasse pour l'instant.

— C'est quoi ces conneries ?

— Il nous a demandé de lui laisser du temps.

— Du temps *pour quoi* ?

Je hausse les épaules tandis que sa respiration s'accélère. Reflétés dans la porte-vitrée, nos visages offrent une teinte sinistre.

— Où est cet enfoiré ? nous lance-t-elle, plus acide.

— J'en sais rien, dis-je, les dents serrées. Mais je l'attends.

— Parce que tu crois qu'il va débarquer ici ?

— Oui, dis-je, mais c'est difficile de penser comme un taré quand on n'en est pas un.

— Il serait déjà là, Jav, marmonne Alex en cognant le mur avec sa tempe.

— Je suis sûr qu'il voudra faire taire Éden.

— Il serait / déjà / là, Jav, répète-t-il en tapant plus fort au rythme de ses paroles.

Les yeux d'Agathe oscillent entre nous deux. Une mèche de cheveux blonds lui barre les lèvres. Mon regard s'arrête sur les éclats de verre qui souillent le carrelage ; je m'en approche et les ramasse sans réfléchir. Dans le cadre ébréché, mon visage du passé, intact, me contemple à côté de celui de ma sœur.

— Pas avec tes doigts, me lance Alex.

Je l'entends à peine. Je sens partout autour de moi la tension qui nous fragilise. Je sens la violence brute qui serpente dans l'air lourd.

— Qu'est-ce qu'on fait s'il débarque ? demande Agathe en se laissant tomber au fond du canapé.

— On avisera.

Elle m'adresse un début de rire nerveux puis retire ses bottines qu'elle sème sur le tapis.

— Tu fais de l'aïkido, mais lui, c'est un nageur pro.

— Je peux le maîtriser, lui dis-je sans savoir si c'est elle ou moi que j'essaie de rassurer.

Je me dirige vers la cuisine pour y jeter le verre brisé et je ramasse la boîte de céréales tombée sur le sol. Puis je me rince les mains longuement sous l'eau très chaude. Lorsque je regagne le salon, je sens une immense fatigue s'abattre sur moi. Je tire l'une des chaises installées autour de la grande table, m'assieds et passe une main tremblante sur mon visage. J'entends le parquet crisser sous les pas fiévreux d'Alex.

— J'ai peur, Jav, me souffle Agathe.

— Moi aussi.

Et le silence revient, électrique et opaque. Les chiffres lumineux du réveil sur le meuble télé indiquent 4 h 04.

— J'appelle Sarah ? interroge Agathe d'une voix plus chétive.

Incapable de réfléchir, je remue les épaules, le front contre la table. Mais je pense qu'Alex hoche la tête, parce que j'entends le canapé couiner : Agathe se lève et me demande où est mon téléphone parce qu'elle a oublié le sien. Je pointe l'étage du pouce, inerte. J'ai l'impression qu'il faudrait une armée pour me réanimer.

ÉDEN

J'en viens presque à me demander : est-ce que ça s'est vraiment passé ? Ai-je vraiment vécu ce que j'ai vécu ?

Non, ne pas penser. Débrancher l'esprit. Quitter le corps. S'enfuir.

J'entends la porte s'ouvrir et froisser le silence. J'entends le bruissement d'objets qu'on déplace. Puis un baiser se pose sur mes cheveux, s'attarde et s'évanouit dans un parfum de pâte d'amande.

SARAH

AGATHE

Assise sur le tapis de bain, dos à la baignoire, j'observe l'écran fissuré du téléphone de Jav.

J'entends encore Sarah pleurer sous mes paupières.

Je sens Éden saigner en moi.

J'ai hâte de me barrer d'ici.

Tu sens le feu salé.

Non, me touche pas, j'ai pas envie.

Tu n'aimes pas beaucoup tes cheveux, Éden, mais sans eux, on ne se serait pas rencontrés. Je revois ta tignasse fauve sous l'éclairage des néons. En plein milieu du centre commercial. Mon regard agrippe cette tache flamboyante qui surgit de nulle part. Je cours vers vous pour fuir le trio qui me piste depuis cinq bonnes minutes. Je me hisse sur la pointe des pieds et plaque ma bouche sur celle de Jav qui se tient un pas devant toi. Et je me souviendrai à vie de ce baiser – mon tout premier, même si je ne lui avouerai jamais.

Durant l'heure qui suit, je ne vous lâche pas d'une semelle et je vous soûle de paroles et de bruit.

Oubliant ma mère, occupée à remplir son caddie.

Oubliant le danger et les ombres qui guettent au loin.

Jav fait mine de me jeter dans une grande poubelle pour me faire taire. Sa longue chevelure blonde tombe sur ses épaules et des bracelets de bonbons multicolores enserrent ses poignets. Toi, tu presses un sachet d'ours en guimauve contre ton cœur.

Ça sent le parfum vert et dentelé des muguets.

Nous avons 14 ans, nous allons passer le brevet. Le monde adulte bondit de toutes parts et nous l'évitons, agiles, en courant autour des voitures garées. Nous sommes souples, nous sommes des poires pleines de jus, nous sommes des chats de gouttière sous le soleil moite. Je danse et pirouette dans la rue piétonne en claquant dans vos mains. Je revois le jean trop grand de Jav et l'extrême finesse de ses bras nus. Tu portes un T-shirt vert feuille sur un sous-pull à manches longues. Et quelle beauté, le vert sur toi. Je porte une robe jaune pâle avec des tournesols et des ballerines dorées. Mes tresses africaines claquent dans mon dos. Jav chante un générique de manga. Tu souris en te protégeant du soleil avec la main, la bouche pleine d'oursons pâteux.

Nous sommes la tendresse sans condition.

Nous sommes l'authenticité.

Alors, seule dans cette salle de bains, je serre contre moi cette heure merveilleuse passée à *n'être qu'une adolescente.* Je serre contre moi ma mère qui me cherche dans tous les rayons du supermarché. Je serre contre moi le rire électrique de Jav et les bonbons que je croque à même son poignet tandis qu'il gueule que je lui bave dessus. Je serre contre moi le coup de soleil écarlate sur ta nuque et l'odeur citronnée de tes cheveux. La coccinelle qui rampe sur ma cheville. Ta peau aussi blanche que la crème qu'on lèche dans les gaufrettes. Les bulles de chewing-gum que Jav éclate dans sa bouche. Vos voix qui muent et font n'importe quoi.

La gifle de ma mère, en suspens dans l'air frais, retombant sur sa cuisse sans pouvoir me toucher.

La vie, un matin de mai immortel, ta beauté cuivrée qui nargue celle de l'été.

Un ours en guimauve froissé dans ta main.

SARAH

Je me précipite dans la cuisine, ouvre le frigo et attrape tout ce que j'y trouve : gruyère râpé, œufs durs, yaourts aux fruits, le reste de la quiche, les deux dernières parts de gâteau au chocolat, les compotes, les cornichons, jusqu'aux flacons de mayonnaise et moutarde.

On dirait une droguée.

Je dépouille les rayons en fixant le couloir avec égarement, terrifiée à l'idée de voir mes parents surgir. Ma sœur ne risque pas de m'entendre, tant son sommeil est profond. Je dépose mon butin sur la moquette de ma chambre en plusieurs allers-retours puis ferme la porte à clef.

Et j'ingurgite tout.

Absolument tout.

Corps meurtri, corps-poubelle, j'anesthésie ma tête.

J'ai à la fois l'impression de me consoler et de m'empoisonner. Toutes les émotions se mêlent en une seule boule gigantesque et répugnante que

je bouffe

bouffe

et bouffe encore.

Je ne reconnais pas la fille qui plonge ses doigts dans les yaourts et gobe les parts de gâteau comme si elle tentait de s'étouffer avec. Je deviens quelque chose de monstrueux.

J'avale le choc, j'avale l'horreur, j'avale la confiance que je perds en l'être humain.

Et seule la douleur physique de mon estomac me fait stopper.

Cernée par les plats vides et les emballages éventrés.

Une seconde couche d'effroi s'ajoute à la première.

Mon Dieu

Mon Dieu

qu'est-ce que

j'ai fait ?

ALEXANDRE

Jav a enfilé des vêtements secs et pris ma place sur le sol, devant la porte de sa chambre. Moi, je fais les cent pas dans le salon.

— Merde, dis-je en stoppant devant les marches. Il doit neiger dans ma chambre.

Jav fronce le front, les coudes sur les genoux, pendant que j'imagine mon bureau et mon lit peu à peu recouverts d'un amas de mousse blanche.

— Pourquoi il neigerait dans ta chambre ?

— Je me suis enfui par la fenêtre et j'ai pas pu refermer.

Il hausse les sourcils, étonné, mais ne dit rien. Nous sommes des sachets vides, nous sommes des pelures mortes.

— T'es sûr que...

— Chut, me coupe Jav, la main dressée et les yeux béants.

Je tends l'oreille mais n'entends rien. Puis, soudain, ça se rapproche. Un raclement qui se transforme en bourdonnement et qui déchire l'air. Un moteur qui palpite. Quelque chose d'agressif, de noir, s'enroule autour de nous.

Jav bondit sur ses pieds.

— Éteins, m'ordonne-t-il à voix basse.

J'appuie sur l'interrupteur, les doigts flageolants, pendant qu'il descend les marches avec hâte.

— Je suis pas prêt, lui dis-je, tétanisé.

Mais il a déjà plaqué ses mains sur la porte d'entrée, l'œil collé au vitrage. Je m'approche aussi mais la neige, trop huileuse, souille le décor et m'empêche de voir. Des phares éclairent soudain nos visages graves. Je sens mes tripes se contracter. Je sens mes genoux se diluer. Jav respire de plus en plus fort et de plus en plus vite. Il déverrouille la porte et la neige nous aveugle, fluorescente sous la lune insensible.

ÉDEN

L'air visqueux prend les contours de son corps.

L'oxygène s'épaissit.

Je sais que mon frère est ici avant même d'entendre sa voix fendre la neige.

GABRIEL

— T'en as mis du temps, dis-je en serrant le ventre et les poings.

Les phares éclairent le ciel duveteux. Matthias claque la portière et me fixe avec une intensité grondante. Dans son sweat jaune et son blouson en jean, il n'a pas l'air d'un taré qui touche son frangin. Le coin de sa lèvre ébauche un sourire rugueux.

— Casse-toi, lui dis-je, bouillonnant de rage.

Il soulève les sourcils avec exagération et penche la tête. Sur le pare-brise, les essuie-glaces poursuivent leur ballet hypnotique. Tout autour de nous, on dirait qu'il pleut des billes de soie.

— Casse / toi / *sale porc* !

Il avance de quelques pas, puis s'arrête et plaque ses poings sur ses hanches dans une posture agressive.

— Qu'est-ce que ce petit con a *encore* raconté ?

— Des trucs qui te foutront en taule jusqu'à ce que t'y crèves.

Nouveau haussement de sourcils méprisant.

— Vous avez gobé ses foutaises ?

Sans même tourner la tête vers Alex, je sens qu'il se crispe à mes côtés. Les yeux foncés de Matthias dérapent sur mon pote puis se clouent à nouveau sur moi.

— Amène-le-moi.

Je refuse, mâchoire contractée.

— T'es chez moi, ici. *Tu te casses.*

Il lâche un rire offensant qui se dissout en une fraction de seconde puis se rapproche encore. J'avance aussi pour m'éloigner des marches et me retrouver sur un sol plus stable en prévision du combat à venir.

— Je le répèterai pas deux fois, Javori : tu m'amènes Éden ou j'explose ta tronche de pédé.

J'écarte les bras, provocateur.

— Bah viens.

Le visage embrasé, Matthias bondit sur moi. Il m'attrape par le pull et me plaque contre lui, me soufflant une haleine de bière amère.

— Tu me l'amènes *très vite* ou je t'explose ta baraque de pouilleux.

Aussitôt, Alex se jette sur nous et s'acharne sur Matthias, mais ce type est bien plus fort et plus féroce que nous. Comme s'il se débarrassait d'un ballot de plumes, il repousse mon pote d'un coup de coude, puis il lâche mon pull et me cramponne la nuque. Les muscles roulent sous sa mâchoire.

— Plus tu te foutras de ma tronche et plus ton petit copain prendra cher.

Je ne sais pas s'il menace Alex ou Éden. Il resserre sa prise sur mon cou puis me projette à terre. J'avale une pleine brassée de neige juste avant de heurter le sol.

AGATHE

Éden s'arrête si brusquement dans l'encadrement de la porte d'entrée que je le percute. Me penchant au-dessus de son épaule, j'aperçois Jav à genoux sur le tapis de neige, Alex auprès de lui.

— Jav ?... dis-je d'une voix blanche. Jav ?...

Au contact de mes doigts, le dos d'Éden se raidit. Instinctivement, je me colle contre lui. Face à nous, Matthias m'évoque une sculpture de pierre indestructible.

— Bah voilà, quand tu veux, dit-il en regardant son frère.

Éden s'arrache à moi, sort et je le vois s'éloigner à grandes enjambées maladroites. Il s'accroupit, penché en avant, une main sur le ventre. Tous les yeux sont rivés sur lui. Les cœurs sont arrêtés.

Puis, soudain, il se contracte et vomit.

— Merde... dis-je, affolée, en m'élançant sur les marches.

J'entends Alex crier mon nom et, en quelques foulées effrénées, j'atterris près d'Éden. Sans se retourner, il tend le bras vers moi pour m'empêcher d'approcher.

— Viens pas, marmonne-t-il en crachant.

— Rentre, Agathe ! hurle Alex.

Je le dévisage, interloquée, et réalise enfin que j'ai plongé dans la neige sans mes chaussures. Je cours me réfugier à l'intérieur puis m'assieds sur le seuil, retire mes chaussettes trempées et me frotte les pieds pour tenter de les réchauffer.

Dehors, sous le vent cru, Jav se relève avec lenteur et difficulté, soutenu par Alex. De son côté, Matthias se rapproche de la voiture, sûr de son ascendant, tandis qu'Éden appuie ses paumes sur ses cuisses, à bout de souffle.

— Quand t'auras fini tes dégueulasseries, tu monteras dans la bagnole, lui jette-t-il en s'appuyant contre la portière passager.

Éden répond quelque chose que je n'entends pas et s'essuie la bouche du dos de la main.

— Répète un peu ça ? lui balance son frère.

— Je reste ici.

C'est à ce moment-là que Jav et Alex se mettent à courir dans sa direction, le premier appuyé sur le second. Ils arrivent à la hauteur d'Éden et Jav lui prend le bras pour l'entraîner vers la maison.

— Vous m'amusez, vous savez ? lance Matthias avec sarcasme. Mais y'a un moment où ça va *vraiment me foutre en rogne.*

Éden est poussé à l'intérieur puis la porte se claque avec fracas. Jav, resté dehors avec Alex, m'ordonne de ne pas la rouvrir. À travers le vitrage, j'aperçois les silhouettes de mes amis, debout en haut des marches.

— Comment t'as pu ? crie Alex, la voix comme détrempée par la neige qui s'enfonce dans sa bouche. *Comment t'as pu faire ça ?*

J'entends Matthias siffler :

— Va me chercher Éden.

— Espèce de monstre.

— M'oblige pas à *venir te chercher, Spirou* ! rugit le frère, excédé.

Éden s'accroupit contre le mur de l'entrée, terrorisé. Je m'agenouille face à lui et pose mes doigts sur ses chevilles, à défaut de savoir comment le sécuriser. À l'extérieur, Matthias poursuit son intimidation glaçante.

— Il monte dans la bagnole ou je raconte certains secrets *pas très jolis* à sa petite copine.

— Putain, souffle Éden en plongeant le visage dans ses mains.

Il se relève aussitôt et saisit la poignée mais j'attrape son bras, le repousse avec douceur et m'appuie contre la porte.

— Sors pas, lui dis-je d'un ton ferme.

Il se met alors à tourner sur lui-même tel un animal en cage.

— Il va péter les plombs si j'y vais pas.

Je m'avance vers lui, j'enserre sa taille et je plaque mon visage sur son dos. Je sens son cœur pulser avec fureur sur le tissu de mes paupières.

— Je m'en tape, dis-je, la bouche contre son pull. Je te laisse pas sortir, Éden.

Dehors, les insultes et menaces continuent à tonner. Un grand bruit sourd résonne soudain, et l'image qui me vient, c'est Matthias qui abat sa paume sur le toit de sa voiture. En me tournant vers la porte, j'aperçois une troisième silhouette plus massive passer dans le champ des phares. Mon cœur tonne avec épouvante. Comprenant que Matthias est en train de foncer sur mes amis, je rouvre la porte que Jav referme avec précipitation.

— *Laissez fermé* ! nous gueule-t-il d'une voix raide.

Mais les sons qui me parviennent du dehors m'affolent.

— Vous battez pas, s'il vous plaît... dis-je en gémissant.

Mes paroles sont recouvertes par le cri étouffé que pousse Jav. Un cri qui résonne dans ma chair et s'étire jusqu'à la brisure.

ALEXANDRE

C'est un grand coup d'épaule qui percute Jav et le déséquilibre. Spontanément, il s'agrippe à Matthias pour ne pas tomber en tirant sur la capuche du sweat. Je m'apprête à m'interposer mais comprends vite que je ne parviendrai pas à les séparer. Ils sont cramponnés l'un à l'autre et leurs frappes fusent. Celles de Jav sont désordonnées, celles de Matthias plus maîtrisées.

Il ne me reste plus qu'une chose à faire : empêcher le monstre de fuir avec Éden.

Alors je les contourne et fonce vers la voiture, ouvre la portière conducteur, me jette sur le trousseau de clefs et nous plonge tous dans les ténèbres. Sans les phares et le bourdonnement du moteur, le silence est compact, suffocant, seulement taillé par le bruit mat d'un corps qui tombe.

— *Va les chercher, connard*, dis-je en balançant les clefs à travers l'obscurité huileuse.

Matthias ne répond pas. Tous les sons deviennent menaçants.

Puis la lumière se rallume, brutale.

Agathe se tient debout dans l'embrasure de la porte ; le salon éclairé projette son ombre sur les marches. Assis dans la neige, la paume appuyée sur son œil gauche, Jav ne bouge pas. Je n'ai pas le temps de paniquer parce qu'Agathe le rejoint et s'accroupit à ses côtés, tandis que Matthias me lacère du regard et crache :

— T'aurais pas dû faire ça.

Éden s'avance alors à pas timides, mains levées à la manière d'un homme qui se rend, et lui murmure :

— Je viens, je viens, laisse-les tranquilles.

Agathe se relève et se met à courir derrière lui, pieds nus dans la poudreuse.

— Mais *fous le camp* ! hurle-t-elle à Matthias en rattrapant Éden.

J'entends des sanglots rouler dans sa voix, fouillis de peur, d'épuisement et de nerfs à vif. Éden se débat pour se dégager d'Agathe avant d'être agrippé par son frère, qui l'envoie valser vers la voiture.

— Ce fumier a jeté mes clefs alors va les chercher et *magne-toi.*

Lorsqu'Agathe s'élance à nouveau vers le garçon qu'elle aime, Matthias la contraint d'un doigt menaçant :

— Toi, tu bouges pas.

Elle le défie du regard, entêtée.

— Et tu vas faire quoi, hein ? Tu vas cogner une fille ?

Le ricanement qu'il lâche ressemble à un soupir, puis il tourne la tête vers Éden en nous gardant tous dans son champ de vision.

— La torche, lui lance-t-il entre ses dents serrées. Dans le coffre. *Dépêche.*

ÉDEN

Je m'approche de la voiture et j'aperçois la silhouette d'Alex planquée derrière. J'ouvre le coffre et je fouille entre le sac de sport de Matthias, des bidons d'huile et une caisse en plastique remplie de bric-à-brac.

— Pourquoi t'as fait ça ? dis-je dans un murmure.

Alex me répond du bout des lèvres :

— Pour l'empêcher de t'emmener.

Au loin, mon frère ordonne à nouveau à Agathe de rester où elle est si elle tient *tant que ça* à son petit copain.

— La touche pas, dis-je d'une voix qui s'égratigne.

J'ignore s'il m'a entendu mais je sens son regard sur moi comme s'il était fait de chair. Je déniche enfin la lampe. Alex me supplie de chercher les clefs le plus longtemps possible.

— Même si tu les vois, précise-t-il, ne les ramasse pas.

— Pourquoi ?

— Pour me laisser le temps de fermer le portail.

— Il est cassé, le portail. On le ferme jamais.

— Laisse-moi le temps, Éden.

Je souris intérieurement, désillusionné. J'ai envie de lui dire qu'on n'a aucune chance face à un sportif qui fait bien vingt kilos de plus que nous et que l'alcool rend encore plus violent. Mais je ne prononce pas un mot et j'allume la torche, qui se met à trembler sous mes doigts.

AGATHE

La main toujours appuyée sur le haut de son visage, Jav fixe mes yeux et articule :

— Rentre.

Je secoue la tête pendant que Matthias ricane des efforts d'Alex, courbé sur le portail qu'il tente de pousser.

— T'arriveras jamais à le fermer, ton tas de ferraille.

Jav prend une longue et lente inspiration en fixant mes pieds nus, puis je déchiffre sur ses lèvres :

— Tu / rentres / *maintenant*.

Mâchoire contractée jusqu'à la douleur. Nous nous mesurons du regard tels de vieux adversaires, et il finit par gagner. Trébuchant à deux reprises, je cavale vers la maison avec tant de hâte que Matthias n'a même pas le temps de m'insulter.

ÉDEN

— *Bordel, active*, aboie mon frère tandis que les ombres reprennent vie sous la torche.

Mais la voix d'Alex s'entremêle à la sienne : *Cherche les clefs le plus longtemps possible.*

Alors je traîne, penché sur cette mousse blanche que je fais semblant de fouiller. Visiblement, ma lenteur est suspecte. Les pas raides de Matthias viennent crisser derrière moi.

— *Crétin*, siffle-t-il en m'arrachant la lampe pour balayer le fond du jardin. *Ici.*

Il pointe un creux dans la neige intacte puis ramasse les clefs trempées.

— Déconne plus, menace-t-il en me poussant vers la voiture.

J'avance dans un état de sidération totale et stoppe devant la portière du côté passager, vaincu.

— Monte, m'ordonne-t-il alors qu'il fait le tour, éteint la torche et la jette dans le coffre.

Je me glisse sur le siège et referme la portière. Puis mon frère s'installe à côté de moi, verrouille l'habitacle et met le contact. La lumière aveuglante des phares rallume le ballet des flocons.

Voilà, me dis-je, il a encore gagné.

Soudain, sans que je l'aie vu bouger, Gabriel atterrit devant nous et frappe ses paumes sur le capot avec une violence incroyable. La neige vole et la voiture tangue. Matthias fulmine et enclenche la première, mais Gabriel grimpe sur le capot glissant, penché en avant pour tenter de garder son équilibre. À travers le pare-brise, il déchire mon frère du regard. C'est là que j'aperçois le sang sillonnant son visage. On dirait qu'il pleure des larmes de rubis.

— Mais qu'est-ce que tu lui as fait ?... dis-je d'une voix à peine audible.

Matthias ne m'écoute pas. Il enclenche la marche arrière et recule d'un demi-mètre. Déstabilisé, Gabriel chute du côté conducteur mais se relève aussitôt et se jette à nouveau sur la voiture avec un entêtement de forcené. Il donne de grands coups de pied dans l'aile gauche puis partout où il peut cogner.

Et il crie en frappant.

Des cris brefs mais puissants, qui renferment tous les mots impossibles à cracher.

Matthias secoue le volant en hurlant :

— *Je vais le défoncer !*

J'agrippe son bras mais il se dégage avec une facilité déconcertante puis tire le frein à main, relâche le levier de vitesses et ouvre sa portière en me menaçant de l'index.

— Tu te fais la malle, je le bute.

Sous les assauts de Gabriel, la carrosserie lâche un son grinçant et réveille la blessure fraîche.

C'est foudroyant, ça remonte comme un vomissement.

La bouteille de bière explose à nouveau dans ma tête et le rapace plonge sur moi. Je sens la moquette sous mes doigts crispés. Je vois son pied bloquer la porte de ma chambre. Je sens son regard galoper et s'insinuer sous mes vêtements.

Il me touche sans les mains. J'entends les éclats de verre, aigus, qui hurlent lorsqu'il marche dessus. Je sens l'odeur âcre de l'alcool qui se répand sur le parquet du couloir.

Et puis son poids sur moi.

Ses doigts partout.

Les tessons rugissent dans ma chaire.

GABRIEL

Agathe surgit devant moi tel un météore et se rue sur Matthias en le cognant n'importe où avec les gestes désordonnés des désespérés. Il la projette avec aisance contre Alex qui s'est précipité pour l'aider et c'est là qu'il commet l'erreur. Parce qu'il a détourné son attention une seconde, je lui balance mon poing dans l'oreille. Il secoue la tête, sonné. Du coin de l'œil, j'aperçois Agathe faire le tour de la voiture. Les traits douloureux, Matthias appuie sur son oreille et recule de deux pas. J'en profite pour lui envoyer mon pied dans le genou avec les dernières forces qu'il me reste. Il tombe brutalement, permettant à Alex de lui frapper le haut du crâne avec la tranche de ses mains jointes.

Matthias s'écroule enfin, assommé, tandis que

plus rien ne bouge

entre les étoiles et la neige.

Nos corps figés, le regard ahuri plaqué sur l'homme qu'on vient de mettre à terre. Les flocons s'amassant sur les flocons. Le silence d'un ciel de carbone.

C'est Alex qui craque en premier.

ALEXANDRE

— Merde merde merde merde merde merde.

— Tais-toi, me souffle Jav entre ses dents. Je peux pas réfléchir.

Je redresse la tête, terrifié.

— T'entends pas une sirène au loin ?

— Non.

— Putain, Jav, ton visage...

— Boucle-la.

— On va tous finir en prison...

— *Ta gueule, Alex.*

Sa paupière gauche est fermée pour empêcher le sang de s'y faufiler. Nos souffles dessinent des embruns crayeux. La neige pirouette autour de nous telle une ballerine poudrée d'or blanc. Il me semble qu'une vie entière s'écoule sur nos deux silhouettes pétrifiées.

— On l'a tué ?... dis-je enfin du bout des lèvres.

Un instant d'hébétude nous enchaîne, puis Jav s'accroupit à côté de Matthias. La nuit nous épie, en apnée.

— Non, lâche-t-il, les doigts plaqués sous le nez du monstre. Il respire.

— T'es sûr ?...

— Oui.

— Regarde encore.

— Je *viens* de regarder, Alex, crache-t-il, les dents serrées, avant de se tourner vers la voiture. Où est Éden ?

En une seconde, nous bondissons vers la maison et trouvons Éden sur le carrelage de l'entrée, les bras autour de ses genoux, les lèvres entrouvertes et tremblantes. Assise à ses côtés, Agathe ose à peine le toucher.

— Oh merde, Jav... murmure-t-elle en levant des yeux agités.

Mais Jav secoue la tête, comme pour dire « c'est rien, t'affole pas », et balance :

— On l'a mis K.-O.

— Matthias ?...

Il acquiesce, puis s'accroupit auprès d'Éden et pose une main aérienne sur son épaule. Éden, qui semble replié loin vers des ténèbres intérieures. Son visage est plus blanc qu'une aile de cygne.

— Je vais chercher de l'alcool et des pansements, bredouille Agathe en se dirigeant vers l'escalier.

Mais, lorsqu'Éden se met à parler, elle se fige au beau milieu des marches.

— J'arrivais même pas à crier, murmure-t-il en pleine transe. J'essayais d'appeler à l'aide, mais c'était comme si j'avais oublié comment on faisait... Je comprenais pas ce qui se passait, j'étais... parti. J'assistais à la scène en étant complètement déconnecté, comme si j'étais hors de mon corps et que je m'observais d'en haut ; et en même temps y'avait plus qu'une seule pensée dans ma tête : je vais mourir, je vais mourir.

J'ouvre la bouche mais ne peux sortir aucun son.

— Je l'ai provoqué, ce salaud… Je le provoque jamais mais là, je sais pas, j'ai pété les plombs… J'ai plus supporté ses réflexions de merde, ses regards de merde, ses moqueries, ses humiliations, ses baffes dans la gueule et sa façon de me parler comme si j'étais complètement idiot…

Il se cache le visage dans ses bras et sanglote.

— Pourquoi il m'a fait ça ?… Qu'est-ce que je vais faire maintenant avec ce corps-là ?…

Cette phrase me brise en deux. Jav baisse la tête sur le carrelage mais j'aperçois ses cils miroiter sous la lumière crue. Il écrase sa paupière intacte.

C'est la toute première fois que je le vois pleurer.

AGATHE

Éden finit par décoller du sol et se dirige vers la cuisine. J'allume la lumière après lui pendant qu'il se mouche. Puis il se penche au-dessus de l'évier et ingurgite de grandes gorgées d'eau. Je m'assieds sur le radiateur en fonte et j'y appuie mes mains gelées. Alex repousse des morceaux de papier sous la table puis bouche l'évacuation de l'évier dès qu'Éden a cessé de boire. Il fait couler de l'eau tiède et j'observe mes potes l'un après l'autre, cherchant à comprendre ce qui vient d'arriver.

— Vous l'avez pas buté, quand même ?... dis-je, frissonnante.

Alex secoue la tête sans dire un mot.

— Vous lui avez fait quoi ?

— On l'a juste assommé, me chuchote-t-il dans un soupir fourbu.

Je sens que la scène l'a choqué et qu'il a besoin de calme. On est tous terriblement choqués et on a tous besoin de calme. Un brouillard léger envahit l'évier.

— Vous allez le laisser là-bas ? demande Éden.

Sa voix n'est pas plus épaisse qu'une paillette. Alex pose les yeux sur lui puis se détourne, les traits graves.

— Non, lui répond-il enfin dans un souffle.

Il agite l'eau tiède et enchaîne :

— Plongez vos mains dedans.

Comme c'est moi qu'il regarde, je saute du radiateur et glisse mes mains dans l'eau. Éden m'imite et je sens ses doigts effleurer les miens. De son côté, Alex s'arrête sur le seuil de la cuisine et demande :

— Besoin d'aide en haut ?

— Ça va ! lui gueule Jav. Je me démerde !

Alex décide malgré tout de grimper à l'étage en me laissant seule avec le mutisme d'Éden et mes battements de cœur hallucinés. Moi qui n'ai jamais manqué de mots face à lui, je me retrouve creuse, insipide et lâche. Le clapotis de l'eau murmure à notre place, timide.

L'escalier grince et Alex réapparaît enfin, suivi par Jav, vêtu de fringues sèches, plusieurs pansements collés sur le côté gauche de son visage.

— Oh merde, dis-je, terriblement inquiète.

— Ce fils de pute m'a pété l'arcade, explique-t-il en ouvrant le congélateur. On dirait qu'un œuf me pousse sur le front.

Il sort un gros sachet de petits pois qu'il plaque sur sa blessure.

— Tu douilles ? lui dis-je en me séchant les mains.

— Ça va, mais ça pissait le sang, alors Carraz m'a collé des trucs bizarres trouvés au fond de l'armoire à pharmacie.

— Des *steri-strips*, précise Alex en prenant ma place devant l'évier. Mais comme ils étaient périmés, je ne donne pas très cher de ton œil.

— Pas grave, j'en ai un autre, réplique Jav en s'asseyant sur la table.

Il observe Éden posté devant la fenêtre, son haleine recouvrant la vitre d'une fine couche de buée.

Dans la nuit sépulcrale, la neige ressemble à des strass de cristal.

Pendant une minute, plus personne ne prononce une parole. Puis Jav laisse échapper un sourire mince, le regard posé sur mes jambes.

— Je crois que c'est mon pantalon de pyjama, Le Gall.

— Mon jean est trempé, je vais pas me balader en culotte. Et pour ton information, je porte aussi tes chaussettes sales.

— Décidément, tout le monde me pique mes fringues.

— C'est parce qu'on est coincés chez toi. Crois-moi, j'aurais préféré me servir dans les vêtements d'Alex. Ils sont tous propres, sans vieille odeur de transpi, et y'a pas de trous dans ses chaussettes.

— Y'a pas de trous dans mes chaussettes.

Je retire une bottine, lève la jambe et lui présente la plante de mon pied.

— O.K., admet-il, y'a peut-être des trous dans mes chaussettes.

Éden continue à épier le jardin à travers la vitre tandis que je me déleste de ma deuxième chaussure. À ma gauche, la pendule indique 5 h 22.

— Il t'a fait mal ? me demande Jav, plus grave, en me proposant son sachet congelé.

Je secoue la tête. Éden s'extrait enfin de sa torpeur et me fixe. Chargés, ses yeux. Interminables.

— J'ai cru que je l'avais tué, renchérit Alex d'une voix très basse. J'ai failli m'évanouir.

Jav lui adresse un bref regard.

— Oui, j'ai vu ça.

— Je ne sais pas ce que j'aurais fait si je l'avais tué.

— Mais c'est pas le cas, Alex, te triture pas la cervelle.

De sa main libre, il récupère la boîte de céréales qui trônait sur la table et plonge dedans.

— Viens manger, Éden. T'as vomi.

Mais Éden secoue la tête et quitte la cuisine, le regard absorbé par quelque chose qu'il est le seul à percevoir.

— Où tu vas ?... lui dis-je, craintive, en lui emboîtant le pas.

Il monte l'escalier sans me répondre et s'enferme dans les toilettes. Je reste un bref moment devant les marches, soudain prise d'une sensation d'irréalité totale. Lorsque je rejoins les garçons, le silence dure, étourdissant.

— Faut qu'on réveille Matthias, déclare enfin Alex.

Jav ne dit rien, mais laisse tomber des boules jaunes dans ma paume ; je les avale aussitôt, affamée.

— Vous m'avez entendu ? reprend Alex, crispé.

— Mange, réplique Jav en lui tendant la boîte. On sait pas comment ça va se passer ensuite.

Mais Alex secoue la tête en tripotant sa chaîne en argent. Je récupère les céréales et j'en engloutis trois poignées sans réfléchir. Puis la chasse d'eau retentit à l'étage. Un robinet sifflote. Le parquet grince comme s'il souffrait.

— Je vais le voir, leur dis-je en reposant la boîte pendant qu'Alex répète qu'il-faut-aller-s'occuper-de-Matthias-putain-de-Dieu.

Je grimpe l'escalier en agrippant mes mains à la rampe. Le bruit provient de la chambre qui jouxte les toilettes, celle de la mère de Jav. J'y trouve Éden fouillant frénétiquement la table de nuit, secoué de sanglots violents. J'entends presque son cœur comme si j'avais posé ma main dessus.

— Qu'est-ce que tu fais ?...

Il sursaute et tourne la tête vers moi, le regard trempé.

— Je cherche un truc, fait-il en frappant le bord du tiroir, à bout de nerfs.

Dès que j'approche, il se relève et presse ses paupières puis passe devant moi et se barricade dans la salle de bains.

— T'enferme pas, Éden... dis-je, la bouche contre la porte. Laisse-nous t'aider...

Il ne me répond pas. Je tends l'oreille et tente de deviner ses gestes. J'entends le claquement d'un placard, le tintement d'un flacon contre le lavabo. Je sens mon corps sur le qui-vive.

— Qu'est-ce que tu cherches ?... lui dis-je plus fort.

Mais il reste obstinément silencieux. Un chagrin exceptionnel enfle en moi et menace de tout faire sauter. J'ai la sensation qu'il pourrait me déchirer si je le laisse éclore.

ALEXANDRE

— Le gars va tomber en hypothermie, Jav, dis-je en tapotant le rebord de l'évier.

Il descend de la table, récupère une brique de jus d'orange dans le frigo et boit au goulot. Lorsqu'il me la tend, je la prends d'une main gauche mais je peine à déglutir tant j'ai la gorge serrée.

— Il était complètement bourré, le porc, me répond-il dans une grimace. L'alcool va le garder au chaud.

Je lui rends la brique, à cran, puis il me tape l'épaule d'un poing mou.

— Humour, Alex. Relâche.

— Je *peux pas* relâcher. C'est le genre de remarques qui me crispe encore plus.

Il absorbe de nouvelles gorgées de jus puis retourne le sachet de petits pois sur son visage.

— Tu nous avais caché que tu savais te battre, me dit-il d'un ton plus léger.

— Mais je sais pas me battre. C'est une technique que j'ai vue dans un des films d'action de mon père.

— Devinette, enchaîne-t-il : qu'est-ce qui est jaune et qui pousse au fond du jardin ?

Je secoue les épaules, trop épuisé pour réfléchir.

— Matthias, répond-il, pince-sans-rire.

Je souris malgré moi. Lui se rassoit sur la table et pose ses pieds sur l'assise d'une chaise. La chaleur de la pièce et le parfum du jus d'orange apaisent la nuit noire qui nous serre. Je sens en moi grandir quelque chose de puissant. Je sens la colère et la volonté se remettre à gronder.

— C'était impressionnant à voir, lui dis-je, ta détermination, quand ce malade a voulu se barrer avec Éden. Que t'es monté sur la voiture. J'ai senti que même si on te cassait les deux jambes, tu le laisserais pas l'emmener.

Il m'écoute sans me regarder, puis retire le sachet congelé et tâte sa plaie.

— Tu sais ce qui m'a rendu dingue quand ce pourri a débarqué ? dit-il. Son putain de sweat jaune. Je l'avais déjà vu, ce sweat, y'a quelque temps, mais *sur Éden*.

Il resserre la mâchoire.

— Putain, Matthias porte les fringues d'Éden. C'est super glauque.

Il respire de plus en plus fort et la pièce grésille comme si elle était saturée d'électricité. Tout à coup, il saute de la table, se rue sur un tiroir et en sort une paire de ciseaux.

— Je vais lui couper, Alex, crache-t-il entre ses dents serrées. Je jure, je vais lui couper pour qu'il ne puisse *plus jamais s'en servir.*

J'essaie de lui arracher les ciseaux, mais ses doigts les emprisonnent.

— Lâche, dis-je, affolé.

— Je vais lui couper, Alex.

— *Lâche* ! dis-je encore en lui cramponnant le poignet.

Il jette enfin son arme mais frappe la table avec un mélange de fureur et de détresse.

— *Putain.*

Je range les ciseaux par sécurité. J'ai peur pour lui, j'ai peur pour nous. J'ai le sentiment qu'il se tient sur la bordure du monde et qu'à tout moment il pourrait lâcher le garde-fou.

Et nous entraîner dans sa chute.

SARAH

Horrifiée par ce que j'ai fait, je me précipite dans la salle de bains, relève l'abattant des toilettes et m'enfonce deux doigts dans la bouche.

Mais je ne recrache qu'un long filet de salive.

Impossible d'imaginer garder cette nourriture en moi ; alors je force. Je plonge plus loin, je frotte, je racle.

Et toujours rien.

Désespérée, j'ouvre le robinet et avale de grandes gorgées d'eau. Puis je me penche à nouveau devant les toilettes. Mon corps se contracte et se tord.

Et puis ça vient, enfin.

J'ai l'impression que tous mes organes se soulèvent de l'intérieur. C'est terriblement douloureux, dégradant, répugnant. Je me mets à pleurer, si bien que je ne vois même plus ce que je fais. Des larmes qui s'emmêlent à mes doigts souillés. Des larmes qui coulent sur la céramique barbouillée.

J'en fous partout, ça jaillit par rafales.

Je vomis l'horreur de ce qui nous arrive. Je vomis l'impuissance de nos corps à peine formés. Je vomis nos plaies maquillées que personne ne devine. Je vomis les bras douillets d'un monde sûr qui nous abandonne aujourd'hui. Je vomis l'indifférence et le mépris de Yannick. Je vomis mes os saillants qui m'ont promis des chimères et qui ne me protègent de rien. Je vomis l'humiliation d'être un chien, sur le carrelage d'une salle de bains à cinq heures du matin.

Mais, par-dessus tout, je vomis le mal d'Éden.

Le corps meurtri d'Éden.

Je vomis la démission d'un ciel qui se tait pendant que nous saignons.

ALEXANDRE

Les phares continuent à éclairer la pluie de flocons. Il flotte une odeur ferrique et piquante. Je m'arrête juste à côté de Matthias en ravalant la vague de haine que je sens suinter dans mon ventre. En face de moi, les yeux de Jav crépitent comme s'ils étaient gorgés de braises.

Puis, poussant un grand cri, il donne un coup de pied dans les côtes de Matthias.

Celui-ci reprend conscience dans un sursaut, le regard exorbité et la main plaquée sur le flanc. Il ouvre la bouche comme s'il manquait d'air. Lorsque Jav le cogne à nouveau, je le fais reculer pour tenter de modérer sa rage ; mais il continue à hurler, insulter et perdre pied. Matthias se relève péniblement en s'agrippant à la portière.

— Bordel, marmonne-t-il, je suis trempé.

— Tu te casses ou je te *massacre*, rugit Jav dans la nuit d'ébène.

Matthias se frotte les côtes puis le haut du crâne en le serrant du regard.

— *Spirou* ! gueule-t-il en direction de la maison.

Sa voix sonne assourdie, comme engloutie sous des couches de lainage. Celle de Jav ressemble à des pierres glacées.

— Les flics sont en route, tu te casses.

Matthias lâche un petit rire terne, puis ses yeux dérapent vers la porte d'entrée. Il continue à appeler son frère plusieurs fois. Jav se tient prêt à attaquer au moindre geste suspect.

— Vous savez pas dans quoi vous vous êtes embarqués, lance-t-il, encore groggy.

Nous n'avons pas le temps de répliquer parce que son regard prend une teinte plus douce.

— Bah voilà, souffle-t-il dans un sourire moqueur mal assuré, les yeux vissés sur la maison.

Je me retourne et avise Éden, tremblant de nervosité.

— Qui te croira, Spirou ? ricane son frère. T'es le plus gros *mytho* de tout le quartier.

— J'ai pas menti, rétorque Éden dans l'entrebâillement de la porte.

Matthias le fixe toujours avec une profondeur dérangeante, mais c'est à Jav qu'il balance :

— C'est sa parole contre la mienne et je connais des gens.

— *Moi*, je connais des gens, dis-je sans l'avoir prévu. Je suis fils de médecins.

Il tourne la tête vers moi. Le chatoiement de la lune offre à son allure une aura de prince fou. Ses cheveux blonds s'habillent de blanc nacré et je comprends qu'on puisse sombrer sous l'emprise de cet homme – à cet instant, je le comprends.

— Va-t'en, lui dis-je, très froid.

— Casse-toi de chez moi, renchérit Jav. Éden reste ici.

Matthias lève alors les bras en signe de trêve et susurre d'une voix suave, comme si c'était une évidence :

— Éden me demande de l'affection, je lui donne.

Je connais si bien Jav que mon corps réagit d'instinct : avant qu'il ne se jette sur Matthias, je le ceinture au-dessus des coudes et le fais reculer de plusieurs mètres. C'est un grincement qui interrompt cette lutte naissante. À l'étage, la fenêtre s'est ouverte et Agathe serre une bouteille dans sa main. Matthias fronce les sourcils, déconcerté.

— Tu te tires ou je l'envoie *droit sur ta bagnole*, lui gueule-t-elle, les yeux incendiés.

Éden dévale les petites marches et lève la tête.

— Fais pas ça, la supplie-t-il, effrayé.

— Casse-toi maintenant, crie Jav en shootant dans la neige pour forcer mon étreinte et tenter d'atteindre Matthias. Casse-toi, casse-toi, *casse-toi* !

Il se contient dans sa furie pour ne pas risquer de me blesser mais je sens tout de même que je ne vais pas pouvoir le retenir longtemps. Les yeux du monstre se dirigent à nouveau vers la maison. Éden recule d'un pas pendant qu'à l'étage, Agathe brandit sa bouteille et lance sur un ton de défi :

— Je peux viser ta tête aussi !

— O.K., O.K., sourit Matthias pour l'amadouer, c'est bon, je laisse tomber pour le moment. Mais essaie même pas de raconter tes conneries, Spirou, t'es *pas crédible.*

Étrangement, c'est nous qu'Éden observe. Scrutant nos réactions, y recherchant le reflet d'une gêne, le début d'un soupçon.

— Ferme ta bouche, conclut Matthias en pointant deux doigts sur son frère comme s'il le visait avec une arme. *Vraiment.* Fais pas le con.

Jav continue à hurler et à gesticuler dans tous les sens et je finis par le lâcher. Matthias effectue une marche arrière sinueuse en frôlant la bordure du jardin avant de franchir le portail. J'essuie la couche de flocons qui alourdissait mes cils pour mieux le voir partir. Puis, dès que l'éclat des phares s'est évanoui dans la nuit, je sens le monde se refermer sur nous comme il le ferait sur une femme en deuil.

GABRIEL

— J'ai cru que t'allais devenir fou, me lance Alex en refermant la porte d'entrée.

— J'étais pas loin, lui dis-je, encore crispé, tandis qu'Agathe apparaît en haut de l'escalier, munie de sa bouteille de vinaigre. Belle attaque, Lara Croft.

— Tu m'as fait peur à gueuler comme ça, me répond-elle, tourmentée.

Elle repose sa bouteille dans la cuisine et je jette un œil sur Éden. Alex se frotte les bras avec fébrilité.

— J'ai fait couler un peu d'eau chaude dans la baignoire si vous voulez vous réchauffer, reprend-elle lorsqu'elle nous rejoint.

Nous la remercions. Elle tend le bras vers Éden, qui la suit à l'étage. J'entre dans la cuisine et m'affale sur une chaise ; Alex me rejoint et s'appuie sur le bord de la table. Machinalement, j'attrape les céréales et en gobe une poignée.

— Il a dit qu'il connaissait des gens, Jav, me souffle-t-il, anxieux.

— Toi aussi.

— Moi j'ai menti. Y'a que des médecins dans mon entourage. Pas de juges ni d'avocats.

Je tends la boîte vers lui mais il secoue la tête.

— Il a dit : *C'est sa parole contre la mienne et je connais des gens.*

— Il bluffe, dis-je en giflant l'air. Il fait pas HEC, le gars.

Les yeux d'Alex se perdent dans les mosaïques du carrelage.

— Je ne pensais pas qu'on réussirait à le faire partir aussi vite, dit-il tout bas.

— Il a eu peur des flics. Ce mec n'a pas de couilles.

Le craquement des céréales dans ma bouche n'étouffe pas sa voix prétentieuse.

Éden me demande de l'affection, je lui donne.

Je sens mon ventre s'étrangler.

J'entends ma respiration dérailler.

— Je vais pisser, dis-je en quittant ma chaise. Mange un truc, Alex. Fouille dans les placards.

Il hoche la tête, absent. Je grimpe les escaliers et stoppe devant la salle de bains, à peine éclairée par les lumières du salon. Éden ne me voit pas, les bras plongés dans l'eau chaude, mais Agathe, adossée à la baignoire, lève les yeux. Je continue vers ma chambre et m'arrête devant l'araignée déployée sur ma fenêtre. La neige fatiguée y imprime ses dernières fleurs de verre soufflé.

Puis j'entends qu'on pousse la porte de ma chambre.

— Ne craque pas, Jav, murmure Agathe.

— Je craque pas.

Elle tourne mon visage vers elle avec une grande douceur.

— Si tu craques, on craque tous.

— Sales bâtards, dis-je dans un sourire qu'elle imite et grandit.

— Si tu pleures, je pleure, Jav.

Je presse mes paupières en secouant la tête, puis ramasse son jean trempé qui traîne à mes pieds et l'étends sur le radiateur. La voix de Matthias ondule sous mon crâne tel un cobra doré.

Éden me demande de l'affection, je lui donne.

— *Putain*, dis-je en frappant le radiateur. J'arrive pas à croire qu'il ait dit un truc pareil.

— Quel truc ?

Les paupières closes, j'essaie d'apaiser ma respiration.

— Quel truc, Jav ? répète-t-elle en attrapant mon bras.

— Je me sens mal, là, dis-je en appuyant mon poing sur mon cœur. Je sens un trou, Agathe. Un putain de trou béant.

Elle tire sur ma manche, mais comme je ne parviens pas à faire un pas, c'est elle qui se rapproche. Je me sens à la fois étourdi et à vif. Un va-et-vient incessant, de la léthargie à la douleur ; mais je sais bien qu'à l'intérieur, tout est en miettes. Si quelqu'un d'immense me secouait, ça sonnerait pointu et rouillé.

— Faut que je clope, dis-je en m'écartant d'elle.

J'avance jusqu'à mon bureau, brasse le désordre qui l'encombre et déniche enfin mes roulées. De façon vague, il me semble entendre la baignoire se vider.

— Je retourne auprès d'Éden, souffle Agathe d'une petite voix.

Je hoche la tête puis j'éteins la lampe de chevet, retire le T-shirt qui l'étouffait et rejoins le rez-de-chaussée. Alex est assis dans le fauteuil, pâle et fatigué. Agathe s'est blottie dans le canapé et Éden déambule dans la pièce, les bras serrés autour de lui. Ses yeux nous effleurent avec la finesse d'un bijou.

— Merci, dit-il sans épaisseur.

Je ramasse mon blouson et referme la porte derrière moi. Le froid m'étreint avec la violence d'une entaille, même s'il a cessé de neiger. Du pied, je dégage la couche blanche qui couvre la première marche puis m'assieds dessus. J'attrape une cigarette, la coince entre mes dents et fais cracher mon briquet dans la nuit. Je m'y reprends à trois fois pour réussir à l'allumer, tant je tremble. Dans la lueur du réverbère au loin, le paysage ressemble à une meringue.

SARAH

Il faudrait tuer le corps pour ne plus être blessé par personne.

Il faudrait arracher la chair pour ne plus avoir mal nulle part.

Mais comment te réparer sans séquelles, Éden ?

Comment dégrafer ta peau meurtrie sans abîmer le garçon à l'intérieur ?

ÉDEN

Alex s'échappe à l'étage. La main d'Agathe rampe doucement sur le canapé, jusqu'à frôler la mienne.

— Je peux ?... demande-t-elle du bout des lèvres.

J'acquiesce et la laisse enlacer ses doigts aux miens. Je ne sais même pas si c'est moi qui tremble ou si c'est elle.

— J'ai pas menti, lui dis-je en fixant le vide devant moi.

— Je sais, Éden.

Nous restons silencieux, unis par le bout de nos doigts. Je me sens soûl et décalé, comme le soir où j'ai bu ma toute première coupe de champagne. Je me revois assis à table, alors que ma mère pose son fameux poulet au citron sur un dessous-de-plat. Et tout à coup, je me mets à chialer devant les invités. Je revois Matthias, en face de moi, le regard aussi tranchant qu'un sabre. J'entends ma mère qui se débarrasse de ses gants de cuisine et saisit mon visage en murmurant : « Mais, mon cœur, qu'est-ce que tu as ? »

La porte d'entrée se rouvre et Gabriel frappe ses pieds sur le paillasson. Il frissonne et renifle en ôtant son blouson, puis vient s'accroupir devant moi. Il brasse avec lui des effluves épicés de tabac.

— Est-ce qu'on peut allumer ? me demande-t-il d'une voix très douce. Je ne vois pas tes yeux.

Je ramène mes genoux contre mon torse et secoue la tête sans le regarder. J'ai peur du noir, mais la lumière me paraît plus cruelle. Je suis persuadé qu'elle révèlerait ma laideur et la saleté que je traîne avec moi.

— Est-ce qu'il t'avait déjà touché avant cette nuit ? murmure-t-il en pesant ses mots.

J'ai l'impression d'avoir cessé de respirer. Agathe glisse hors du canapé et se dirige vers l'escalier.

— Tu peux rester, lance Gabriel.

Mais elle monte à l'étage dans un bref mouvement de la tête. Dehors, comme s'il s'était posé sur le toit, un hibou jette un chant de hautbois feutré. Les yeux de Gabriel s'agrafent aux miens ; on dirait des pièces en argent.

— Quand tu m'as appelé du square, chuchote-t-il, il s'était déjà passé quelque chose de grave ?

Ses phrases résonnent, déconnectées les unes des autres. En haut, une porte gémit puis se referme.

— Tu veux pas me parler *à moi* ou tu veux pas parler tout court ?

Je mâchonne ma lèvre inférieure, le cœur épileptique. Ça frappe à mes poignets, dans mon ventre et ma gorge, partout.

Et finalement je lui dis.

Sans l'avoir prémédité.

— J'ai un cahier.

— Un cahier ? répète-t-il, désarçonné. Celui où tu bosses ton roman ?

— Non, un cahier dans lequel j'écris des choses... personnelles.

Il m'observe un long moment, puis ses lèvres articulent un bref « oh ». Sa voix ne vibre pas. Il fixe mon pull, puis baisse la tête en étudiant ses ongles. Je joue avec le rebord détrempé de mon pansement.

— Tu accepterais de me le faire lire ?

Je hausse les épaules et contemple l'étendue de neige sombre à travers la porte-fenêtre.

— Ne t'enferme pas dans le silence, chuchote-t-il en tirant sur un fil gris.

Ses paroles m'éclaboussent comme des fragments d'acier. Je ferme les yeux avant de les rouvrir.

— Si je parle, je vais pleurer. Et je veux pas pleurer. Alors s'il te plaît, me force pas à parler *maintenant*.

— O.K., murmure-t-il avec hébétude. Pardon.

Il se relève en prenant appui sur le canapé.

— Pardon, répète-t-il au carrelage avant de s'éloigner.

AGATHE

J'avance vers la salle de bains allumée avant que Jav ne réalise que j'ai écouté la conversation en douce et aperçois Alex, sur le tapis. Il est en train de sucer des cachous, la boîte jaune dans la main. Je fais deux pas et tends ma paume dans laquelle il fait tomber des cristaux noirs.

— Qu'est-ce que tu fais ? lui dis-je.

— Je compte les carreaux du mur.

Je m'assieds devant lui, sourcils levés, en faisant mécaniquement tourner mes bracelets.

— Et y'en a combien ?

— Soixante-huit. Mais je n'ai compté que les carreaux pleins, pas les carreaux coupés.

Sans réfléchir, je me rapproche et me cale contre lui. Il sent bon le garçon, Alex. Il sent le savon de Marseille, le cèdre et la fleur d'oranger.

— Arrête de faire sonner ces trucs, dit-il soudain.

Je m'occupe alors les mains en tripotant les poils du tapis de bain. J'entends le cœur d'Alex qui peine et se débat. J'entends dans le silence de la pièce ma jeunesse faner.

— Je suis montée dans la voiture de Matthias, lui dis-je en cherchant mon souffle. Je lui ai fait *la bise*, Alex. J'ai *ri* avec lui.

— On a tous ri avec lui.

Il déglutit deux fois, puis se racle la gorge.

— Ça fait pas de nous des salauds, ajoute-t-il sans substance.

Le silence se réinstalle avec la délicatesse d'un suaire.

— Et Sarah ? demande-t-il enfin, plus tourmenté. Comment elle a réagi ?

— Super mal. En plus je me suis fait engueuler par le père Maréchal parce que j'osais le réveiller à quatre heures du mat.

Il ouvre les lèvres, mais ne dit rien. Alors je me concentre sur le goût noir qui baigne mon palais.

— J'ai l'impression que mon corps commence juste à encaisser le choc, lui dis-je dans un murmure.

Les angles aiguisés de sa mâchoire saillent lorsqu'il resserre les dents. Il prend une profonde inspiration, puis chuchote :

— Le mien est toujours en train de se boucher les oreilles comme un gamin.

J'ébauche un sourire étroit en levant la tête vers lui. Ses yeux très clairs agressent la lumière crue.

— C'est comme un film qui se déroulerait devant moi, enchaîne-t-il, plus maussade. Je ne ressens pas la douleur encore. Pour moi, c'est toujours pas réel.

Le silence retombe tel un grand drap de satin. Je profite de cet instant d'immobilité pour lui confier ce qui me ronge :

— Pourquoi personne ne dit le mot ?...

Il baisse les yeux sur moi sans bouger le visage. Ses sourcils très droits semblent me défier. Ses cils ressortent en petits bouquets sur ses iris translucides.

— Si ça n'est pas dit, ça n'existe pas.

Je me concentre sur sa chaîne en argent pour fuir son regard. Les maillons scintillent, ordonnés, telles des agrafes tressées.

— À partir du moment où tu prononces le mot, ajoute-t-il, le cauchemar devient réel. Le flou nous permet de tenir encore.

J'acquiesce avec torpeur, réécoutant ses paroles dans ma tête. Puis ses traits se tendent et ses lèvres hésitent.

— Ma mère a...

Il ne poursuit pas et regarde autour de lui comme s'il cherchait un appui. Ses doigts se nouent et se dénouent.

— Ma mère a subi la même chose, me confie-t-il enfin, ému.

J'entrouvre la bouche, bouleversée.

— J'avais 13 ans quand elle m'en a parlé et, au début, j'ai pas voulu y croire. Je fais ça sans arrêt quand quelqu'un m'annonce quelque chose de grave : je bloque. J'y mets toute mon énergie, quitte à paraître insensible. Quand Jav m'a raconté ce qui était arrivé à Éden, j'ai fait pareil, j'ai complètement bloqué. J'entendais ce qu'il me disait, mais une partie de mon cerveau était déjà passé en mode blindage pour *refuser que ça arrive.*

Il baisse enfin ses yeux sur moi, bleus comme la neige sous l'aube exsangue.

— Et, parfois, je me dis que ce manque de tendresse, chez ma mère, c'est cette blessure-là. Et qu'elle m'a transmis quelque chose. Une méfiance. Une fragilité que j'essaie de cacher en bossant comme un fou.

La sonnerie du téléphone de Jav barbouille la fin de ses paroles, m'empêchant de lui répondre.

SARAH

Agathe décroche après deux longues sonneries.

— Éden est près de toi ? lui dis-je, tentant d'avaler ma salive.

— Attends.

Elle l'appelle à travers un bruissement de tissus, entrecoupé de minuscules interférences. J'entends son souffle sauter dans le combiné.

— Il est là, reprend-elle d'une voix plus chaude.

— J'ai pas beaucoup de temps, le fixe est bientôt déchargé. T'as mis le haut-parleur ?

— Non.

— Mets-le, s'il te plaît.

— C'est fait.

Je colle alors le téléphone à ma chaîne HI-FI et lance *Dante's Prayer* de Loreena McKennitt.

— Vous entendez ? dis-je en rapprochant mon oreille du haut-parleur.

— Oui, sourit-elle au loin.

Je me rassieds contre le radiateur de ma chambre, le dos collé aux tuyaux bouillants.

J'aurais pu tomber amoureuse de toi, Éden, si tu avais été plus solide et plus stable. Mais ta fragilité est un miroir qui me renvoie mes failles. Tes peurs réveillent les miennes.

Les ombres que tu traînes derrière toi comme des châles me sont si familières.

T'aimer me blesse parce que je rencontre mes propres monstres dans cet amour.

Différents visages de toi me reviennent comme des diapositives. Cours d'anglais renforcé, terminale L1. Devant l'adaptation cinématographique de *Dorian Gray* que tu as déjà lu quatre fois, tu traces des notes sur une feuille simple, croches, doubles-croches, elles ressemblent à des points d'exclamation disloqués et ta clef de *sol* à un *f*. Cours de physique, seconde 3. Tu te penches vers moi et demandes, exaspéré : « Mais putain, c'est quoi, la mole ? » Je pars dans un fou rire tant l'explication du prof nous est incompréhensible, tu me souris par contamination et ce sourire s'allonge au fur et à mesure que mes yeux pleurent. Cours de français, première L3. Je dois lire tout haut un passage très érotique de *La Curée* et m'emmêle dans les mots parce que tu salis la marge de mon livre de dessins équivoques – je revois aujourd'hui la violence avec laquelle tu griffonnes et je m'interroge : qu'essayais-tu, déjà, de me dire ? Cours d'histoire, seconde 3. Nous sommes sur l'estrade pour un exposé, je suis en train de lire mon texte, cachée derrière ma feuille, quand je crois t'entendre souffler à mes côtés ; je tourne la tête et remarque que tes mains sont jointes autour de ton nez et que tu tentes de ravaler un fou rire, je me trompe dans mon paragraphe, j'oublie une transition et je laisse échapper mes pages qui volent entre les tables tandis que ton rire se propage à toute la classe, ce rire qui part comme des rafales de kalachnikov, souple et cadencé.

Je ne sais même plus pourquoi tu riais.

Je me rends compte surtout que tu riais beaucoup et que tu ne ris plus.

Tu deviens fixe et silencieux.

Te fréquenter, c'est comme sortir aux premières heures de l'aube et poser le premier pas dans la neige immaculée. C'est effleurer le glaçage parfait d'un gâteau sans oser y planter une lame. C'est cueillir un pissenlit et ne pas réussir à souffler sur ses aigrettes. Il y a quelque chose d'astral chez toi, et de presque interdit. Il y a quelque chose qui captive et donne envie d'approcher.

Mais du fond de ta geôle, tu ne laisses personne approcher.

Sous l'éclairage agressif de nos salles de cours, tes cheveux ont la teinte des petits piments roux. Pourtant, tu t'acharnes à disparaître. Toujours caché derrière les autres, les mots des autres. Mon frère m'a dit. Mon frère pense que.

Mais *toi*, Éden, qu'est-ce que tu penses ?

Tu portes sans arrêt tes pulls à carreaux bizarres. Lorsque je te fais la bise le matin, ton odeur me fait penser à des clochettes de muguet froissées. Tu ne critiques et n'insultes jamais personne.

Tu ne te moques *jamais* de moi, surtout.

Même quand j'écris *Yannick* sur ma chemise cartonnée ou les dimanches de mon agenda, sur ma gomme rose et bleue et sur l'intérieur de mon poignet, avec les lettres qui bavent un peu entre les tendons et les os. Je les stylise, décore les rondeurs du *a* et transforme le point du *i* en une marguerite. Le menton dans la main, tu dessines un deuxième point au *i* et tu traces une parenthèse pour créer un bonhomme qui sourit. Tu fermes le haut du *Y* et tu ajoutes une paille pour en faire un cocktail.

Si j'imagine le garçon idéal, il possède ta délicatesse, ta bonté, ta grâce de renard. Alors, cette nuit, je me tiens debout face au monde et lui demande, pleine de larmes et d'accusations : pourquoi ce garçon-là ?

AGATHE

Cette voix qui scintille au-dessus de nous, c'est comme un instant funambule, hors de portée du monde.

When the dark night seems endless

Please remember me

Jav s'est adossé contre son étagère de comics, les mains plongées dans les poches de son jean. Ses yeux sont peuplés de petites lumières mouvantes.

Please remember me

Alex est appuyé sur le bureau et manipule avec nervosité les mailles de sa gourmette. Éden est assis près de moi sur le bord du lit, à peine posé, un pétale de lys. La voix de la chanteuse s'éparpille et aucun de nous ne parle ni ne tente un mouvement. Puis un bourdonnement égratigne l'air pur. Nos regards se croisent, cherchant l'origine du bruit. Soudain, Alex s'exclame, terrifié :

— Mon téléphone.

Il dévale les escaliers et se précipite vers son manteau.

— Merde, merde, mon père.

Il fait plusieurs pas décousus, le téléphone éclairé dans la main. Son visage hésite entre l'égarement et la panique. L'écran embrase son regard d'aquarium.

— Décroche, lui lance Jav.

— Je peux pas.

Alors j'avance vers Alex et coupe l'appel à sa place.

— Il va me rappeler jusqu'à ce que je décroche.

— Pourquoi t'as peur de lui comme ça ?

L'appareil s'agite à nouveau entre ses doigts. Il s'accroupit, vacillant, puis décroche enfin.

Ce n'est plus le même Alex que j'ai devant moi. C'est un petit garçon craintif qui répond « oui » en mode réflexe. Un gamin désarmé, ratatiné sur lui-même, et dont la voix tinte comme une longue nuit d'hiver. La dalle blanche sur laquelle il est penché se pare de perles de sang crevées qui paraissent noires dans la pénombre.

— Alex... dis-je en lui désignant le sol.

— Merde, marmonne-t-il en s'essuyant le nez avec sa main.

Jav allume la lumière et lui tend une feuille d'essuie-tout qu'Alex presse contre ses narines. Comme il respire par la bouche, ses paroles sonnent engourdies. Lorsque la conversation s'achève, ses yeux restent figés sur l'écran éteint.

— C'était ma mère, murmure-t-il enfin en frottant la dalle souillée.

Puis il se relève, se laisse tomber dans le fauteuil et jette son téléphone sur la table basse.

— Elle me couvre, ajoute-t-il, abasourdi. Elle a dit à mon père que j'étais parti au lycée en oubliant de fermer ma fenêtre.

Je m'approche et prends place sur l'accoudoir du canapé, étonnée.

— C'est pas elle qui t'a conduit ici ?

— Non, j'ai filé en douce, réplique-t-il en reniflant plusieurs fois.

Jav s'assoit sur la table basse, une jambe pliée contre son torse, les mains lacées sur sa cheville. Soudain, la sonnerie du téléphone fixe envahit le salon. Jav se dirige vers la commode de l'entrée, décroche et se tourne vers nous.

— Où il est ? demande-t-il, affolé, avant de hurler en direction de l'escalier : *Éden, ta mère au téléphone !*

ÉDEN

— Je rentre du travail et aucun de mes fils n'est là, m'annonce ma mère, morose. Tu ne m'avais pas dit que tu dormais chez Gabriel.

Sa voix me fait penser à de la tarte Tatin ; ça fond, c'est chaud, ça sent le miel et la pomme cuite. J'entends mes amis se déplacer derrière moi. Les boucles d'oreilles que ma mère retire tintent sur le combiné.

— Où est parti ton frère ?

— Comment ça, où il est parti ? Il va pas à la fac ?

— On dirait que sa chambre a été vidée. Sa console de jeux n'est plus là et son sac de sport non plus. Il a pris ses médailles. Y'a des tiroirs ouverts, des choses manquent sur son étagère et il s'est servi dans mon porte-monnaie. Il t'a dit qu'il passait quelques jours chez Marie ? Il ne m'a laissé aucun mot.

Je me rends compte que je serre la commode au moment où Gabriel me la fait lâcher.

— J'ai essayé de l'appeler mais il n'a pas répondu, reprend ma mère. Alors j'ai laissé un message.

J'acquiesce de façon instinctive alors qu'elle ne peut pas me voir. J'entends qu'elle passe une main lasse sur son visage fatigué.

— Je vais me coucher, mon cœur, murmure-t-elle dans un sourire sucré.

Dans ma tête je lui dis : attends, ne raccroche pas, reste encore un peu avec moi. Je lui dis : viens me chercher, maman, j'ai froid, tellement froid partout. Gabriel agite sa main devant mon visage et m'interroge des yeux. J'ai l'impression de flotter dans la pièce. J'aperçois dans la porte-vitrée le reflet fantomatique d'un garçon qui me ressemble sans être moi.

— Bonne journée, mon cœur. Embrasse Gabriel et sa maman.

Je la vois dans l'entrée, ma mère. Son chignon vénitien qui se défait. Son rouge à lèvres qui s'efface au creux de la bouche et ses yeux bruns galbés comme des noisettes.

La nuit s'est allongée sur moi, maman ; comment peux-tu aller dormir ?

Je raccroche et reste là, hébété. Je sens Agathe s'approcher derrière moi. J'entends Alex se racler la gorge par à-coups nerveux.

— Matthias s'est tiré, dis-je enfin, choqué.

Gabriel m'observe avec effarement.

— Où ça ?

— J'en sais rien. Sa console et son sac de sport sont plus là. Maman pense qu'il est parti chez sa copine.

— Le sale bâtard, balance-t-il en serrant la mâchoire.

Je me laisse glisser sur le sol. J'ai mal au ventre, encore.

— Elle a même pas vu que j'avais oublié mon blouson. Elle a pas parlé des éclats de verre. Matthias a dû tout nettoyer.

— Quels éclats de verre ? demande Agathe en s'asseyant près de moi.

— Rien, dis-je trop vite, y'a eu un accident avec...

J'appuie mes paumes sur mes paupières. Ça coule entre les sillons de ma peau. Ça claque sur mon jean en légers tintements aigus.

— Hé... chuchote Gabriel en s'accroupissant devant moi.

— Éteignez, s'il vous plaît.

— C'est quoi, cette histoire de verre ? répète Agathe en me cramponnant la main, tandis qu'Alex réinstalle la pénombre.

Je renifle et inspire profondément.

— C'est rien, juste une bouteille qui s'est cassée.

Je me relève et reste ici, au milieu du salon, à ne pas savoir quoi faire de ma peau. Je croise le regard d'Alex, englouti par le fauteuil, le nez entre les doigts. Sa jambe gauche s'agite avec hystérie.

— Maintenant, dit-il, on va chercher de l'aide.

Je secoue la tête, obstiné. Je voudrais lui dire : « Laisse-moi une heure encore, juste une petite heure. » Mais la peur rétrécit ma gorge et m'empêche de parler.

— *Bon sang*, gueule-t-il d'une voix plus noire, on fait *n'importe quoi* !

Gabriel fait les cent pas dans le salon, électrique, les pommettes creusées par le jeu des ombres. Lorsqu'Agathe se rapproche de moi, je me réfugie dans la cuisine, loin de leurs regards. J'ouvre les placards avec frénésie, cherchant à faire du bruit pour bâillonner le vacarme dans ma tête. Je récupère un Tupperware de fruits secs et j'en avale une poignée en mode automatique. J'entends Alex répéter avec hargne :

— Tu nous fais faire *n'importe quoi*, Éden.

— *Ta gueule*, dis-je en abattant le Tupperware sur la table.

Ça recrache des amandes partout.

ALEXANDRE

— Ne criez pas, supplie Agathe alors que je rejoins Éden dans la cuisine et m'arrête sur le seuil, bras croisés sur le torse.

Il se mord la lèvre inférieure, semble égaré.

— J'ai peur, Alex, me souffle-t-il, la voix délavée par l'angoisse.

— De quoi ?

Il ne me répond pas et me tourne le dos pour fuir mon regard. J'avance de quelques pas et me place devant lui.

— De quoi t'as peur, Éden ?

Il déglutit plusieurs fois, puis murmure :

— Qu'est-ce qu'ils vont me faire ?

— Qui ?

— Les gens à l'hôpital.

Je sens que ça claque dans ma chair. Une lésion physique, musculaire. J'ai envie de le prendre dans mes bras mais mon corps est ficelé et mes pieds comme cousus au sol. Les mots se bousculent dans ma bouche, inconsistants.

— Ils vont t'examiner, dis-je enfin avec la plus grande douceur possible.

Il ferme les paupières durant de longues secondes et, lorsqu'il les rouvre, ses traits se froncent.

— Tu saignes encore, murmure-t-il en désignant mon visage.

Je me pince le nez en étouffant un juron puis récupère le rouleau d'essuie-tout qu'Agathe me tend. J'entends le bourdonnement mou et lent d'un scooter, au loin. Je sens l'air poisser ma peau.

— Je voudrais rayer cette nuit entière, confie Éden en se tournant vers la fenêtre. Enfoncer ça loin dans ma tête et *ne plus jamais y penser.*

— Ne laisse pas gagner le bourreau, dis-je en respirant par la bouche.

— Non, répond-il sans conviction.

J'ai presque l'impression d'entendre les rouages de son cerveau grincer. Je le sens au bord de la désertion et je suis prêt à tout pour l'empêcher de se replier derrière ses remparts.

— Il faut qu'on te soigne, et lui doit payer.

Éden appuie son front contre la vitre.

— Je suis terrorisé, livre-t-il, vous imaginez pas à quel point. Qu'on m'oblige à me déshabiller. À tout expliquer dans les détails.

Agathe se rapproche et lève les doigts pour effleurer le dos d'Éden mais s'arrête avant de le toucher.

— On sera tous avec toi, promet-elle.

J'entends qu'il ébauche un demi-sourire fourbu.

— Je sais, dit-il, mais imaginer que quelqu'un repose ses mains sur moi, même si c'est pour mon bien...

Il n'achève pas sa phrase et reprend, cinq secondes plus tard :

— J'ai peur de virer fou. Je voudrais simplement qu'on laisse mon corps *tranquille.*

Le visage de Jav blêmit d'un seul coup. Ses yeux prennent la teinte du mercure. Pour tenter d'apaiser mes nerfs, j'inspecte ma feuille d'essuie-tout baignée de sang. L'odeur ferrique me lève le cœur et me donne l'impression d'en avoir plein la bouche.

Dehors, un oiseau siffle une mélodie baroque dont la beauté m'agresse.

Glissant mes yeux sur le cadran fixé au mur, je me rends compte qu'il est déjà 7 h 40.

Éden se décolle de la vitre et joint ses mains contre ses lèvres comme s'il priait.

— Et si personne ne me croit ? chuchote-t-il.

— Bien sûr qu'on te croira, réplique Agathe en récupérant les doigts d'Éden pour y poser un baiser.

— Ton corps racontera tout, lui dis-je.

Il se retourne et me fixe avec une intensité poignante.

— Est-ce qu'on croit vraiment un garçon, Alex ?

Ses grands yeux ballottent ensuite entre nous trois à l'image d'un pendule désaxé. Puis il plaque son poing sur son torse et prononce cette phrase accablante qui nous exclut :

— C'est *mon* corps, pas le vôtre. Mettez-vous à ma place.

J'entends à peine ces derniers mots. Les battements de mon cœur fouettent mes oreilles et noient les sons autour.

— Ça veut dire quoi ? lui dis-je, plus rude. Tu renonces ?

— Non, ça veut dire que j'ai peur, Alex. Peur d'être tripoté encore pendant des heures et peur de ne pas être cru. Viens pas me dire que tu la connais pas, la peur. Tu t'écrases sans arrêt devant ton père, alors t'es mal placé pour les leçons de morale à deux balles.

Je serre les dents derrière ma feuille tachée de sang. Quelque chose enfle en moi et m'incendie le ventre.

GABRIEL

Dans la lumière qui matraque la cuisine, les iris d'Alex sont aussi turquoise qu'une plage indienne ; mais une plage sauvage et hostile. Je m'apprête à désamorcer une énième altercation à venir, et c'est à cet instant que je vois Éden vaciller. Ses paupières papillotent, ses yeux chavirent.

— Putain, dis-je en le faisant asseoir sur une chaise. T'es livide.

Mais il se débat et donne un coup de bras désordonné.

— Lâche-moi.

— Tu respires trop fort, Éd.

Il s'échappe de ma prise puis traverse la cuisine et commence à monter les marches en prenant appui sur le mur. Je le suis jusque dans ma chambre et ramasse mon téléphone au passage, abandonné sur le parquet.

— Laisse-moi seul, Gabriel.

— Pardon mais non, dis-je en allumant la lumière.

Il se retourne et frappe l'interrupteur avant de grimper dans mon lit. Enlisé dans les couvertures, il plaque un poing tremblotant sur son cœur.

— Ça cogne n'importe comment, dit-il tout bas, les yeux hagards.

J'attrape les couvertures et les repousse pour alléger son corps.

— Respire, lui dis-je, anxieux.

— Retire ton pull, ajoute Alex, que je n'ai même pas entendu monter.

J'aperçois Agathe derrière lui, très pâle.

— Non, gémit Éden, laissez-moi.

— Il fait trop chaud, dis-je en me dirigeant vers le radiateur pour en baisser la température. Enlève ton pull.

Il résiste un moment, bras croisés autour de son corps, puis se décide enfin à lâcher prise.

— O.K., murmure-t-il en fixant le vide. O.K., je vais l'enlever, mais...

Il s'interrompt et cette fois-ci c'est moi qu'il regarde.

— Mais ?...

Il avale sa salive et respire plus fort en battant des cils pour chasser les larmes qui grimpent.

— Y'a un autre truc que je vous ai caché.

Je reste figé par la stupeur.

— Me jugez pas, s'il vous plaît, ajoute-t-il sans faire vibrer sa voix.

Nous secouons la tête, déboussolés. Il ôte enfin son pull et se retrouve en T-shirt, les paupières closes pour ne pas affronter nos regards et nos réactions. Immédiatement, il plaque sa main sur son bras mais nous avons tous le temps de les apercevoir.

Les sillons symétriques qui zèbrent sa peau tels des coups de griffe.

— Laissez-moi avec lui, chuchote Agathe.

Je quitte la pièce, sonné, et rejoins le salon. Je fouille le carton dans lequel j'ai caché les médicaments de ma mère et ramasse une boîte d'anxiolytiques. La capsule se perce dans un froissement aigu et me crache un comprimé blanc dans la paume.

— Tu lui donnes quoi ? me demande Alex en descendant l'escalier.

Je lui lance la boîte puis me dirige vers la cuisine et en ressors avec un verre d'eau.

— Il va falloir qu'il parle, Jav, reprend Alex en me barrant le chemin. Qu'il raconte ce qui s'est passé. Je crois que c'est une très mauvaise idée de lui donner ce truc.

— Ma mère lui en a déjà donné une fois lors d'une crise d'angoisse et ça l'a apaisé.

Il m'attrape le poignet lorsque je le contourne et secoue la tête avec fermeté. Je lâche un soupir en m'asseyant en bas des marches, les yeux fermés et la tempe appuyée sur le mur.

— Je voulais juste qu'il arrête d'avoir mal pendant un court instant.

Alex ne répond pas, mais je sens ses doigts me dérober le verre et le comprimé.

AGATHE

Je m'allonge auprès d'Éden tout en restant sur la couverture et me mets à parler, parler, pour garrotter ce silence qui me ramène sans cesse à ces zébrures sur son bras.

— Quand tu viendras avec moi en vacances à Vannes, je te montrerai mon ancienne maison et toutes mes boules à neige. J'ai une étagère entière où je les dispose. J'en ai même une qui me fait penser à toi : y'a un Casse-noisette dedans. Il a le crâne peint en orange.

Il me sourit puis se rapproche et pose sa tête sur moi. Je sens mon cœur donner un grand coup de pied dans mes côtes et je sens qu'il l'entend aussi.

— Et je te chanterai *Ailein Duinn* à la gratte. À chaque fois que je la chante, je pense à toi.

— Ça parle de quoi ?

— Ça parle d'une fille qui se jette dans la mer après avoir appris que son fiancé était mort.

Sa tête bouge au rythme de ma respiration. Ses cheveux me picotent les lèvres.

— C'est triste.

Pour la première fois, je prends conscience de son poids sur moi, de l'espace qu'il occupe tout contre moi. Je le sens fébrile, épuisé.

— Je suis jamais venu chez toi, me fait-il remarquer.

— C'est pas faute de t'avoir invité.

— Je sais, chuchote-t-il, gêné. Je dis toujours non. J'ai envie mais je dis non.

— Pourquoi ?

Il hausse les épaules sans répondre. Glissant une main sous la couverture, je caresse doucement son bras blessé à travers le pull qu'il a renfilé.

— Pourquoi tu fais ça ? dis-je dans un murmure à peine audible.

— Ne dis rien, s'il te plaît.

Obéissante, je coule mes doigts sur ses cheveux mousseux puis sur le haut de son dos.

— Je sens ton cœur, dis-je tout bas. Contre le mien. Je sens ton cœur.

Il redresse la tête mais son sourire ne dure qu'une demi-seconde, craintif. Puis je pianote sur son nez saupoudré de roux.

— T'as une peau parfaite. Mes boutons et moi on te hait.

— T'as pas de boutons.

— Oh si, mais je les cache.

Il agite une main vague devant son visage tacheté.

— Y'avait plus de place pour des boutons.

Je souris avec lui.

— Tu m'emmèneras voir ton château, un jour ? C'est quoi le nom, déjà ?

— Kilchurn.

— Kilchurn, c'est ça. Tu m'emmèneras voir les cornemusiens en kilt ?

Il remue les épaules, gêné.

— Je t'écouterai parler anglais, on fera des mini-concerts dans les rues et on mangera plein de biscuits au beurre jusqu'à se faire exploser le bide. En plus, j'ai presque fini mon écharpe pour toi.

— Tu m'as fait une écharpe ?

— Mais oui, pour aller avec mes gants-ratés-qui-sont-devenus-des-moufles. Elle est violette. Ça ira bien avec tes cheveux.

— Ça va surtout me faire de grosses plaques d'eczéma partout.

— Je sais. Pardon.

— Donc, pour toi, je n'ai pas changé ?

— Mais non, dis-je, troublée. Pourquoi tu aurais changé ?

— Tu m'appelles plus « Édi ».

Désarçonnée, je lui relève le menton pour happer ses yeux. Il m'observe par à-coups nerveux.

— Bien sûr que si.

Il secoue la tête en tirant sur un fil qui dépasse de l'oreiller. Alors j'essaie de réécouter les mots que je lui ai dits ces dernières heures, mais je ne m'entends pas prononcer son prénom. La seule chose qui m'obsède, Éden, c'est ton regard sur moi dans le rétroviseur de droite, quand j'étais assise dans la voiture de Matthias. J'ai la sensation que tu as tenté de me dire quelque chose et que je n'ai pas réussi à te décoder.

Est-ce le cas ?

— J'avais une boule à neige quand j'étais gosse, confie-t-il enfin pour dissiper le malaise.

— Ah oui ?

— Y'avait un violoniste dedans. Un jour je l'ai cassée. J'ai mis de l'eau et des paillettes partout.

— Mais qu'est-ce qui s'est passé ?

— Je l'ai fracassée sur le sol de la cuisine.

— Elle t'a échappé ?

— Je l'ai *fracassée*, Agathe. Volontairement.

— Oh.

— Oui.

Ma main glisse sur les reliefs de son dos ; j'ai la sensation de pianoter sur un xylophone d'enfant. À travers la fenêtre, le ciel s'étire en une longue virgule rose et mauve.

— J'ai cette violence en moi, Agathe. Je me mets à crier d'un coup, je pète les plombs et je casse tout ce qui se trouve sur mon chemin.

— Moi aussi, ça m'arrive de m'énerver.

— Non, je m'énerve pas : je *perds les pédales*.

N'ayant pas les mots pour lui répondre, je me concentre sur les taches de rousseur qui piquent sa bouche.

— Je pourrais te faire mal, Agathe.

— Comment ça, me faire mal ?

— Je sais pas, fait-il, plus lointain. Je me dis parfois que je pourrais te faire mal si on...

Je poursuis en pensée ce qu'il n'avoue pas et je sens que c'est là, tout près, qu'il suffirait d'un geste ou d'un regard peut-être pour le conquérir enfin. Son corps ne m'a jamais semblé aussi accessible et dangereux. J'ai peur de prononcer un mot cruel. J'ai peur d'écraser la coquille qu'il commence à m'ouvrir.

— Éden...

— Je voulais que tu le saches, me coupe-t-il, plus dur. Je voulais que tu saches ce que tu pourrais *rencontrer* en moi si jamais tu veux...

Il se mordille la lèvre avant d'ajouter :

— Si jamais tu veux sortir avec moi, un jour.

Submergée par un trop-plein d'émotions, j'embrasse ses doigts, ses articulations griffées, son pansement déformé.

— Mais j'ai pas peur de toi, Éden. Je te veux avec tes taches et tes bizarreries.

Il entrouvre la bouche mais ne me répond pas.

— Ils sont jolis tes ongles, chuchote-t-il enfin dans un souffle.

Je souris, mais il ne me rend pas ce sourire.

— C'est rouge ou orange pour toi ?

Il hésite de brèves secondes puis tente :

— Orange ?

Je sens alors une larme claquer sur mon cou et suivre le contour de ma clavicule. Puis une autre, et encore une autre. Ça se faufile sous mon pull et roule sur ma peau nue comme des billes dures et glacées. Et moi, j'ai la sensation d'avaler des épingles à nourrice ouvertes.

Ça me fait cet effet, les larmes d'Éden sur moi.

Ça pique, ça mord, ça perce partout.

Je resserre mon bras autour de son dos.

Je t'entoure, Éden, je suis là.

ÉDEN

Si je ne suis pas en sécurité dans ma propre peau, alors je ne suis plus en sécurité nulle part.

On a envahi ma maison, puis ma chambre et mon corps.

Où vais-je me reposer ?

ALEXANDRE

Après avoir aidé Jav à changer les pansements qui protègent ses sutures adhésives, nous gagnons le salon. Dehors, le monde se réveille et s'étire.

— J'arrive pas à y croire, lâche-t-il enfin en fixant le tapis. Dix ans que je connais ce mec, Alex. Je l'aime plus que *ma propre sœur.* Comment j'ai pu passer à côté d'un truc aussi grave ?

Je nous revois tous marcher dans les couloirs du lycée, assis à la cafétéria, traîner sur les bancs ou voguer de salle de cours en salle de cours. Je tourne en pensée autour de nos silhouettes, cherchant ce que nous avions de différent, épiant nos visages indemnes et fouillant nos rires. Je me glisse dans ma peau d'avant et j'essaie de me souvenir de ce que je ressentais.

Mais c'est comme enfiler un vêtement démodé et trop petit.

J'ai changé en une nuit.

D'une pression du pied, je me débarrasse de mes tennis et ramène mes jambes contre moi. Mes doigts pianotent avec fièvre sur l'accoudoir du fauteuil.

— C'est fou comme on rate des choses évidentes, lui dis-je, pensif. Tu m'aurais demandé un jour si j'avais déjà vu les bras d'Éden, j'aurais répondu : « Oui, bien sûr. » Sauf qu'il ne me les a jamais montrés une seule fois en deux ans.

Jav se frotte le visage au ralenti, les mains pâteuses.

— Éden ne se déshabille jamais devant moi, me dit-il d'une voix blanche. J'ai toujours pris ça pour de la pudeur extrême. Et puis il a froid sans arrêt, même quand il fait 28 degrés, et sa peau ne supporte pas le soleil ; alors, ses T-shirts à manches longues en plein été, ça m'a jamais paru bizarre.

Sa voix s'épuise et retombe avec la légèreté d'une poignée de plumes. J'entortille ma chaîne autour de mon doigt.

— Enlève-la, fait-il en pointant mon cou.

— Quoi ?

— Ta chaîne. Elle te rend dingue. Enlève-la.

Je détourne la tête et observe le ballet des arbres derrière la porte-fenêtre.

— Il ne veut jamais qu'on le *voie*, reprend Jav. Regarde, on est encore dans le noir. J'en *peux plus* du noir.

— C'est pas ta faute, lui dis-je sans même avoir prévu ces mots. C'est pas ta faute, c'est pas la mienne, c'est la faute de personne ici.

Nos yeux s'accrochent avec timidité. À travers la vitre, le ciel s'enduit de lilas.

Il se lève et marche dans le salon, le pas désordonné, comme si un flot d'étincelles crépitait sous sa peau. Il tourne autour des cartons, agaçant ses lèvres avec ses doigts, puis finit par en choisir un et s'accroupit devant. Il y plonge la main et en sort un jouet qui le fait sourire. Je tends le cou, intrigué.

— C'est quoi ?

— Mes Musclor. T'as jamais eu ça ?

— Non.

— On les balançait dans les arbres, avec Éden. On avait fabriqué des grappins avec des trombones dépliés, de la ficelle et des bâtons de sucettes. On les accrochait aux Musclor et on les lançait dans les arbres. On en a pété un paquet, comme ça.

Il caresse la figurine du bout du pouce avant de la porter à son nez.

— Cette odeur, c'est toute mon enfance.

Puis il la laisse retomber dans le carton, et reste un long moment accroupi, le regard absorbé par ces morceaux de jeunesse préservée.

Mon enfance à moi, elle a l'odeur écumeuse de la mousse au chocolat que faisait ma mère les dimanches soirs d'hiver. L'odeur d'or des parquets cirés et de la pâte à modeler qui se logeait sous mes ongles. L'odeur de l'eau de Cologne dont s'arrose mon père tous les matins. L'odeur des protège-cahiers en plastique et du travail bien fait.

Lorsque Jav reprend la parole, sa voix me paraît plus lointaine :

— Au début on s'est détestés, Éden et moi.

Je souris, attendri, et le fais sourire par écho.

— Il m'avait piqué des pépites. Les billes-pépites, je sais pas si t'as joué à ça ? Alors je faisais sauter la table avec mon genou à chaque fois qu'il posait son stylo sur sa feuille, du coup il débordait partout. Je lui chourais son effaceur qu'il cherchait pendant cinq minutes avant de piger que c'était moi qui l'avais. Finalement, il m'a balancé à la maîtresse et j'ai été foutu au coin.

La voix d'Éden résonne en moi : *Je veux partir en Écosse et écrire un livre.* Une voix insaisissable, sans cesse au bord de la fêlure. Une voix qui fait tendre l'oreille pour mieux la savourer. Qui sonne comme une fleur de coton mouillée.

— Il m'a fait virer des dizaines de fois, le petit con. La maîtresse l'adorait, j'avais aucune chance face à lui. Qu'est-ce que j'ai eu envie de l'étriper.

Il se relève enfin et contemple la porte vitrée, les yeux âgés. Lorsque le parquet grince en haut, il tourne la tête vers l'escalier.

— J'aurais dû voir, Alex, me dit-il tout bas. J'ai aucune putain d'excuse.

ÉDEN

Je me frotte la paupière si fort que ma vision en devient floue.

— Merde, ma lentille, dis-je en m'asseyant sur le lit.

Agathe se redresse contre l'oreiller.

— Qu'est-ce qu'elle a ?

— Elle est partie dans mon œil.

Je souris devant son nez chiffonné en cillant avec frénésie.

— Ah non, lui dis-je, elle est revenue.

Ses yeux glissent sur mes lèvres et s'y attardent. Elle tend la main et me câline la joue.

— Tu te rases pas, me dit-elle tendrement.

J'esquisse une moue vexée.

— Si.

— Non.

— Non, dis-je enfin, un peu honteux.

J'entends son sourire s'allonger tandis qu'elle frôle le contour de ma bouche. Je sens ma respiration s'emballer. Je sens mon corps se contracter.

— Ne fais pas ça, dis-je en sautant du lit.

— Excuse-moi, lâche-t-elle vite, excuse-moi, excuse-moi.

J'appuie mes paumes sur le bureau, fragilisé.

— Je déteste réagir comme ça, lui dis-je, penché sur le désordre des cahiers de Gabriel. Mais c'est plus fort que moi. J'arrive pas à contrôler ça.

Et quand tu me touches, même avec une immense précaution, je sens Matthias glisser sur mon ventre, agacer mon nombril et s'insinuer sous mon bas de pyjama. Ses doigts se sont tatoués sur moi et seront toujours là, en filigrane, sous les mains des filles qui me caresseront un jour.

Les tiennes, peut-être.

— J'ai compris, Éden, excuse-moi.

Un klaxon braille au loin et fendille ses paroles.

— J'aimerais faire des choses mais j'y arrive pas, lui dis-je. Mon corps veut pas.

— Quelles choses ?

Je hausse les épaules, maladroit, et lui réponds en pensée.

T'embrasser, Agathe.

Combien de fois j'ai eu envie de t'embrasser.

Mais j'ai trop peur de te salir si je le fais.

De te transmettre quelque chose de mauvais que j'aurais couvé sans le savoir.

— Je vais appeler, Agathe. Je vais appeler la police. Mais j'ai besoin d'un peu de temps pour me préparer, parce que je sais que tout va s'enchaîner après.

— Je comprends, murmure-t-elle.

Un bref grincement m'indique qu'elle quitte le lit, puis je sens ses bras m'entourer la taille avec prudence.

— J'aime pas parler à un dos, poursuit-elle en posant son front sur mon omoplate.

J'entends les coups ahuris de mon cœur, mais peut-être est-ce le sien. Je saisis ses mains et les écarte en me retournant vers elle.

— Je ne peux pas te donner ce corps-là maintenant.

Elle hoche la tête, les yeux moirés, et glisse ses doigts entre les miens.

La première étreinte forcée a fait de mon corps un adversaire. Au fil des caresses de mon frère, ma peau est devenue poreuse et ne me préserve plus de rien. Le moindre effleurement est un traumatisme.

Je n'ai plus aucune couche de protection nulle part.

J'ai toute la chair à nu.

— Je m'excuse de t'avoir brusqué chez Clément, m'avoue-t-elle, gênée.

— Non, c'est pas toi, c'est moi.

— N'empêche, tu m'as laissée toute seule et j'ai dû trouver un gentil motard pour me ramener chez moi.

Je baisse la tête et souris à la moquette. Elle me tire doucement vers elle et m'invite à me rasseoir sur le lit. Elle prend place à côté de moi, appuyée sur ses coudes. Je n'entends pas les voix d'Alex et Gabriel au loin ; mon cœur pulvérise tout.

— Je pense être le pire petit copain du monde, lui dis-je en fixant mes genoux.

— Argumente, réplique-t-elle, amusée. Thèse, antithèse, synthèse.

— Je sème mes fringues sales partout dans ma chambre.

— Je sais, j'ai vu. Mais Jav est pire, lui c'est un gros crasseux.

— Je suis insupportable au saut du lit, faut même pas me parler.

— Je parlerai en *mute*.

— J'ai peur du noir total et des chenilles, c'est ridicule.

— Des chenilles ?

— Dans l'allée de ma maison, y'a un arbre immense rempli de chenilles. Et ça te tombe dessus n'importe quand. Ça me rend fou, ces trucs, on dirait des mille-pattes.

— T'as peur des mille-pattes ?

— Oui, y'a trop de pattes et ça fonce vers toi hyper vite.

Elle lâche un début de rire grave qui s'allonge sur moi comme une poignée de sequins.

— O.K., dit-elle. On laissera allumé et on portera des chapeaux anti-chenilles anti-mille-pattes.

Je me sens rougir à nouveau ; puis elle enchaîne :

— Moi j'ai pas peur des bêtes, mais j'aime pas les gens qui jardinent.

Je lui tends un sourcil curieux.

— J'ai toujours l'impression qu'ils sont en train d'enterrer quelqu'un, précise-t-elle, taquine. Sinon, je change les meubles de ma chambre toutes les semaines et ça fait un boucan d'enfer. Et j'aime bien appeler des gens au hasard dans l'annuaire pour savoir comment ils vont.

J'écarquille les yeux.

— Vraiment ?

— Vraiment. Parfois je me fais rembarrer direct et parfois je discute une heure avec un type qui collectionne les pin's.

Cette fois, c'est moi qui ris. Je sais qu'elle me confie toutes ces choses pour que je m'évade du réel, et ça marche : je sens la chambre s'adoucir, je sens mon corps se relâcher. Je me laisse tomber sur le dos et contemple une fissure, près de l'ampoule nue, qui m'évoque une cicatrice. De façon instinctive, je passe mes doigts sur les blessures camouflées par mon pull.

Et ça vient tout seul.

Les confessions glissent comme une poche trouée qui recrache billes, plumes et marrons ramassés au pied des arbres.

— Je déteste me couper, lui dis-je d'une voix fine, les yeux fixés sur le plafond. L'odeur du sang, toutes ces marques que ça laisse. Mais j'en ai besoin, Agathe. Affreusement besoin. Quand je le fais, j'ai l'impression de...

Les mots se battent dans ma bouche comme des chats qui sifflent et crachent.

— ... crier avec ma peau. Et puis de me nettoyer, surtout.

Alors, dès que Matthias déloge mes draps, je m'enferme dans la salle de bains, me précipite dans la baignoire ; je la remplis d'eau bouillante et je coupe.

— Mais c'est pas moi que j'attaque, c'est Matthias.

Ce sont ses mains poisseuses qui s'attardent sur moi. C'est la seule issue que j'ai trouvée pour l'éjecter de ma chair. Mais moi, je n'ai pas le sentiment de me faire du mal.

Au contraire, j'essaie de me prouver que je suis encore là, bien vivant.

Elle sourit, mais c'est un sourire qui jongle entre l'appréhension et la tristesse.

— Je sais plus comment ça a commencé, dis-je en plaquant mon avant-bras sur mes paupières. Je crois que c'était en hiver, janvier ou février. Il m'avait touché et je me sentais sali. C'est fou à dire, mais la saleté, je la sentais *respirer* à l'intérieur. Comme si elle *vivait*. Et il fallait que je la fasse sortir très vite.

Je me revois alors attraper le compas qui traîne sur mon bureau, glisser la pointe sous la flamme d'un briquet et tracer une longue rayure sur ma peau.

Puis le compas n'a plus suffi.

Il a fallu couper plus fort et je suis passé au cutter.

— Tu m'as jamais parlé comme ça, Éden.

Je devine de la prévenance dans sa voix. Quelque chose qui m'évoque de l'apaisement, aussi.

— J'ai plus de forces, dis-je en laissant retomber mon bras sur la couette. Je cache tellement de choses depuis tellement de temps... J'ai plus de forces du tout.

Je l'entends respirer fort, mais elle ne répond pas ; alors j'ose :

— Je te dégoûte ?

— Bien sûr que non, rétorque-t-elle en s'allongeant à mes côtés.

Sa voix traîne sur le dernier mot. Je sens qu'elle hésite à poursuivre.

— Mais ?...

— Mais rien, Éden, j'ai juste peur que...

Elle s'interrompt d'un coup, comme percutée.

— T'as peur que ?...

Elle prend une profonde inspiration puis achève :

— Que tu coupes trop fort, un jour.

Ses doigts s'approchent de mon cou et patinent sur le col de mon pull. Je me redresse, incapable de croiser son regard.

— Je fais attention, dis-je tout bas.

— T'as intérêt. J'ai l'intention de faire pharma, pas chirurgie.

Un soupir accablé m'échappe. Puis elle tend son bras devant mon visage dans un air de défi.

— Si un jour t'as plus de place, y'a le mien aussi.

Je la repousse pour ravaler les émotions qui m'engloutissent, mais elle ajoute :

— Je rigole pas, Éden. J'ai de la place pour ta colère et ta peine sur mon bras. J'ai plein de place pour toi.

SARAH

— Allô ?...

La voix me désarçonne. Au téléphone, Éden et Jav ont des voix qui se ressemblent beaucoup – je les confonds souvent. Je bégaye en pressant le portable de ma mère sur mon oreille :

— C'est Éden ou Jav ?

— Éden.

Oh mon Dieu oh mon Dieu oh mon Dieu.

— Éden, je...

Respire, Sarah, respire.

Je m'emmêle dans les mots, cherchant les plus sincères mais, étrangement, il m'apporte son soutien :

— Tu viens ?

— Oui, lui dis-je, on arrive dans pas longtemps. On est près de la patinoire mais y'a un gros embouteillage parce que l'un des feux ne marche pas.

— D'accord, répond-il d'une voix tendre.

Coincée entre deux voitures immobiles, ma mère fouille dans son sac et se maquille les cils à travers le rétroviseur central. Ses yeux glissent vers moi avant de se reposer sur la route lorsqu'elle enclenche la première. Je sais à quoi elle pense : que s'est-il passé cette nuit dans la cuisine ? Pourquoi ma fille aînée a-t-elle vidé le frigo ? Comment pourrais-je lui en parler ?

Incapable de supporter la tension, je resserre mes doigts autour du téléphone.

Me concentre sur la respiration d'Éden.

Je me rappelle avoir mangé pour toi, un jour. Lorsque je venais encore au réfectoire avec vous. Je suis assise à côté de Jav et tu es installé face à moi. Alex n'avait pas encore rejoint le groupe à cette époque ; nous ne sommes que quatre. Il y a des coquillettes au menu. Je me revois pressant les pâtes avec les dents de ma fourchette pour leur faire cracher le beurre qu'elles contiennent. Je me souviens du pied de Jav qui frappe doucement contre ma chaise pour m'encourager à manger. Puis, quand je redresse la tête, ton regard est posé sur moi, fraternel, bienveillant, même si j'y lis de l'inquiétude face à mon assiette pleine. Tu grignotes tes coquillettes une par une à la main. Sous l'éclat ocre de la pièce, tes yeux m'évoquent des caramels salés.

Et je les mange, mes pâtes.

Pour voir les caramels briller.

— Comment tu vas ?...

— Ça va, dis-tu très bas.

J'ai eu mal à ton bracelet toute la nuit, Éden. Celui que j'ai fabriqué en pensant à toi.

— Je me sens conne, je sais pas quoi te dire...

Je te devine sourire, mais je sais qu'il n'y a aucune offense dans ce sourire. Sur la banquette arrière, ma petite sœur est tournée vers sa vitre, absorbée par le paysage laiteux. La ville semble endormie, écrasée sous cette couverture de velours blanc que les pneus et les chaussures ont commencé à souiller. Dans les enceintes, la longue dame brune espère encore.

Dis, quand reviendras-tu ?

Dis, au moins le sais-tu ?

— À tout de suite, Éden.

— À tout de suite, me répètes-tu d'une voix plus pure qu'un morceau d'étoile.

Mais tu n'es rien de moins qu'un morceau d'étoile.

GABRIEL

Je récupère le Tupperware abandonné dans la cuisine, sans avoir le courage de ramasser les fruits secs qui émaillent le carrelage. Arrivé au salon, je le pose devant Alex. D'une main automatique, il attrape une chips de banane.

— On a vu Romane chez Duval, dis-je en guettant sa réaction.

— Je m'en fous, répond-il trop vite.

— La toute première fille que t'as embrassée, Alex. Ça marque.

Il croque une lamelle de noix de coco en m'adressant un regard incisif.

— Je sais, vous aviez applaudi. J'ai jamais eu aussi honte de ma vie.

— Et quel baiser... Avec la langue, et tout.

— T'es dégueulasse, sourit-il en m'envoyant un raisin sec au visage.

J'avale le raisin et me penche vers lui.

— Tu les classes par catégorie ?

— Ça me calme, réplique-t-il.

Puis il me demande si je peux lui prêter des feuilles blanches. J'acquiesce en m'extrayant du canapé, grimpe à l'étage et reviens donner à Alex ce qu'il désire. Il repousse ce qui encombre la table et, dès qu'il commence à dessiner, ses épaules se relâchent, les traits de son visage se libèrent.

Sa gourmette tinte au rythme de ses mouvements précis et gracieux.

— Tu fais un château ?

Il hoche la tête, concentré.

— Pour Éden, explique-t-il.

Je me réinstalle dans le canapé, soudain écrasé par une fatigue extraordinaire.

— Ton nez s'est calmé, on dirait.

— Oui, répond-il en y plaquant machinalement les doigts avant de vérifier qu'ils ne sont pas tachés.

— Ça faisait sacrément longtemps, Alex.

— C'est rien, c'est vite passé. Et franchement, tu me bats avec ta tête de Picasso.

Je lâche un sourire mou puis ferme les yeux et me laisse bercer par le grattement de la mine sur le papier. Le ronronnement des voitures qui défient la neige, au loin. Pendant un bref instant, il me semble presque sentir l'odeur des gamins qu'on était avant.

Je me revois fouillant dans mon casier, les écouteurs enfoncés dans les oreilles, et j'ai l'impression de contempler un étranger. Nos journées se résumaient à des colles en salle d'étude, des bus loupés, des interros ratées, des lettres d'amour à transmettre et des ruptures à surmonter.

Nos drames nous paraissaient grandioses ; ils étaient minuscules.

Nous étions lisses et forts.

Nous étions insouillés.

Cette vie me manque.

Ce garçon-là me manque.

Je me frotte le visage et rouvre les yeux en réalisant que je n'entends plus le stylo d'Alex. Son regard est figé sur ses feuilles, la main en suspens dans l'air.

— Mon père a une maîtresse, jette-t-il enfin avec froideur.

Je reste immobile, sidéré.

— Je sais, c'est atrocement futile à côté de ce qu'Éden est en train de vivre, mais ça me bouffe.

— Depuis quand ?

— J'en sais rien, je suis tombé sur une photo y'a quelques jours. Je feuilletais l'un de ses bouquins de médecine, dans son bureau où je n'ai pas le droit d'aller, et je suis tombé sur un drôle de marque-page : c'était la photo d'une femme nue. Et à quatre pattes, en plus.

— Bon Dieu de merde.

Il hoche la tête, aussi écœuré que moi.

— Tu lui donnes quel âge ?

— Je dirais entre 30 et 35 ans.

— Ta mère est au courant ?

— Honnêtement, j'en sais rien, c'est le carnaval de Venise chez moi. Tout le monde se cache des trucs, ça dissimule, ça maquille, ça ment et ça triche.

Je l'écoute avec de plus en plus d'embarras. Je sens nettement son corps me transmettre le malaise qu'il ressent.

— Je vais chercher à boire, dis-je en sautant du canapé.

Dans la cuisine, je remplis deux grands verres de menthe à l'eau puis rejoins Alex au salon. Il n'a pas bougé d'un cil depuis que je l'ai quitté.

— On débarque chez toi pour tes 17 ans et on salope les beaux tapis du daron Carraz, dis-je en lui tendant son verre.

Il le porte à ses lèvres et fait rouler le liquide dans sa bouche avant de l'avaler.

— C'est les tapis de ma mère, grimace-t-il. Mon père, c'est son matos de photo qu'il faut pas toucher.

— O.K. J'épargne les beaux tapis mais je chie sur les appareils-photo.

Il lâche un début de rire indolent, très mélodieux, puis étouffe cette lumière aussi vite qu'elle est apparue. Je vide mon verre en quelques gorgées et m'avachis à nouveau dans le sofa.

— Alors comme ça, Carraz se sauve par la fenêtre de sa chambre...

Il esquisse un sourire morose.

— Je courais sur le trottoir en glissant à moitié sur la neige, dit-il avec lenteur. Une voiture m'a fait des appels de phares ; je me suis rapproché d'elle et la conductrice m'a fait signe de monter. J'ai dû lui faire pitié à patauger dans la bouillasse.

Je hausse les sourcils, amusé.

— Je me suis détendu quand j'ai vu toutes les peluches sur la plage arrière. On peut pas être une tueuse en série et collectionner les peluches, si ? Une girafe a couiné sous mon pied quand je suis monté.

— Mince alors, Carraz devient un rebelle.

Il avale une nouvelle gorgée de menthe comme pour faire taire le flot de confidences qui jaillissent de sa bouche.

— Parfois vous avez les mêmes expressions, chuchote-t-il enfin. Quand vous parlez, Éden et toi.

Je l'observe, surpris.

— Ah bon ?

Au moment où il hoche la tête, un claquement de porte résonne à l'étage.

— Je pourrais pas te dire lesquelles, mais sur le moment, ça me frappe. J'ai l'impression de t'entendre quand il parle, et inversement.

Ce sont les dernières paroles qui m'atteignent. Je crois qu'ensuite, je somnole quelques minutes, car la lumière est plus vive lorsque j'ouvre les yeux. Lovée dans le fauteuil, Agathe est en train de grignoter des fruits secs. Je ne l'ai pas entendue nous rejoindre.

— Il voulait dormir un peu, m'annonce-t-elle en pointant l'étage lorsque nos regards s'effleurent.

Elle me tend le Tupperware d'un bras nonchalant.

— T'en veux ?

— J'ai une tête à bouffer des graines ?

Elle lève les yeux au ciel. Alex me picote le genou avec ses petites feuilles ; je les prends et les fais défiler sous mon pouce. Aussitôt, les ruines du château se redressent, un soleil mouvant se laisse peu à peu mordiller par les pierres et un garçon affublé d'une choucroute frisée joue du violon en crachotant des notes-papillons.

— T'as vraiment du talent, Alex, dis-je en tendant les dessins à Agathe qui demande à les voir.

— J'ai fait ça vite fait, c'est pas du tout abouti.

— C'était un simple compliment.

— C'était pas nécessaire.

— Putain, Alex, quand on te dit bravo, tu lèves les mains et tu réponds : « C'est pas ma faute » ?

Il roule des yeux en lissant la table du bout du doigt. Agathe sourit en rejouant sans cesse le paysage sous son pouce.

— Les cheveux sont très réussis, murmure-t-elle, attendrie. T'as bien rendu le côté frisé bordélique.

Alex part fouiller dans les poches de son manteau et en sort une pince à dessin. Mais il reste un long moment immobile, mutique, en nous tournant le dos.

— Alex ? dis-je en passant mon bras par-dessus le dossier du canapé.

— Ma mère me met en garde contre les détraqués sexuels qu'on peut croiser dans la rue, alors que...

Sa voix l'abandonne avant qu'il n'ait achevé sa phrase ; je la poursuis pour lui :

— Alors que, souvent, c'est quelqu'un que tu connais bien qui te blesse.

Il hoche la tête avec torpeur, les yeux nacrés, en s'asseyant sur l'accoudoir. Agathe lui tend ses feuilles, qu'il récupère et presse entre les dents de sa pince à dessin.

— Comment on peut vivre quelque chose d'aussi grave à notre âge ? murmure-t-il, assommé. Comment on peut être jetés dans un tel combat ?

ÉDEN

Le pire, c'est le silence après.

C'est les flashs qui fusent et dans lesquels je revis la scène, geste après geste.

C'est cette sensation de souillure qui peuple chaque brèche de ma peau. C'est l'odeur de mon frère injectée dans mes veines. C'est la douceur avec laquelle on m'enrobe, qui me donne l'impression d'être nu et sans défense. C'est la fille qui attend que je réponde à ses caresses et mon corps qui recule. C'est le désir qui me râpe le ventre et m'emprisonne en moi-même.

C'est la nuit qui me guette et suit les empreintes de mes pas.

C'est me dire que je ne pourrai plus jamais être *refermé.*

C'est le bruit du verre qui se brise.

C'est les autres, c'est la chair, c'est moi.

Le pire, c'est la vie qui continue malgré ça.

GABRIEL

Éden est couché sur le ventre, la moitié du visage dans l'oreiller. Mon lecteur CD ronronne près de lui et les mouchoirs froissés l'entourent comme des roses en origami. Je m'agenouille devant le lit. Je retrouve la même place que quelques heures plus tôt, et me glisse dans la peau de l'ancien Gabriel. J'approche ma main et lui retire un écouteur. Il sursaute, rouvre les yeux et ôte le second. J'entends les basses crépiter sur les draps.

— Comment tu te sens ?...

Il hausse les épaules. Je gratte la couture de ma couette. J'aimerais lui dire mille choses, avoir mille gestes, et tout est coincé sous ma peau.

— Je...

T'aime, Éden.

Tellement.

— Tu ? demande-t-il, à la fois curieux et inquiet.

J'égare mes yeux dans la chambre et cherche quelque chose d'intelligent à dire, n'importe quoi.

— T'as retrouvé tes partitions ?

— J'ai pas laissé de partitions ici, c'était un prétexte pour rester chez toi.

Il prononce ces mots avec bienveillance mais je sens une cloche de métal me tomber dans le ventre. Je m'assieds sur le sol, les tempes serrées entre mes doigts, tandis qu'il replonge son visage dans l'oreiller. Je dérange doucement son épaule.

— Tu pleures ?...

Il secoue la tête dans un mouvement décousu, mais je sais bien qu'il pleure, sans même l'entendre.

Je le *sens* dans mon corps.

— J'ai mal aux yeux, me confie-t-il enfin. Faudrait que j'enlève mes lentilles mais j'ai pas mes lunettes et j'y verrais plus rien après.

— Tu veux que j'aille te les chercher ?

— Non, souffle-t-il, plus dur. Va pas là-bas.

J'attrape le lecteur CD et presse le bouton *stop* pour faire cesser son ronronnement métallique. Le silence retombe comme une cape. Éden se retourne sur le dos et lâche :

— Tu te souviens de la fois où tu m'as parlé de ces hommes qui arrivent à sortir de leur corps ?

— Les maîtres yogi, oui.

— J'aimerais réussir à faire ça. Sortir de mon corps sans me faire de mal pour ne plus rien sentir.

— Attends, dis-je en me relevant très vite avant d'envoyer un grand coup de pied dans la porte. Dégage, Agathe, c'est une conversation privée.

— J'allais aux toilettes, répond-elle, penaude.

— C'est juste à côté, tu dégages !

Éden m'adresse un sourire mince pendant que je me réinstalle sur la moquette.

— Tu ne rentrerais pas, lui dis-je, maussade.

— Quoi ?

— Si tu sortais de ton corps, tu ne rentrerais pas.

— Tu crois ?

Sa voix est aussi fragile qu'une bulle de savon. Je sens chuter sur moi la fatigue des heures écoulées.

— Je me sens dégueulasse, reprend-il après une profonde expiration. Je me sentais déjà sale, mais maintenant c'est pire.

Ces mots sont tellement inattendus que j'ai besoin de les réécouter plusieurs fois pour les comprendre. Je sens mon visage se resserrer tel un poing d'acier.

— J'ai l'impression que tout est pourri à l'intérieur, poursuit-il. Je me sens complètement *pourri* à l'intérieur.

— Arrête.

Il m'observe avec un mélange d'étonnement et de peine. Ses yeux sont durs, gorgés de minuscules feux d'or.

— Mais c'est la vérité.

Il ramasse un Kleenex froissé dans le lit et se mouche.

— C'est la seule fois, Éden ?... Qu'il t'a fait mal comme ça ?

— Oui, mais c'est pas la première fois qu'il essayait.

J'étrangle les couvertures sous mes doigts.

— Depuis combien de temps ?

Simplement ces mots-là. Jetés à bout de souffle. À peine la force de faire une phrase correcte.

— Longtemps.

— Plusieurs mois ? dis-je, tremblant. Un an ?...

— Dix, répond-il tout bas.

Sur le moment, je n'y crois pas. Il hoche la tête en torturant sa lèvre avec ses dents et moi, je sens mon cœur vomir.

— Tu pouvais pas voir, chuchote-t-il comme s'il plongeait dans mon esprit et y lisait le déshonneur et l'immense culpabilité. J'ai trop menti. Je suis trop doué à ce jeu-là.

D'un air absent, il tripote le pansement qui enserre son doigt et tente de le décoller.

— Arrête, dis-je en saisissant son poignet.

Il se redresse, tourne la tête vers la fenêtre et murmure :

— Si j'ai tellement peur que la police rapplique, c'est parce que j'ai honte.

— De quoi ?

— Je me suis *laissé faire.* J'ai lutté dix secondes et j'ai abandonné. Est-ce qu'ils vont penser que j'étais d'accord ?

— Oh, Éd... lui dis-je d'une voix mouillée, cachant ma bouche derrière ma main.

Je serre les dents, je serre le bide, je serre tout ce qui se déconstruit encore et encore à l'intérieur de moi. Mais rien n'y fait : je sens que tout s'affaisse. Je suis fait d'une multitude de mikados qui s'écroulent les uns après les autres.

— Il disait qu'il m'aimait, me confie-t-il très bas. Et moi, comme un con, j'y croyais.

— C'est pas de l'amour, ça.

— Je suis jamais sorti avec une fille, avoue-t-il, démuni. J'ai jamais embrassé ni caressé une fille.

— Je sais.

— Tout ce que je connais, c'est mon frère qui vient dans mon lit et me fourre ses mains partout en me répétant qu'il m'aime.

— C'est pas de l'amour ça, Éden, c'est *un putain de crime.*

Il se mouche à nouveau, les doigts tremblants, puis commence à mutiler son Kleenex. De minuscules morceaux s'éparpillent sur la couette comme des pétales flétris.

— Je te montrerai mon cahier, murmure-t-il enfin en tournant la tête vers moi.

Ses taches de rousseur éclatent comme si elles criaient. Ses yeux flamboient avec la splendeur des constellations.

J'y croise toute ma vie, dans ces yeux.

— Je...

T'aime, Éden.

Mais nom de Dieu, dis-lui.

J'approche mes doigts mais les arrête à cinq centimètres des siens.

Entravé, sans savoir pourquoi.

Avant, je posais ma main sur ton épaule et ce geste était à peine pensé. Je poussais ton genou pour te faire quitter tes rêveries et c'était naturel et simple. À présent, il me semble terriblement compliqué de t'effleurer. Presque interdit. Tu es devenu l'une de ces créatures imaginaires qu'Alex dessine. Tu es devenu impossible et sacré.

Dans ma chair, ta blessure s'étire et suinte.

J'ai mal partout où on t'a touché ; ton corps, c'est un peu mon corps aussi.

La sonnette de l'entrée tinte dans un son de grelot et m'arrache à mes pensées.

— Sarah, lui dis-je pour calmer sa frayeur soudaine. Je te l'envoie ?

Il hoche la tête. Sa respiration s'apaise. J'embrasse le bout de mes doigts puis les pose sur le dos de sa main. Il ne me quitte pas du regard pendant que je me lève et regarde à travers la fenêtre. Sous le jour pâle, l'immense draperie de mousse blanche m'éblouit. Des mètres de crème nacrée qui scintille et allume les cheveux d'Éden. Affectueusement, un rayon de soleil sillonne sa joue et lui caresse la lèvre.

SARAH

C'est Alex qui m'ouvre, en chaussettes, les yeux veinés de fins filaments rouges. Derrière lui, Agathe me sourit, assise sur le bras d'un fauteuil. Ses cheveux, débraillés, ondulent autour de son visage. Elle porte un étrange jogging vert trop long pour elle et retroussé sur les chevilles. Je cherche Éden, mais ne le vois nulle part.

— En haut, me souffle-t-elle.

J'essuie mes tennis sur le paillasson avant d'entrer dans le salon. Il flotte une odeur de bouchon de liège, de pluie neuve et de jasmin froissé. Resserrant la ceinture de son manteau, ma mère étudie la pièce d'un œil distrait.

— Tout va bien ? demande-t-elle en ignorant poliment l'épuisement de mes amis.

Tous acquiescent avec apathie.

— Vous aussi, vous commencez à neuf heures trente ?

Agathe confirme dans un sourire que je sais factice.

— Vous n'êtes pas en avance, remarque ma mère en jetant un œil à sa montre.

Puis Jav descend l'escalier et sa maigreur me frappe. Un cri assourdi m'échappe lorsque je découvre son visage, mais il devance aussitôt mes questions en levant la main.

— Je me suis pris une porte de placard, explique-t-il en tâtant ses pansements. J'aurais préféré te dire que j'avais stoppé un rhinocéros en pleine charge avec ma tête mais c'est juste un con de placard.

Dans le sourire fin qu'il m'adresse, ses pommettes ressortent comme des lames.

— Eh bien, eh bien, conclut ma mère, déconcertée, avant de désigner le jardin avec ses clefs de voiture. Je suis très mal garée et je devrais déjà être au travail à l'heure qu'il est, alors je file.

— Merci, madame, lui souffle Alex.

— Catherine, réplique-t-elle avec amusement. Alexandre Carraz, c'est ça ?

— Oui, madame.

Elle jette un dernier coup d'œil au salon, m'envoie un baiser et sort. Ses escarpins trouent la neige par petits carrés.

Puis Jav referme la porte et le rideau tombe.

Les visages s'affaissent, les regards se livrent, les corps accusent.

— Oh, mon Dieu, vous avez l'air épuisés, dis-je en lâchant mon sac sur le carrelage.

Agathe pousse un profond soupir. Alex, lui, se laisse sombrer dans le fauteuil, les traits tendus. Après avoir ôté blouson, écharpe et gants, je les pose sur la grande table.

— Ta mère est complètement à l'ouest ou elle le fait exprès ? questionne Jav d'un ton cynique.

— Un peu les deux, je crois.

— Qu'est-ce que tu lui as raconté comme bobards ? me demande Agathe.

— Qu'Éden s'était fait plaquer et qu'il avait besoin de réconfort. C'est la première débilité qui m'est venue à l'esprit.

Lorsque Jav me demande enfin si je veux le voir, je fais tourner ma bague autour de mon doigt avec désarroi.

— Oui, mais je sais pas quoi dire. Je vais lui dire des trucs cons.

— On a tous dit des trucs cons, réplique-t-il en s'asseyant à califourchon sur une chaise, les bras sur le dossier.

J'observe les escaliers avec une angoisse insensée. Bizarrement, cet endroit ne reflète pas le drame qu'on est en train de vivre. Si on fait abstraction des cartons calés contre le mur, il est simple et lumineux. Presque trop accueillant.

— Je connais pas ta maison, dis-je en tournant la tête vers Jav.

— En haut, au bout du couloir, à gauche.

Je remarque les verres posés sur la table basse et en profite pour repousser le grand moment.

— Je peux avoir de l'eau ?

Il acquiesce en décollant de sa chaise et se dirige vers la cuisine. Sans l'avoir préparé, je lui emboîte le pas. Ma bague tinte sur le verre d'eau lorsqu'il me le tend. Je tremble de partout.

— Respire, Sarah.

Est-ce l'immense patience de sa voix, la délicatesse de ses gestes ou l'horreur de cette nuit ? Je ne saurais dire, mais soudain tout est trop compliqué pour moi. Je pose mon verre sur la table et plaque une main sur mes yeux.

— Merde, dis-je, honteuse.

Sans même le voir, je sens qu'il tend le bras vers moi.

— Approche, dit-il tout bas.

C'est comme si la couche de gel qui protégeait mon corps se fendait. Je me serre contre lui, le visage plongé dans son sweat. Il sent la sueur séchée, la neige fondue et les fleurs arrachées. C'est une odeur infiniment réconfortante. J'entends son cœur frapper contre mon front.

— Depuis quand tu fais des câlins ? lui dis-je d'une voix feutrée.

— Depuis quand *Sarah* me fait des câlins ?

Je souris et renifle à deux reprises.

— Tu m'en veux si je me mouche dans ton sweat ?

Il lâche un rire profond qui rappelle un vibrato de violoncelle.

— Vas-y, j'épongerai après.

J'allonge mon sourire et je me laisse bercer par sa voix. Elle est lisse, blonde et tiède comme un long printemps minéral. Je finis quand même par me détacher de lui, puis j'examine brièvement mon reflet à travers le vitrage du four.

— Je peux pas aller le voir avec cette tête-là.

— Mais t'es pas obligée, Sarah.

Je me laisse tomber sur une chaise.

— J'ai l'impression qu'on ne rira plus jamais, Jav. Qu'on n'aura plus jamais le droit de rire.

Il pose une main sur mon épaule.

— Bien sûr que si. Il faut.

J'avale une gorgée d'eau glacée, puis une deuxième, avant de chuchoter :

— Toute la nuit, j'ai entendu le rire d'Éden dans ma tête. Tu sais comment il rit ? Ça me fait penser à des perles qui tombent par terre.

Il presse l'arrière de son crâne sur la fenêtre et m'adresse un sourire tendre.

— Agathe m'a dit au téléphone que ta mère était pas là.

— Non.

— Où elle est ?...

— Mystère, répond-il dans un haussement de sourcils détaché.

— Donc, elle n'est pas au courant encore ?

— Personne n'est au courant à part nous.

— Mon Dieu.

Il hoche la tête avec lenteur tandis que je montre du doigt les papiers déchirés et fruits secs qui émaillent le carrelage.

— C'est quoi, tout ça ?

— Rien, répond-il vite en ramassant le tout pour le jeter à la poubelle.

Un bruit sourd se fait alors entendre à l'étage, comme si quelque chose roulait sur le sol. Jav lève les yeux vers le plafond.

— Est-ce qu'il y a des choses que je ne dois pas dire ?

— Tu dis ce que tu veux, Sarah.

— J'ai l'impression que c'est pas *vrai*.

Il prend une longue inspiration avant de me répondre.

— Si seulement... chuchote-t-il. Je me suis endormi quelques minutes sur le canapé tout à l'heure. Et quand je me suis réveillé, un court instant, j'ai cru qu'Éden allait bien et que j'avais cauchemardé.

Il se frotte le visage.

— J'ai aimé ce court instant.

— Me fais pas pleurer encore, dis-je en tapotant mes paupières.

Il m'adresse un sourire trop bref, mais chaleureux.

— Dis-lui ce qui te vient, Sarah.

Je me lève, le cœur battant jusqu'au bord des lèvres.

— Comment il est ?...

— Comme un petit chat qui crache et montre les crocs.

Je lui adresse un regard apeuré ; il penche la tête sur le côté.

— C'est Éden, Sarah. Juste Éden.

Soudain, la voix d'Agathe retentit du salon :

— *Alex se barre* !

Je quitte la cuisine, Jav sur mes talons, et j'aperçois Alex, assis dans un fauteuil, en train d'enfiler ses tennis. Agathe lui a dérobé manteau, écharpe et mitaines, qu'elle serre contre elle.

— Il se barre, répète-t-elle en observant nos réactions.

Alex ferme brièvement les paupières, irrité.

— Je vais juste faire un tour, rectifie-t-il.

Jav plisse le front.

— Où ça ?

— Dans les parages. J'irai pas très loin, mais j'ai vraiment besoin de marcher. J'étouffe ici.

— Y'a de la neige partout, dis-je. On patauge.

Mais Alex s'obstine et tend son bras vers Agathe. Il marche lorsqu'il est submergé par l'angoisse. Deux semaines plus tôt, avant un bac blanc de physique, je l'ai vu grimper puis redescendre les escaliers du lycée. *Tous* les escaliers du lycée. J'attendais le cours de philo face à la salle 118, et je l'ai vu passer devant moi.

Quatre fois.

— Rends-moi mes affaires, ordonne-t-il à Agathe qui a trouvé refuge derrière le meuble télé.

Malgré son attitude puérile, elle a le regard lourd et vieux.

— Je vais *revenir*, Agathe.

— Rends-lui ses affaires, marmonne Jav.

Elle nous dévisage un instant, les vêtements d'Alex pressés sur son ventre, puis sort de sa cachette, vaincue. Moi, j'en profite pour monter à l'étage tant que je m'en sens encore capable. Le parquet grince sous mon poids. Mon cœur n'est plus qu'une boule de papillons qui s'agitent en tous sens. Lorsque je tapote contre la porte entrouverte pour m'annoncer, Éden relève les yeux. Assis dans le lit, les jambes pliées contre lui, il appuie sur les boutons d'une console de jeux.

— Hey, chuchote-t-il du bout des lèvres.

Empêtrée dans mes propres mots, je reste figée sur le seuil, aussi inconsistante qu'une haleine dans le froid.

— Comment tu vas ?... lui dis-je tout bas.

— Ça va.

Je me rapproche enfin et m'assieds à côté de lui.

— Tu joues à quoi ?

— *Tetris.*

Je me penche et contemple les briques qu'il assemble avec virtuosité. L'écran se reflète dans ses iris mordorés.

C'est Éden, Sarah. Juste Éden.

Le monde s'est ouvert sous ses pieds et je ne le trouve pas changé. Il porte un pull de Jav, il a le teint trop pâle et les yeux rougis, mais c'est toujours Éden. Juste Éden.

La blessure est forcément intérieure.

Tournant la tête vers le bureau, j'attrape un cahier qui traîne, un stylo, puis j'écris discrètement sur l'une des pages :

Pardon de m'être énervée
quand tu m'as lâchée pour la piscine.

Je glisse le cahier devant sa console ; ses pouces cessent de cliquer. Il parcourt mes mots puis esquisse un sourire sans me regarder. Je récupère le cahier et j'écris sous la première phrase :

Je ne râlerai plus
quand tu voudras recopier mes cours.

Puis je place à nouveau la feuille devant lui.

— Ça, c'est pas vrai, dit-il, sceptique.

— Je jure.

Il pose la console sur le drap, puis écrit à son tour :

Merci pour ta chanson

— T'as aimé ?

— Oui, beaucoup.

— J'ai cherché la musique pendant une heure. Je savais que t'allais automatiquement traduire les paroles, alors je voulais pas qu'elles soient tristes. J'ai relu un tas de textes avec mon dico d'anglais à côté.

— C'était très beau, Sarah, merci.

J'entends des sons pointus provenant du rez-de-chaussée. J'entends dehors le monde qui bourdonne et s'agite. La musique de son jeu sautille dans l'air. Je ramasse le cahier et j'écris d'une main flageolante :

Je t'aime fort fort fort fort Éden.

Son visage s'aggrave lorsqu'il déchiffre mes mots. Sa bouche frémit. Pendant une demi-seconde, son regard accroche le mien avant de s'esquiver.

— Ça fait beaucoup de *fort*, chuchote-t-il, mal à l'aise.

Sa voix est aussi douce qu'une écharpe en cachemire. Incapable de lui parler de façon spontanée, je poursuis la correspondance écrite :

Comment tu vas ?

Il sourit avec gêne dans un bref mouvement de la tête.

Et maintenant ?

Il acquiesce à nouveau.

Et là ?

— Sarah, souffle-t-il en posant ses doigts sur le cahier. Ça va, merci.

Tu ne vas pas faire de bêtise, hein ?

Il plisse le front puis glisse ses yeux sur moi.

— Mais non, dit-il très bas.

— Jure-le.

— Je jure.

— Encore.

— Je jure, Sarah.

Je me sens ridicule en fait, je ne sais pas quoi dire.

Un tressaillement agite ses cils mais ses traits retrouvent très vite leur douceur mutine. Il me vole le stylo :

Tu veux tétrisser avec moi ?

— D'accord.

Je prends la console qu'il me tend ; les boutons sont chauds sous mes doigts. Il m'explique ce que je suis censée faire avec une patience qui m'étonne. Ses taches de rousseur luisent dans le jour pâle.

AGATHE

Jav se coule dans le fauteuil, une cigarette intacte entre les lèvres, le visage hermétique et les gestes las. J'ouvre la bouche, tout aussi engourdie, et répète les paroles d'Alex :

— Ça veut dire quoi : « J'étouffe ici » ?

Il hausse les épaules en fouillant ses poches de jean.

— Tu crois qu'il va rentrer ?

— Mais oui, dit-il dans une profonde inspiration. Il s'est barré pour ne pas exploser.

— Il te l'a dit ?

— Ça se *voyait*, Agathe. Ça fait des heures qu'il a raison et qu'on ne l'écoute pas.

Il déniche enfin son briquet mais je me redresse d'un coup sec, lui arrache sa cigarette et la jette vers la télé. Il écarquille les yeux, faussement outré.

— « Qu'il a raison » ? lui dis-je, anxieuse.

Il renfonce son dos dans le fauteuil, une légère contrariété au coin des lèvres.

— On erre comme des zombies alors qu'on aurait déjà dû appeler les flics dix fois.

— Tu crois qu'il va appeler de son côté ?

Il secoue la tête en pointant du menton le téléphone d'Alex sur la table basse.

— Mais il pourrait aller prévenir quelqu'un, lui dis-je.

— Il est bien trop loyal pour ça.

La musique de sa voix coule en moi comme un sirop suave. Je tends le bras vers lui, mais il lève le pied et envoie valser mes doigts.

— Les murs ont des oreilles, marmonne-t-il, mécontent, mais ils ont surtout des Agathes.

J'essaie d'écraser le sourire qui me démange la bouche.

— J'allais juste aux toilettes...

— Et mon cul, c'est de la truite.

— Du poulet, lui dis-je dans un rire impulsif. Allez, viens sur le canap avec moi.

Ses yeux d'opale s'accrochent aux miens.

— Y'a pas de place.

— À cause de mes grosses fesses ?

Il lève les mains dans un geste innocent.

— C'est pas moi qui l'ai dit.

Je tapote le cuir à côté de moi. Il s'allonge enfin et me pousse vers le dossier.

— Les pompes sur le canap ? lui dis-je, railleuse.

— *Fuck* le système.

Il se penche sur moi et ajoute contre mon oreille :

— Si je peux me permettre, c'est pas en te frottant à d'autres mecs que tu mettras Éden dans ton lit.

Son souffle sent le tabac épicé.

— Je le mettrai dans mon lit et tu seras le premier à le savoir.

— C'est trop d'honneur.

Je le frappe doucement sur les côtes.

— Quand même, qu'est-ce que vous avez toutes à choisir des garçons inaccessibles ?

— Moi, c'est pas désespéré, Jav. Moi, j'ai pas mal.

J'entends son souffle pétiller. Je gratte l'accoudoir du bout des orteils, puis lui demande :

— Tu crois qu'Éden pourrait ressentir quelque chose pour moi ?

— Il me parle pas de ces choses-là.

— Jamais jamais ?

— Presque jamais.

— Pourquoi ?

Il hausse les épaules, sibyllin, en se rongeant l'ongle du pouce.

— Pudeur, dit-il enfin d'une voix peu convaincue.

— J'en étais vraiment à me demander s'il préférait pas les mecs.

— Non, c'est pas le cas.

— Tu peux le prouver ?

— Oui, sourit-il, mystérieux.

— Dis-moi.

Il secoue la tête en étirant son sourire.

— Secret d'État.

— Je porte ton pantalon de pyjama, Jav. On est intimes, toi et moi.

— D'ailleurs, tu m'as fait de jolis ourlets.

— Tu fais huit mètres, je marche dessus.

Mais il ne répond toujours pas à ma question. Le silence redescend sur nous, percé çà et là par les bourdonnements des voitures qui circulent au loin. Je pose ma tempe sur le haut de son torse et respire son odeur d'embruns. Il sent l'eau, Jav. Il sent la mer. Il sent le melon vert et les bateaux qui partent au loin.

— Comment on va faire pour continuer, Jav ?

Son cœur accélère contre mon oreille.

— Je sais pas, répond-il sans faire vibrer sa voix. Il me semble impossible de retourner au lycée après un truc pareil.

Lorsque je redresse la tête vers lui, il m'observe avec ses yeux fuselés et graves.

— Il me semble impossible de vivre encore dans un monde où Matthias Dresden se lève et respire.

Je me mords l'intérieur de la bouche pour ne pas pleurer. J'inspire avec ardeur la mer et le melon.

Et puis tout cède.

Un orage qui cravache le ciel intact.

— Hé, fait-il en me pressant contre lui. Je me demandais quand t'allais craquer.

Je me sens submergée par une sensation de faiblesse atroce. Je ne me rappelle pas avoir déjà pleuré comme ça.

— Laisse, chuchote-t-il lorsque j'éponge son sweat avec mes doigts.

J'ai toutes les voix d'Éden qui pirouettent dans ma tête. Sa voix froissée à différents moments du monde. Des instantanés oubliés qui reviennent m'agresser comme des grêlons. *T'as mangé des noisettes grillées ? Oh, tu m'as fait des moufles ?* Sa toute première phrase pour moi, à la sortie du supermarché, le paquet de confiseries levé devant mon visage : *Tu veux un ours à la guimauve ?* Et la dernière avant la blessure : *Me touche pas, j'ai pas envie.*

— Oh merde, pas lui, Jav. Pas Éden.

Je sens ses lèvres effleurer mon crâne. Il pose un baiser sur mes cheveux.

— Je sais plus comment le toucher.

J'essuie mes yeux en m'arrachant des cils au passage.

— J'ai l'impression que tous les gestes ont été empoisonnés. Que je vais forcément retomber sur quelque chose que Matthias a fait.

— Oui, dit-il tout bas, je comprends.

— T'as un Kleenex ? dis-je en fouillant la poche de son jean.

— Je me suis déjà mouché dedans.

— Tant pis.

Je me mouche avant de froisser le Kleenex dans ma main. Soudain, j'ai envie de parler. J'ai *besoin* de parler.

— Jav ?

— Oui.

— Si t'apprenais que ta meilleure amie picole parfois en cours, tu serais déçu ?

Mon cœur pilonne mes côtes avec hystérie.

— Bien sûr que non, répond-il enfin. Je lui dirais simplement que j'avais deviné.

Je me cache encore les yeux dans son sweat. Puis je sens ses doigts me caresser le dos.

— T'as pas honte de traîner avec elle ?

— Non, j'ai pas honte de mes amis, même s'ils se déguisaient en Bugs Bunny en pleine cafète.

— Qu'est-ce que tu ferais si je débarquais en Bugs Bunny ?

— Je débarquerais en carotte ?

Nos rires tintent comme des lucioles délavées, un peu graves, un peu fades.

— Tu te fous du regard des autres, hein ?

— Complètement.

— Comment tu fais ?

— J'y pense même pas. Si je dérange quelqu'un, il a qu'à regarder ailleurs.

Je suis toujours en train de réfléchir à ce qu'il vient de dire, lorsqu'il ajoute :

— J'aimerais quand même savoir pourquoi ma pote s'amuse à boire.

— Je sais pas, dis-je en pressant le mouchoir sous mon nez. J'ai commencé et j'ai aimé. Alors je continue.

— Les hommes ont commencé la guerre aussi et ils ont aimé. Mais c'est pas pour autant une bonne idée.

Je souris contre lui.

— Je vais arrêter, Jav.

— Dit-elle sans conviction.

Il prend une longue inspiration qui gonfle son ventre et fait bouger mon visage.

— Je vais te dire un truc, Agathe. Je te souhaite pas d'avoir à traîner un jour d'immenses poubelles de picole dans un bruit de verre dégueulasse le long de ton allée. Avec les voisins qui tournent la tête vers toi en sortant de chez eux parce que tu fais un boucan d'enfer.

J'enfonce mon visage dans son sweat, à court de mots.

— T'avais quel âge ?

— J'étais *trop jeune*, répond-il, soudain dur. J'étais trop jeune pour supporter le regard des gens sur ma mère. Leur répugnance et leur mépris.

— Je vais arrêter, Jav. Je crois que j'avais besoin que ma mère m'engueule et qu'elle ait peur pour moi. Mais ça marche pas.

— Et qui te dit qu'elle s'inquiète pas ?

— Elle a pas appelé de la journée, dis-je, maussade. Même quand elle m'a amenée ici, elle a été à peine surprise. Elle m'emmène chez mon pote à trois heures du matin, mais tout va bien.

— Je préfère penser qu'elle a confiance en ce bon vieux Gabriel.

Je lève la tête et lui lance un regard sceptique. Dans le jour blafard, ses yeux chatoient comme le soleil sur un lac lustré. Je m'appuie sur mes coudes et plaque un baiser sur sa joue qu'il fait mine d'effacer, outré. Puis je ferme les paupières, soudain plus calme. J'écoute son cœur, j'écoute le mien.

— J'ai la belle vie, Jav, à côté de vous, j'en suis consciente. Mes parents sont toujours ensemble et j'ai même pas l'obligation de ramener des bonnes notes ou de faire le ménage. Mais j'aimerais un peu plus d'attention, parce que j'ai l'impression qu'ils attendent mes 18 ans pour me chasser de la maison.

— Tu viendras t'installer ici.

— Avec mes trente-neuf boules à neige ?

— On les foutra dans les toilettes.

Je lui donne un coup de coude qui le fait sourire et gémir en même temps.

— Tu sais, j'ai même pas fouiné dans ton téléphone, lui dis-je, taquine. J'avais envie de lire les textos cochons que t'envoies à ta chérie mystère mais finalement j'ai pas osé.

— Y'a aucun texto cochon dans mon téléphone.

— Menteur.

— Mais j'ai rien à cacher, dit-il, en écartant les bras. Vous squattez ma chambre, mon lit et mes fringues. Je suis complètement à poil devant vous. Qu'est-ce que tu voudrais que je cache ?

J'entends son souffle ricocher sur mes cheveux. J'attrape sa main, la retourne et suis le tracé des lignes. J'essaie d'absorber une parcelle de la force qu'il dégage. Puis l'escalier grince et la voix d'Éden sabre ce moment d'accalmie.

— Je reprends une douche, annonce-t-il, égaré tout en bas des marches.

Jav se redresse sur ses coudes, en alerte.

— Où est Sarah ?

— Elle tétrisse dans la chambre.

— Ferme pas la porte à clé...

— Non, souffle Éden en remontant, après quelques secondes d'hésitation.

Nous restons unis dans un silence attentif, jusqu'à ce que l'eau résonne sur la céramique.

ÉDEN

J'ouvre le robinet d'eau chaude, me déshabille puis entre dans la baignoire et plaque le pommeau contre mon torse. Je sens encore mon frère sur moi, autour de moi ; il me semble qu'il est partout. Sa voix caramélisée se colle à ma peau, visqueuse. Elle n'a pas d'âge. Elle vient des recoins du monde et s'enfouit dans chaque pli de mon être.

J'ai tout juste 9 ans et lui va en avoir 14.

« Tu sais, Spirou, dit-il en ôtant un cil tombé sur ma joue, ce qu'on fait, c'est pas mal. Tous les frères font ça entre eux, c'est normal. Je te montre que je t'aime et toi tu me montres que tu m'aimes. Mais faut pas en parler, parce que c'est quelque chose de très précieux, tu vois ? C'est précieux et secret. Comme un pacte entre toi et moi. Si t'en parles, tu détruis ce pacte. Et je pourrai plus te donner de chocolat, tu vois ? Tu m'auras trahi et je serai obligé de le dire à maman. Tu veux que je le dise à maman ? Y'a des chances pour qu'elle te renvoie chez papa, en plus. Elle sera tellement triste, tellement déçue. C'est pas ce qu'on veut, hein ? C'est pour ça qu'il faut rien dire, *à personne*. En plus, faut bien que je t'apprenne les trucs de garçons, moi. C'est mon rôle de grand frère. Je prends bien soin de toi, je te protège. Tu m'aimes, Spirou ? Tu me le dis jamais. Dis-le-moi. Répète-le. Moi aussi je t'aime, tu sais ? Plus que n'importe qui d'autre. Aujourd'hui, Baptiste m'a filé ton chocolat préféré, celui aux raisins et aux noisettes. Ses parents l'ont pas toujours en rayon, donc des fois je peux pas l'avoir ; mais aujourd'hui il en avait. Je lui ai donné deux vieilles B.D. en échange. Bientôt j'aurai plus rien dans ma chambre, tu te rends compte de ce que je fais pour toi ? Bon, il s'est un peu cassé dans mon sac parce qu'il était au fond, mais il est toujours bon. Tu le veux ? Tu le veux, Spirou ? »

Je sens la moquette qui bruisse sous mes doigts. Je sens l'odeur âcre de l'alcool qui se répand sur le sol.

Est-il devenu interminable, ou est-ce moi qui ai rétréci ?

Il s'approche, les yeux flamboyants sous la lumière jaune de ma chambre.

— Tu m'as énervé et j'ai pété ma bière, t'es content ?

Je recule en froissant des feuilles de cours éparpillées.

— S'il te plaît, Matthias, excuse-moi...

— Qu'est-ce qu'elle te veut, la petite blonde ?

Il marche dans ma chambre en shootant dans les stylos tombés au sol. Il s'amuse à toucher tout ce qu'il voit : le dos de mes livres, le rebord de mon bureau, le pied de mon pupitre à partitions. Le foulard de maman. Ses yeux m'emprisonnent lorsqu'il caresse la volute de mon violon.

— S'il te plaît, l'abîme pas...

— Elle commence vraiment à me les briser, tu sais ?

Son pouce continue à câliner l'instrument. Je recule jusqu'au mur, comme si mon corps avait déjà abandonné.

Me touche pas ce soir, Matthias, me touche pas.

— Relève-toi, joue pas les fillettes.

Je connais cette voix, alors j'obéis immédiatement.

— Viens là, dit-il ensuite.

Un début de sourire tendre étire le coin de sa lèvre. J'avance vers lui par petits pas, mais il tend le bras et m'agrippe la nuque. Je sens son souffle entrer dans mon oreille. Je sens sa main libre s'insinuer sous mon pull.

— C'est ta copine, la petite blonde ? Tu l'embrasses ? Comment tu l'embrasses ?

Ses doigts glissent et roulent partout sur ma peau.

— Lâche-moi, Matt, tu m'écrases la gorge...

— J'aime pas du tout quand tu me parles mal, souffle-t-il sur mes lèvres avant de me relâcher.

Je masse l'endroit qu'il a meurtri mais la baffe me fait décoller du sol. Je retombe avec violence, étourdi.

— Elle veut te *baiser*, c'est ça ?

Ses chaussures se rapprochent. Je protège ma tête avec mes bras. Autour de moi, le décor devient flou : mes lentilles ont bougé.

— Tu m'as énervé ce soir, et la petite blonde aussi.

— Matthias, s'il te plaît, elle fait rien de mal, elle m'emmerde pas...

Et soudain il est immense devant moi. Il m'attrape par les cheveux et me presse le visage contre la moquette. Ses mains galopent sur moi comme des insectes.

— Enlève-moi ça, susurre-t-il sur mon oreille en déboutonnant mon jean.

— S'il te plaît, Matt...

J'ai beau retenir mon pantalon, il réussit à faufiler ses doigts dessous.

— Bordel, qu'est-ce que t'as fait encore ? siffle-t-il en touchant les hachures récentes qui marbrent mes cuisses.

Ça te suffit pas de te découper le bras ? Faut que tu te charcutes les jambes aussi ?

— Laisse-moi, dis-je en le repoussant.

— Tu coupais pas ici, avant.

— Laisse-moi, Matt, s'il te plaît......

Mais ses mains sont plus puissantes que les miennes. Il déplie mes doigts et me force à lâcher mon jean, puis son corps appuie sur moi et me casse la respiration.

— Qu'est-ce que tu fais ?...

— Je te caresse, ça se voit pas ?

— Non non, j'ai pas envie, laisse-moi...

— T'es vraiment désagréable, aujourd'hui.

— Qu'est-ce que tu fais, qu'est-ce que tu fais ?

— Arrête de t'agiter comme ça. Je t'aime, tu sais ?

Non s'il te plaît Matthias ne fais pas ça s'il te plaît s'il te plaît s'il te plaît s'il te plaît non non non non non non

GABRIEL

Ça fait un bruit mat et pierreux. Je bondis du canapé et avale les marches. Sarah est en train d'appeler Éden à travers la porte de la salle de bains qu'elle a entrebâillée.

— Il répond pas, fait-elle, affolée, en relâchant la poignée.

Je fonce dans la salle de bains ; une rafale de buée compacte et bouillante me claque au visage.

— Éden ?... dis-je en écartant le rideau de douche.

Il est agenouillé dans la baignoire, bras en avant et paumes plaquées sur le sol. Je touche son dos brûlant et le secoue doucement ; il tressaille.

— C'est moi, dis-je très vite pour le rassurer.

Il se couche sur ses cuisses, le front sur ses mains jointes, et ressemble à un petit garçon en prière. Tombé par terre, le pommeau me crache un jet désordonné au visage ; je coupe l'eau en continuant à secouer Éden.

— Parle-moi, s'il te plaît. Réponds-moi.

Il hoche la tête, lentement. Les filles piétinent derrière moi, agitées. Je glisse mes bras sous les aisselles d'Éden et l'allonge dans la baignoire en calant le creux de mon coude sous sa nuque.

— Agathe, ramène mon oreiller.

Elle détale aussitôt, aussi rapide qu'un colibri. J'essaie de ne pas concentrer mes yeux sur les écorchures qui mutilent les cuisses de mon meilleur ami.

— Pleure pas, Sarah.

Agathe revient et me tend l'oreiller que je place sous la tête d'Éden.

— Je pleure pas, sanglote Sarah en reniflant furieusement.

— Tu peux m'apporter de l'eau ?

Je l'entends courir dans les escaliers, pressée, aérienne.

— Comment il va ? souffle Agathe d'une voix flottante que je ne reconnais pas.

Je ramasse un gant, le mouille et l'applique sur le visage d'Éden. Il cille plusieurs fois, hébété.

— Va me chercher des sucres, s'il te plaît.

— Où ça ? demande-t-elle en quittant déjà la salle de bains.

— Le placard de gauche, en haut.

Éden avale sa salive puis se frotte les paupières, les mains molles.

— Ça va, chuchote-t-il au moment où Sarah revient avec un verre d'eau.

— J'en ai renversé un peu dans les escaliers, me dit-elle, mortifiée.

Elle baisse les yeux par pudeur et me tend le verre ; je l'attrape et le pose sur les lèvres d'Éden en m'asseyant sur le rebord de la baignoire.

— Ça va, me répète-t-il en saisissant le verre.

Il boit plusieurs gorgées puis me le rend et tente de se redresser.

— Tu peux te lever ?

— Oui, dit-il en jetant un œil timide vers Sarah.

Je décroche ma serviette de bain et l'étend sur lui. Agathe réapparaît avec le paquet de sucres et j'en place un dans la bouche d'Éden.

— Je me suis senti partir, chuchote-t-il, le corps ralenti et le regard mou. J'ai même pas eu le temps d'appeler.

— Sèche-toi et sors de là, dis-je en posant une main sur son épaule.

Puis je me retourne vers les filles et leur fais signe de s'éloigner. D'un pas pesant, elles quittent la salle de bains mais rôdent dans le couloir, saisies par une angoisse épaisse. Je me relève et ramasse les vêtements d'Éden, que j'étale sur le lavabo. La buée s'est dissipée mais l'air est encore moite. Ça sent le pamplemousse chimique.

Éden remue dans la baignoire.

— Tu peux sortir pendant que je m'habille ?

Je lui lance un regard oblique.

— Non, Éden, je me retourne mais je reste là.

Étonnamment, il ne fait aucun commentaire. Je repousse la porte sans la fermer et la fixe, le cœur ébouriffé. J'entends les voix de Sarah et d'Agathe sans comprendre ce qu'elles se disent. J'entends qu'Éden se lève et finit de se sécher.

— Ça a fait un bruit pas possible quand t'as lâché le pommeau de douche, dis-je pour alléger l'atmosphère.

Une moue désolée teinte le soupir qu'il m'adresse.

— Il faisait mille degrés dans cette salle de bains, tu m'étonnes que tu sois tombé.

— J'avais si froid, chuchote-t-il. J'ai tellement froid à l'intérieur...

Je serre les dents jusqu'au craquement pour dévier la douleur.

Je ne peux pas supporter qu'on t'ait profané, Éden. J'ai envie d'arracher Matthias sur toi comme on détache une couche de rouille. J'ai envie de gratter, racler, poncer. J'ai envie de me retirer du monde pour me réfugier dans un lieu intact.

Avec nos corps d'avant.

Et j'ai envie que tu viennes avec moi.

— Merci, dit-il en tendant le bras vers son jean.

J'attends qu'il ait fini de se rhabiller pour me retourner, et je récupère l'oreiller.

— Viens, on va prendre l'air.

Il hoche la tête sans croiser mon regard.

— Je vais juste changer ça, lui dis-je en tirant sur mon sweat mouillé.

En haut des marches, les filles étudient nos visages. Sans leurs virgules noires, les paupières de Sarah me paraissent déshabillées.

— Ça va ? demande-t-elle à Éden pendant que je file dans ma chambre, repousse le jean d'Agathe sur le radiateur et y place mon oreiller.

Je fouille dans les vêtements étalés par terre et ramasse un sweat que je renifle avant de l'enfiler. Je n'entends pas la réponse d'Éden, mais je l'entends ensuite s'enfermer dans les toilettes. Je quitte la pièce et redescends au rez-de-chaussée où les filles traînent, encore perdues. En attendant Éden, je m'assieds au bas des marches et souffle à l'attention d'Agathe :

— Ton jean est sec, si tu veux.

Toutes deux s'approchent et s'installent devant moi.

— Je me suis habituée à ton jogging pourri, sourit Agathe en tapotant ma jambe avec la boîte de sucres.

Je redresse la tête, en pioche un et le suce en posant mon front sur mes genoux. J'entends les doigts nerveux de Sarah s'emmêler puis se démêler dans une chorégraphie presque mélodieuse. Agathe glisse une main sur ma nuque.

— T'as un joli bleu, là.

— J'ai des bleus partout, dis-je dans une grimace en frottant machinalement l'endroit qu'elle a caressé. Il m'a pas loupé, l'enfoiré.

— J'ai découvert un nouveau Jav cette nuit, me confie-t-elle, attendrie. Je t'ai jamais vu aussi déterminé à mettre un mec à terre.

— Je pratique un art défensif, j'ai pas l'habitude d'aller chercher la baston.

— Heureusement que j'ai pas assisté à ça, bredouille Sarah.

Je redresse la tête.

— Et pourtant, Agathe nous a joué une Black Canary plus vraie que la vraie avec sa bouteille de vinaigre.

— C'est qui, Black Canary ?

— Sarah, dis-je, dépité, fais-moi penser à te prêter des comics si tu veux rester mon amie.

— O.K., si tu lis *Harry Potter*.

— Ton bouquin de magie ?

Elle hoche la tête, le visage éclairé.

— Ça marche, dis-je en lui tendant une main qu'elle serre en retour.

ALEXANDRE

C'était il y a deux ans et en même temps c'était hier.

Le garçon fixe l'entrée de la cafétéria au moment même où je passe dans le champ de ses yeux gris. Il a posé ses Doc Martens sur sa chaise et passé ses bras derrière le dossier. Il porte un jean trop large avec des déchirures au genou droit. Il porte surtout un T-shirt insupportable sur lequel des escaliers noirs et blancs s'emmêlent de façon impossible ; ça me donne l'impression de tomber dedans. Ses cheveux mi-longs lui agacent les lèvres. En face de lui, une fille brune est penchée sur des polycopiés, tandis qu'un garçon roux et frisé jongle avec un effaceur.

Toutes les tables sont occupées, donc je m'assieds en tailleur au fond de la salle, un livre ouvert devant moi et mes cours étalés sur les cuisses.

Je me souviens des corps qui vont et viennent. Je me souviens de la couleur écaillée des murs tilleul qui seront repeints lors des prochaines vacances. Je me souviens surtout de la sensation de dépossession qui m'envahit lorsque le garçon aux Doc Martens tourne la tête vers moi.

Ses yeux tanguent entre le bleu et le gris, étirés comme un œil d'Horus. Sur sa peau mate, le contraste est saisissant.

Je baisse la tête sur ma feuille, intimidé sans trop savoir pourquoi.

Autour de moi fusent des rires et des exclamations théâtrales. Ça sent le plastique chauffé, un mélange de transpiration et de déodorant trop fort. Lorsque je lève à nouveau les yeux, le garçon me fait signe de venir vers sa table. Je reste idiot, les doigts figés sur mon stylo. Le garçon roux se retourne aussi et pose sur moi un regard fugace mais infiniment profond. Son visage est tellement maculé de taches de rousseur qu'il paraît peint.

— Tu bosseras mieux sur une vraie table, me lance le garçon aux escaliers fous.

Je hausse les épaules, dérouté, et le fais rire. La fille aux cheveux bruns tourne brièvement la tête vers moi avant de replonger dans ses devoirs. Lorsqu'il réitère ce mouvement du menton, si naturel et si doux, je ramasse enfin mes affaires et décolle du lino.

Il me fixe jusqu'à ce que j'atteigne sa table et j'ai la sensation désagréable d'être évalué.

— T'es en seconde 2 ou 4 ? me demande-t-il.

— 2.

— O.K., c'est pour ça qu'on te connaît pas. Moi, c'est Jav. Et là, t'as Éden et Sarah.

— Jav ?

— Javori, m'explique-t-il. C'est mon nom de famille. Je m'appelle Gabriel mais, petit un, j'ai pas une tête de Gabriel et, petit deux, au collège, y'avait un autre Gabriel dans la bande, donc on a commencé à m'appeler Jav. C'est affreux, mais j'y tiens.

Il pointe Éden du pouce et ajoute :

— Bon, lui il m'appelle Gabriel mais c'est mon meilleur pote. Donc il a une dérogation.

Éden esquisse un sourire. Sarah redresse son visage de madone vers moi.

— O.K., dis-je. Alexandre.

— Enchanté, Alexandre, lance Jav en me tendant la main.

Je la lui serre et précise :

— En fait, il faut dire « enchanté de te rencontrer » ou « ravi », mais pas « enchanté » tout court. C'est une erreur de style.

Sarah redresse à nouveau la tête vers moi, Éden continue à faire sauter son effaceur et Jav hausse lentement les sourcils. Un sourire s'étire sur sa bouche ; il pousse du pied une chaise vers moi. Je m'assieds, mes cours dans les bras. Sarah tasse ses papiers pour me faire de la place et Éden se décale aussi.

Je me sens accueilli comme jamais on ne m'a accueilli dans ma vie.

C'est effrayant, c'est fabuleux.

Je me souviens des joues de poupée laquée de Sarah. Je me souviens de Jav qui me parle du dernier film qu'il a vu comme s'il me connaissait depuis toujours. Je me souviens des yeux olive d'Agathe lorsqu'elle nous rejoint et me fait la bise sans même nous poser de questions, des paillettes dorées sur ses paupières, de ses boucles d'oreilles en forme de triskell et de ses cheveux blonds qui sentent l'été.

Tu es le plus difficile à saisir, Éden. Je sens immédiatement un barrage en toi qui m'empêche d'entrer. Tu n'économises pas tes sourires, mais tu ne me laisses pas non plus approcher. Tu réponds à mes questions sans résister, mais tu ne m'offres rien de toi.

Mon esprit a enlacé notre amitié à cette scène précise, dans la cafétéria. Mais ce qui a vraiment tatoué ma mémoire, c'est ta main rousse sur cet effaceur. Ce sont tes doigts qui le projettent dans l'air avec une dextérité de prestidigitateur – je ne serai pas étonné, plus tard, d'apprendre que tu es musicien. C'est ton regard sur moi, brûlant, insaisissable.

Tu restes mon préféré, Éden, même si je ne le dirai jamais.

Ta blessure m'est insupportable.

Ma mère n'en a jamais guéri, tu sais. J'ai peur que tu te blottisses dans ta nuit comme elle l'a fait. Je ne veux pas que tu sois malheureux. Que tu deviennes un jeune homme malheureux, un mari malheureux, un vieil homme malheureux.

Devant moi, le jour est décoré de marbrures lavande. J'ai envie de le lacérer parce qu'il est beau et qu'à ce moment précis je hais la beauté.

J'ai envie de cogner chaque personne que je croise parce qu'elles ignorent que mon ami risque de se faner.

J'ai envie de déchirer le ciel mutique comme il t'a déchiré, toi.

SARAH

Éden se lave les mains ; Jav, lui, tapote la contremarche d'un doigt distrait. Troublant, cet instant durant lequel nous nous sentons simultanément très fragiles et très forts.

Nous sommes à la fois semblables et méconnaissables.

Nous sommes plus graves et plus inquiets.

Nous sommes plus authentiques, aussi.

— Quand on était gamins et qu'il pleurait parce qu'un bouquin se terminait mal, nous révèle Jav, j'arrachais les pages et je changeais l'histoire.

Agathe croise mon regard. Nos sourires se rejoignent.

— Éd, c'est le genre de mec avec qui t'es obligé d'arrêter le film avant la fin quand le héros y passe.

— Je suis comme ça aussi, lui dis-je.

Il hoche la tête, parti très loin dans ses souvenirs. Puis il se penche vers nous et chuchote, l'œil vif :

— Ce mec a pleuré quand son premier Tamagotchi est mort.

Agathe lâche un rire jaune d'or qui ressemble à un sanglot au moment où Éden sort de la salle de bains. Nous nous levons tous lorsqu'il commence à descendre l'escalier, les doigts collés au mur. Jav pose un index sur sa bouche en nous adressant un regard complice qui signifie : « Ne lui dites jamais que je vous ai confié ça. »

— Prends mon manteau, Éden, propose Agathe en lui tendant la boîte de sucres.

Éden la remercie puis la porte se referme sur les garçons et le silence nous étourdit. Je me blottis dans le canapé, épuisée, et mâchonne le bout de ma tresse. Agathe s'installe à mes côtés.

— J'avais jamais vu Éden tomber dans les pommes, dis-je, encore bouleversée.

Sans tourner la tête, je sens son regard peser sur moi.

— Ça fait un drôle d'effet, hein ? répond-elle sans vigueur. Quand tu t'évanouis dans la cafète.

Sa voix est un lac de tendresse pure qui sent bon la frangipane. Pourtant, je laisse échapper un soupir penaud et baisse les yeux sur mes mains. Elle pousse ma cuisse avec le bout de son pied d'un geste affectueux. Mal à l'aise, j'attrape une feuille blanche sur la table basse. Je la plie et commence à créer un bateau. Je ne sais faire que les bateaux.

— Moi non plus, reprend Agathe, j'avais jamais vu Éden tomber.

Je plie, replie, déplie ; le craquement léger du papier m'enveloppe comme un grand plaid. Enfin, je lui confie :

— J'arrive pas à relier le Matthias que je connais au Matthias qui a fait ça.

— Moi non plus, répète-t-elle, tendue.

Le Matthias que je connais est un garçon complexe, à la fois pétillant et maussade. D'une beauté bruyante, irritante. Il nous conduit gracieusement au centre commercial, à la patinoire ou au cinéma. Il joue de jolies mélodies country à la guitare et nous parle natation et astronomie. Sa voix sonne comme un morceau de cuir. Et lorsqu'il sourit, une fossette perce sa joue gauche.

Où est ce Matthias-là ?

Marchant côte à côte dans la rue, les frères Dresden happent le regard et troublent le pas des passants. Avec leurs cheveux frisés, leurs taches de rousseur et leur aura de princes celtiques.

Le diable est un garçon splendide au teint de lys et personne ne l'a démasqué.

Agathe me chaparde mon bateau et le place sur sa tête à la manière d'un béret de marin. L'œil chaud, elle pose de brèves secondes et m'arrache un sourire que j'estompe aussitôt.

Nous étions des cocottes en papier ; nous sommes devenus des lambeaux d'étoiles.

Je sens mille Éden se débattre dans ma chair.

— J'essaie, Agathe, lui dis-je en grattant mes collants du bout des ongles. J'essaie *vraiment*.

— De quoi ?

— De manger.

Elle penche la tête sur le côté, incrédule. Sa paume levée recueille mon bateau lorsqu'il tombe.

— Ça, c'est pas vrai.

— Je te jure que j'essaie.

Elle m'adresse une moue contrariée.

— Tu viens plus au self avec nous.

Je confirme avec embarras et ne trouve rien à répliquer.

— Tu loupes des sacrés trucs, tu sais ? enchaîne-t-elle, plus espiègle. Jav qui mélange la ratatouille et la salade de fruits et note le résultat sur dix, Alex qui coupe sa bouffe bien symétrique et révise en même temps, Éden qui mange avec les doigts...

Je renverse la tête contre le dossier du canapé et souris au plafond.

La maladie m'isole de plus en plus et mes amis me manquent. Mille images tournoient derrière mes paupières. Alex qui nous présente son emploi du temps plastifié avec fierté : « Impossible de me tromper de salle, tout est noté ici. » Jav qui se lance dans une tirade lyrique pour amadouer la cuisinière et obtenir un supplément de frites – mais ça, on me l'a rapporté. Éden qui fait sortir toute la mine de son critérium en tentant de déchiffrer pour la troisième fois l'énoncé de physique : « J'y comprends rien, marmonne-t-il, démoralisé, tu comprends, toi ? » Agathe, plongée dans son code de la route, qui me demande à quoi sert « le gros point qui crache ». Et moi qui lui réponds, au bord du fou rire : « Il crache pas, il t'indique qu'il y a une jolie vue. »

Mes potes, mes béquilles, mes balises.

Ai-je seulement vécu avant vous ?

— Je viendrai au réfectoire lundi, lui dis-je, presque à voix basse.

— Et tu mangeras ?

— Je sais pas, mais je viendrai.

Je m'interromps, soudain consciente de tout ce que je confie, puis j'ajoute :

— C'est vraiment difficile, tu sais. Quand t'es piégée dedans.

— C'est quand même pas pour ce débile de Yannick que tu fais ça ?

Cette réflexion me déstabilise. Cette franchise inédite aussi. Je mâchouille les mots dans ma bouche sans réussir à harmoniser ma pensée.

Si, peut-être. Un peu. Il y a une partie de moi qui s'est persuadée que je lui devais un corps parfait. Qu'il allait finir par me regarder si je me délestais du trop, du sale, du laid.

Mais plus je fonds et moins il me respecte.

Je suis allée trop loin, sans doute.

— O.K., reprend-elle d'un ton qu'elle veut léger : tu remanges un peu, et moi j'arrête de picoler.

Je tourne la tête vers elle, interloquée.

— Tu picoles, toi ?...

— Quelquefois, oui.

— Pourquoi ?...

Elle hausse les épaules et laisse ses yeux errer sur le décor du salon.

— Je me sens vide, je crois, alors je me remplis d'alcool. Ce qui est particulièrement débile, j'en suis consciente.

— Moi c'est l'inverse. Je me sens trop pleine alors j'essaie de vider le plein.

Nos souffles se répondent, moroses, puis elle pose sa tête contre mon épaule. Ses cheveux sentent le yaourt à la fraise.

— T'as vraiment emprunté un livre à la bibliothèque pour essayer de me comprendre ?

— Deux, corrige-t-elle en dressant devant moi des doigts en forme de V.

— J'aurais jamais pensé, lui dis-je tout bas.

Elle se détache de moi, déroutée.

— Que ?

— Que j'étais importante pour vous.

Ses sourcils s'arrondissent en arc de cercle.

— J'imaginais que j'étais la moins précieuse du groupe, dis-je en me sentant rougir. Celle qu'on pouvait facilement remplacer.

Elle secoue la tête, une moue blasée sur les lèvres, puis reprend sa place contre mon épaule.

— On est tous importants, dit-elle au bout de longues secondes. Si l'un de nous s'en va, tout casse.

Je médite ces mots avant de chuchoter :

— Je voudrais qu'on m'empêche.

— De ?...

— Me bousiller. Je voudrais qu'on me dise que c'est pas beau, ce que je fais.

— C'est pas beau, me répond-elle aussitôt.

Nos rires mous s'emmêlent comme des colliers au fond d'une boîte à musique.

ÉDEN

— J'ai failli ne pas venir chez toi, dis-je à Gabriel en croquant dans un sucre, la boîte posée sur mes genoux. J'étais terrifié à l'idée que tu ne me croies pas. J'avais peur de la façon dont tu me regarderais. Et surtout, j'avais honte de me montrer comme ça.

Il s'allume une deuxième cigarette et tire une bouffée.

— Comme quoi ?...

— J'avais honte de me montrer devant toi avec ce corps.

Il se penche vers le sol comme s'il se sentait mal.

— C'est pas marqué sur toi, Éden.

Je tourne la tête vers lui, à demi caché par la main qui tient ma cigarette.

— Qu'est-ce que tu penses de moi maintenant ?

Il fronce les sourcils, désorienté, mais reste mutique.

— Réponds-moi s'il te plaît... Qu'est-ce que tu penses de moi maintenant ?

— Mais rien, s'énerve-t-il enfin. Je ne pense rien. J'ai *mal*, c'est tout. On a *tous* mal.

— Vos yeux sur moi sont différents depuis que vous savez.

— Pas du tout.

— Je t'assure que si.

— Tu *interprètes*, Éden.

J'inspire avec vigueur pour me donner davantage de courage, puis je chuchote :

— J'espère que vous m'aimez toujours.

— Putain ! crache-t-il en giflant l'air glacé. Tu peux pas dire un truc pareil.

— Pourquoi ?

Il se frotte le visage de longues secondes. Les tendons sautent comme des cordelettes sur ses mains.

— T'as des marques dans le dos, dit-il sans transition.

J'hésite un instant avant de répondre :

— C'est rien.

— Y'a des marques récentes mais y'en a des plus anciennes...

— C'est rien, Gabriel. Laisse tomber.

Il baisse la tête et bouscule un amoncellement de neige du bout du pied. Je remue les sucres dans la boîte pour habiller le silence lourd.

— Parle-moi, lui dis-je tout bas.

— De quoi ?

— N'importe quoi. Parle-moi.

Il se frotte les cuisses avec énergie.

— Je sais pas, Éd, y'a rien qui vient.

Je me cale la cigarette entre les dents et frôle la neige avec le dos de mes mains. Ça pétille sur ma peau.

— Parle-moi de n'importe quoi *sauf de ça*, lui dis-je encore en lançant mes yeux vers les toits, au loin. Laisse pas mon cerveau cogiter.

— Agathe a fait une affiche pour ton concert de musique.

— Quoi ?... dis-je en tournant le visage vers lui.

— Elle en a fait des tonnes et veut les coller partout dans la ville.

— Mais c'est quoi cette histoire ?

— Tes morceaux de violon l'ont bouleversée.

Ma main se fige à quelques centimètres de ma bouche. La cigarette se consume devant moi en une longue vrille cendrée.

— Elle te l'a dit ?

— Je n'invente rien.

L'air glacé me brûle les narines et me picote la gorge. Au-dessus de nos têtes, sous les nuages crémeux, le ciel prend une teinte d'orchidée.

— Je suis désolé pour ta vitre. J'ai essayé de t'appeler plusieurs fois, mais ma voix sortait pas. J'avais vu de la lumière dans ta chambre, mais j'avais peur de réveiller ta mère, alors j'ai pris un caillou. Et j'ai pété ta vitre.

— T'inquiète, on dira que c'est Alex, me répond-il, railleur.

Je souris à la neige. J'inspire son odeur étincelante. Puis une silhouette marine apparaît entre les arbres, aussi fine qu'un stylo-bille. Alex avance vers nous, le bas du visage camouflé sous son écharpe et le teint rougi par le froid. Ses pas croustillent comme des biscuits.

— Alors ? lui lance Gabriel en exhalant sa fumée par le nez. Cette petite promenade ?

Alex abaisse la laine pour dégager sa bouche.

— J'ai fait le tour du quartier et j'ai croisé les décorations de Noël les plus laides du monde. Je suis même passé devant ton ancienne maison.

— T'as vu mon père ?

— Non, mais y'a un moulin à deux cents mètres, tu le savais ?

Gabriel le dévisage, atterré.

— J'ai habité là-bas pendant douze ans, alors oui, je suis au courant.

Alex s'installe une marche plus bas après en avoir dégagé la couche de neige.

— La prochaine fois que tu te tailles, râle Gabriel, emmène quand même ton téléphone.

— Mes parents me l'ont offert pour me surveiller et me pister, marmonne Alex en tendant le bras vers ma cigarette. Je *hais* ce truc.

Étonné, je tourne la tête vers Gabriel qui prend une voix d'ordinateur et proclame :

— « Erreur programme, erreur programme. »

— J'ai jamais essayé, marmonne Alex en agitant les doigts vers moi.

Il saisit enfin la clope que je lui offre et la porte à ses lèvres, concentré. Au loin, une église sonne plusieurs coups mats et lourds.

— Pas comme ça, se moque Gabriel. Inspire plus fort.

Alex recrache ma cigarette, se relève brusquement et se met à tousser, plié sur ses chaussures. Je croise le regard effaré de Gabriel, qui lance :

— Ce mec est vraiment trop pur pour ce monde.

La porte d'entrée s'ouvre dans mon dos.

— Qui c'est qui tousse ? s'inquiète Agathe.

— Merde, j'en pleure, rit Alex en s'essuyant les cils.

Son rire soyeux étire nos lèvres et allège l'atmosphère. Gabriel se tourne vers Agathe, l'œil brillant.

— Ça y est, Carraz est un homme, plaisante-t-il en levant sa cigarette comme s'il trinquait avec le ciel.

ALEXANDRE

Posté devant le lavabo de la salle de bains, je suis en train de barbouiller mes mains de crème au moment où Jav apparaît sur le seuil.

— J'ai pris ça, dis-je en désignant la boîte bleue qui trône à côté des brosses à dents. Mes doigts tombent en ruines. Tu m'excuseras auprès de ta mère.

Il m'observe à travers le miroir, silencieux.

— C'est peut-être à moi.

— C'est à toi ?

— Non, dit-il, stoïque.

— Abruti.

— Bouseux.

— Tête de cul.

— Boule à merde.

— Ornithorynque.

Il sourit nerveusement en dévoilant ses dents. Le sourire de nos années imprudentes et d'un monde encore sûr. Puis il finit par s'approcher, pose une main sur mon épaule et me lance d'une voix guindée :

— Allez vous coucher, maître Bruce. Je vous apporte un bouillon de poulet.

Je souris en continuant à masser mes doigts. Ça sent la pâtisserie grasse au citron.

— Y'a des gouttes pour les yeux sous le lavabo, ajoute-t-il.

— La fatigue.

— J'ai chialé aussi, Alex.

J'inspire profondément en fermant les paupières.

— Jav, les rares fois où j'ai pleuré, on m'a dévisagé avec mépris.

— Qui ça, « on » ? Le daron Carraz ?

— Oui.

— Depuis quand on réagit comme lui ?

— J'ai voulu faire ça discrètement, dis-je plus bas.

— Mais c'est impossible à louper. Avec tes yeux clairs, on voit que ça.

Je m'observe dans la glace. Si mon père était là, il remuerait la tête avec une déception exceptionnelle : *Quand tu auras fini de couiner, Alexandre, nous pourrons reprendre cette conversation.* Il ajouterait dans un rictus : *C'est bien le fils de sa mère, tiens.* J'ai les cheveux noirs des Carraz, mais tout le reste est alsacien : j'ai le sourire de maman, son regard et sa peau pâle. Je n'ai rien voulu copier de cet homme hautain et dur.

— On a tous les yeux explosés ici, me souffle Jav en m'observant à travers le miroir.

En bas, le téléphone fixe sonne un long moment, jusqu'à ce que le répondeur s'enclenche, mais la personne raccroche après le bip. Jav s'assoit sur le bord de la baignoire et je m'installe à ses côtés.

— Éden a fait un malaise dans la douche, dit-il en se massant la nuque.

— Merde...

— Et il se taillade les cuisses aussi.

Je me fige et le dévisage, décomposé. Il hoche la tête avec lenteur. J'entends les voix d'Agathe et Sarah pailleter l'air, mais je n'entends pas celle d'Éden. Au loin, une moto passe dans un broutement graisseux.

— Il paraît que tu sors avec quelqu'un ? dis-je soudain du coin de l'œil pour attendrir l'atmosphère.

Décontenancé, il se fige en ouvrant ses yeux de chat, décolle de la baignoire et fait quelques pas pensifs. Un sourire timide saupoudre sa bouche.

— C'est Agathe qui te l'a dit ?

— À ton avis ? Cette fille, tu lui confies un secret sous un arbre, elle se tourne dès que t'es parti et raconte tout à l'arbre.

Son rire jaillit sans que je m'y attende. Il ressemble au crépitement d'un grand feu de cheminée. Je l'accompagne sans même l'avoir prévu.

— Pourquoi tu ne me l'as pas dit ? lui dis-je, une fois calmé.

Il examine ses ongles rongés puis s'adosse à l'étagère bancale qui vacille une seconde.

— J'allais le faire.

— Mais tu ne l'as pas fait.

— Je voulais pas que tu...

Il inspire profondément puis se frotte les lèvres, hésitant.

— Que tu me juges, Alex.

— Je te juge, moi ?

Il remue les épaules avec embarras.

— Jav... dis-je, blessé. Je te juge, moi ?

— T'es pas toujours très diplomate.

J'ouvre la bouche, mais ne trouve rien à lui répondre. Il baisse la tête vers le carrelage. Son regard semble errer dans un lieu inconnu et inhospitalier.

— Parfois, t'as des idées bien arrêtées, et c'est pas toujours très agréable de discuter avec toi. Mais c'est pas ta faute, t'as été élevé comme ça.

Je réprime avec peine la meurtrissure que ces paroles provoquent en moi.

— Excuse-moi, chuchote-t-il enfin.

— Non, t'as raison, lui dis-je, lucide. Souvent, quand je m'écoute, j'entends mon père.

Il secoue la tête, le visage éteint mais l'œil moiré.

— Si tu ressemblais au daron Carraz, crois-moi, tu serais pas mon pote.

Je lève un sourcil dubitatif.

— Le jour où c'est le cas, je t'en prie, bute-moi.

— Ça marche, fait-il en me tendant son poing.

Je me penche et y cogne le mien. Puis, très vite, je lui demande :

— C'est qui, cette mystérieuse fille ?

Il fouille mon regard, soudain plus intrépide.

— Une collègue de ma mère.

— Oh.

Il remue la tête sans cesser de m'épier.

— Tout s'explique, dis-je enfin. C'est pour ça que t'empruntes plein de romans depuis des mois ?

— Ma mère est *bibliothécaire*, Alex.

— Un dyslexique qui se balade avec dix bouquins sous le bras, c'est quand même pas banal.

— J'ai eu une sorte de... révélation.

— Alors c'est une dame ?

Il lâche un rire mélodieux qui rembourre le silence.

— Elle a quel âge ?

— 37, je crois.

— Ça doit faire drôle.

Il hausse les épaules, nébuleux.

— Elle a des enfants ?

— Non.

— Elle est mariée ?

— Dis donc, tu deviens sacrément bavard.

Je penche la tête, navré.

— Je profite, Alex, dit-il enfin, je me fous du reste. Si elle doit me plaquer demain, elle me plaquera demain, j'en mourrai pas.

— Ça fait longtemps que tu sors avec elle ?

— Depuis juillet.

— T'as bien caché ton jeu.

Il adresse un sourire clandestin au tapis de bain puis confie :

— Elle a une immense bibliothèque avec plein de vieux livres en cuir. Éden deviendrait fou là-bas.

Il remue la tête comme s'il répondait à quelque chose qu'il a pensé puis ajoute, avec l'intonation d'un môme :

— Je crois qu'elle m'aime bien.

— Ça s'est fait comment ?

— Très simplement. Je suis passé un jour après le lycée. Elle est restée dix secondes devant sa porte ouverte, sidérée, et elle m'a fait entrer. Je l'ai embrassée sous sa lampe bizarre, voilà. Je m'étais imaginé qu'elle reculerait, scandalisée, que quelque chose s'allumerait dans sa tête en gueulant « Alerte ! Alerte ! » Mais non, que dalle.

— T'as couché avec ?

Il plisse les paupières puis murmure :

— Oui.

— Oh merde, lui dis-je. Respect.

J'entends sa respiration pétiller quand il se rassoit près de moi sur la baignoire.

— C'était comment ?...

Il me donne un coup de coude malicieux.

— Sérieusement, lui dis-je tout bas. C'est comment ?

Il tourne la tête vers moi avant de reposer ses yeux sur les serviettes accrochées aux patères.

— C'est chaud, dit-il enfin d'une voix fine. C'est humide et super agréable.

Mais très vite son visage se glace.

— J'aurais dû passer chez lui, Alex.

Je fronce les sourcils, déconcerté.

— En la quittant, j'avais prévu de passer chez Éden avant de rentrer. Je l'avais trouvé bizarre au téléphone, à fleur de peau, à fondre en larmes pour des conneries.

Il inspire puis expire avec ardeur.

— Mais je ne l'ai pas fait. J'étais H.S. et j'ai pas eu le courage de faire un détour.

— Ça n'aurait rien changé.

— Ça, t'en sais rien, Alex.

Je fais claquer ma langue, entre épuisement et chagrin mal soigné.

— Je vais nous faire à manger, dis-je en refermant la boîte de crème. On est tous sur les nerfs parce qu'on a faim.

Il redresse sur moi des yeux saturniens puis m'adresse un hochement de tête lointain. À peine ai-je atteint la porte que je l'entends murmurer :

— Comment j'arriverai à vivre avec ça ?

AGATHE

Les garçons redescendent l'escalier, le visage fermé et les yeux douloureux. Alex s'éclipse dans la cuisine et Jav appuie ses avant-bras sur le dossier du canapé, penché sur nous.

— Vous m'en voulez si je vais dormir un moment ?

Il s'adresse à nous trois, mais son regard est planté sur Éden. Il tient à peine debout ; ses yeux sont cerclés d'ombres brunes.

— Non, lui dis-je malgré l'angoisse qui me larde le ventre.

Calée entre Éden et moi, Sarah secoue la tête en continuant à arracher des peluches à ses collants de laine. Jav tapote l'épaule d'Éden, qui lui chuchote :

— Va te reposer.

— Tu vas dormir longtemps ? dis-je alors qu'il reprend la direction des marches.

Il répond sans se retourner :

— Non, mais là, j'arrive même plus à réfléchir. C'est ma deuxième nuit blanche d'affilée.

Perturbée par cette fragilité qu'il ne m'a jamais montrée, je quitte le canapé et le suis jusque dans la chambre.

— Vous avez encore monté le chauffage ? fait-il en retirant son sweat. On cuit ici.

Je hausse les épaules, mal à l'aise. Il s'avance vers le radiateur dont il tourne la molette.

— Ça doit être Éden qui l'a fait.

Il s'assoit sur le lit, ôte ses chaussures puis s'allonge, la tête vers la gauche, sans même retirer le téléphone coincé sous son corps.

— Y'a une armée de mouchoirs dans ce lit.

Sa voix sort écrasée par le matelas.

— T'as même plus d'oreiller, lui dis-je, désappointée.

— M'en fous.

Je glisse une main sous son ventre et récupère le téléphone, que je pose par terre.

— Qu'est-ce qu'on va faire sans toi ?

— Y'a tout qui retombe, Agathe. Faut que je débranche.

— Mets-toi dans les draps au moins.

— Pas la force.

Je tire sur les couvertures coincées sous ses jambes et les replie sur lui.

— Merci maman, souffle-t-il sans substance.

Je m'assieds devant le lit et tripote le bas de sa couette. Mes yeux roulent sur les vêtements éparpillés par terre. Ses mangas, comics et jeux vidéo rangés en vrac sur l'étagère. Ses murs ornés de héros colorés qui me rappellent que, partout dans le monde, il y a des batailles et des gens qui gagnent ces batailles.

— C'est quoi, ton poster qui fait peur ?

— *Castlevania*. Tu me l'as déjà demandé la dernière fois.

— Je préfère le Totoro d'à côté.

— Laisse-moi dormir, Le Gall.

Je ne veux pas m'en aller, Jav, tu ne vois pas ? J'ai peur de ce qui pourrait arriver sans toi. J'ai peur des autres, j'ai peur de moi.

J'ai peur que le cinglé revienne.

J'ai peur qu'Éden renonce.

Tu es bien plus que mon meilleur ami, tu es le frère que je n'ai pas et qui me manque. Tu es mon confident, mon double au masculin, mon pilier, mon abri. Tu fais presque *partie* de moi tellement je t'estime. Nous nous sommes toujours compris sans avoir besoin de parler. Nos regards se répondent et nos corps se connaissent de façon instinctive.

Si tu m'abandonnes, je sens un morceau de moi qui tombe.

— Tu m'avais pas dit que tu pêchais.

— Quoi ? fait-il en se redressant sur un coude.

Je désigne un coin, près de la fenêtre.

— T'as une canne à pêche dans ta chambre. Dans l'étui noir.

— C'est pas une canne à pêche, ce sont mes armes, dit-il en s'écrasant à nouveau contre son matelas. Y'a un *jo*, un *tanto* et un *bokken*. Pour l'entraînement. Laisse-moi, maintenant.

Je me lève, contourne le lit et j'attrape la poignée de la porte, lorsqu'il ajoute dans un murmure :

— Réveille-moi si Éden...

Il hésite, puis reprend :

— Réveille-moi, point.

— O.K., dis-je en hochant la tête de façon machinale.

Puis il marmonne quelque chose que je ne comprends pas. Je me penche au-dessus de lui.

— Quoi ?

— Je me sens hyper seul.

Je m'assieds sur le bord du lit et j'écarte les cheveux qui lui cachent le regard, mais ses yeux sont fermés.

— Maintenant ?... lui dis-je, troublée.

— Non, corrige-t-il. Tout le temps. Je me lève le matin et ma mère n'est pas là. Je pars au lycée et elle n'est pas là. Et quand je rentre du lycée, y'a jamais personne dans cette putain de baraque. *Personne.*

Il rouvre ses paupières et cille plusieurs fois sous la lumière pâle.

— C'est triste à dire, mais elle préfère le lit de son nouveau mec à son fils chéri.

— Tu l'as vu, ce nouveau mec ?

— Non, et j'en ai ni l'envie ni l'intention.

Je pose ma tête sur son dos gonflé par la couette et le serre fort.

— Le point positif, conclut-il, c'est que j'ai développé une capacité étonnante à me parler tout seul.

— Tu zozotes.

— Tort, tu as.

Mon sourire résonne aplati. Je me penche vers sa nuque.

— Appelle-moi, dis-je sur le rebord de son oreille. Quand elle est pas là, appelle-moi.

— Pour que tu me gonfles avec tes tricots pendant trois heures ?

— Mais tu m'aimes pour ça, Jav.

C'est tellement frêle, à peine un tremblement des draps. Je glisse mes doigts sur ses paupières.

— Tu pleures ou tu ris ?

— Je ris.

— Non, ça coule.

— Je ris coulant, marmonne-t-il en repoussant ma main avec douceur. Putain, j'ai jamais été aussi crevé de toute ma vie.

Je reste un moment couchée sur son dos. Ma respiration s'accorde à la sienne. Les bruits du dehors nous enrobent comme du papier de soie.

Inaccessibles.

SARAH

Je n'arrive pas à savoir si tu dors, parce que tes mains sont agitées de légers soubresauts. Ta tête sur l'accoudoir du canapé me ramène aux toutes premières paroles que nous avons échangées. Toi qui cherches toujours les bords pour t'y blottir et les murs pour t'y coller.

Classe de seconde 3, début septembre, je suis nouvelle au lycée et ne connais personne mais tu apparais devant moi, orange comme une feuille d'érable en automne, tes yeux se posent sur la place vide à mes côtés et tu me souffles :

pardon, bonjour, je peux m'asseoir contre le mur ?

je réponds : oui, bien sûr, et me lève pour te laisser passer quand tu ajoutes : mais tu attends peut-être quelqu'un ? je secoue la tête en t'adressant un sourire timide et, pendant toute l'heure de présentation du cours, je ne peux pas m'empêcher d'observer toutes ces taches sur ton visage blanc, je n'ai jamais vu ça, y'en a même sur ta bouche

tu finis par te rendre compte que je t'épie et commences à jeter de brefs coups d'œil vers moi, les yeux chauds comme des cèpes, et puis je ne sais pas pourquoi je dis :

c'est beau tes taches

tu rougis dans un sourire qui ne dévoile pas tes dents et tu réponds :

oh non

avec cette voix un peu sourde qui sonne comme un bol de soupe en hiver

je répète : si, c'est beau, et alors tu me dis : merci

sur ta feuille à grands carreaux, ton écriture s'étale, complexe et penchée, tandis que le prof circule entre les rangs, inscrivez vos nom, prénoms, date de naissance et profession des parents, tu écris avec la mine bleue de ton effaceur et je mets du temps pour déchiffrer

DRESDEN ÉDEN, 03/09/1983

j'aime aussitôt la poésie de ton nom et te demande : ça vient d'où, « Dresden » ?

tu rougis jusqu'au bout des cils : c'est juif allemand

comme tu dessines des clefs de sol, je te demande si tu aimes la musique

je joue du violon, dis-tu avec des pièces d'or dans la voix, y'a beaucoup de musiciens dans la famille

ah oui ?

mon père est violoncelliste et mon frère joue de la guitare

je hausse les sourcils, impressionnée, et te dis : j'ai fait six ans de piano quand j'étais plus jeune mais je n'en fais plus aujourd'hui, j'ai tout perdu

tu hoches la tête en cherchant ce que tu pourrais répondre et finalement tu abandonnes, c'est moi qui parle et parle alors que je ne parle jamais, et peu à peu nous continuons à nous découvrir au fil des cours et des matières partagées, toi côté mur et moi côté couloir, et grâce à toi je rencontre Jav et Agathe, et puis Alex un peu plus tard, et je n'ai pas la sensation de trouver des amis mais d'intégrer

une vraie famille qui m'attendait au loin

je me souviens du jour où tu me présentes à Jav et Agathe sous le préau, je suis terriblement intimidée par le charisme de Jav et sa longue silhouette, par l'assurance qui se dégage d'Agathe

c'est Sarah, leur dis-tu tout bas

Agathe pose ses yeux verts sur moi, on dirait des pistaches, et elle me lance : enfin une fille pour me sauver de ces deux clowns !

je ris vraiment

et ça me fait tellement de bien, je ris sans m'observer de l'extérieur, sans me juger

où serais-je si tu ne t'étais pas assis près de moi, du côté mur ?

tu es le tout premier garçon qui m'ait *souri*, tu es le tout premier garçon qui

ait fait attention à moi, Éden

et je comprends tes yeux aujourd'hui, dans lesquels tu lèves une main craintive qui dit :

n'approchez pas trop près

ne touchez pas

ne faites pas mal

il n'a pas réussi à te détruire, Éden

il a blessé ton corps mais il n'a pas blessé tes rêves

les rêves ne sont pas logés dans la chair

alors protège-les

et ne laisse pas cette nuit t'enfermer

AGATHE

Lorsque j'entre dans la cuisine, un parfum de citron et de basilic m'enlace le visage.

— Je croyais que tu dormais aussi, me lance Alex après s'être tourné vers moi.

Je secoue la tête et me penche au-dessus de la casserole d'eau bouillante, les yeux dilués par la vapeur.

— Du riz, dit-il dans un haussement d'épaules. Y'a rien d'autre de consistant dans les placards. Même pas un pauvre paquet de pâtes.

— Ça sent bon la prairie, ton truc.

Il m'observe du coin de l'œil, mi-surpris, mi-amusé.

— J'ai trouvé un vieux sachet de cuisson visqueux dans le fond d'un tiroir.

— Miam ! dis-je, moqueuse.

Il sourit avant de détourner le regard.

— Ça m'a fait drôle que tu paniques comme ça quand ton père a appelé.

— C'était ma mère, rectifie-t-il.

— On s'en fout, tu savais pas quand t'as décroché.

— T'as déjà vu mon père, c'est pas la chaleur incarnée.

— Ma mère l'aime bien.

— Parce qu'il lui envoie des tas de patients, dit-il, acerbe.

— Que tu es mauvaise langue...

Un sourire fugace et nerveux sillonne ses lèvres.

— T'as peur de lui ?

Il glisse ses yeux vers moi sans bouger la tête puis il marmonne :

— Non.

— T'as peur de lui.

Il soupire en remuant le riz avec une longue spatule en bois.

— Il me faut la mention au bac, Agathe.

— Au bacagate ?

Son rire spontané réchauffe l'atmosphère et m'évoque un vol de faucons violets.

— T'es un petit génie, Alex. T'as même sauté une classe. Pourquoi t'as peur ?

— C'était la troisième section de maternelle, précise-t-il.

— Et puis ? C'est quand même une classe de sautée.

Il penche la tête sur le côté, agacé.

— Je vise médecine, je ne peux pas me permettre d'être moyen. Surtout quand mes deux parents sont eux-mêmes médecins.

— Mais tu t'amuses jamais. Avant de rejoindre la bande, tu savais même pas ce qu'était *Star Wars*. T'avais tellement le nez dans tes bouquins que tu connaissais rien du monde. Tout t'effrayait, tout te choquait. Tu te souviens quand Jav a fait un *bad trip* avec un joint un peu trop chargé ?

— Mais n'importe qui aurait paniqué, réplique-t-il en se retournant vers moi. Il avait les yeux exorbités et complètement fixes. Il bougeait même plus. Il avait l'air *arrêté*.

— O.K., mauvais exemple. Alors quand on est allés dans la galerie marchande et qu'Éden s'est mis à fourrer tout et n'importe quoi dans son sac ? T'as failli chialer tellement t'avais la trouille qu'on se fasse choper.

— Je vous connaissais à peine et vous alliez narguer les vigiles et fumer des trucs pas fumables.

Je soupire en m'égarant dans les motifs du carrelage.

— Et, pour ma défense, ajoute-t-il, plus sévère, j'avais 14 ans, j'étais plus jeune que vous.

— Quand même, dis-je tout bas. Heureusement qu'on a fait ton éducation.

Il lâche un soupir tendre entre ses dents. Ses yeux de verre soufflé renvoient la lumière pâle. Puis Sarah tapote sur la porte pour s'annoncer.

— Je peux venir ?

— Évidemment, lui lance Alex. Éden dort ?

— Oui, je crois.

Elle se rapproche de nous et jette un œil farouche à la casserole.

— Je ne savais pas que tu cuisinais, déclare-t-elle à Alex avant de s'asseoir sur l'une des deux chaises, les jambes croisées.

— Mes parents rentrent tard, donc c'est souvent moi qui fais à manger.

J'échange un regard avec Sarah qui appuie son coude sur la table, soutenant sa tête à l'aide de sa main. Je sens l'atmosphère de la pièce se raidir à nouveau. Pour l'adoucir, j'agite mes ongles devant le visage d'Alex.

— Il a dit que c'était orange.

— Qui ça ?

— Édi.

— Il est myope.

— N'empêche, dis-je en jetant un sourire complice à Sarah, il a dit *orange*.

— Tu l'as soudoyé.

— Je l'ai quoi ?

— Tu l'as *acheté*, Agathe.

— Mauvais perdant.

— Absolument.

Je souris à son air renfrogné, me penche sur son bras et y pose un baiser. Il ronchonne sous ses dents.

— Tu vas finir par te prendre un coup de spatule, tu sais ?

— T'es tellement romantique comme garçon. Ça doit être magique de sortir avec toi.

Sur le moment, je ne sens pas que je le blesse. C'est sa mâchoire comprimée et sa respiration saccadée qui me font prendre conscience que je suis allée trop loin.

— Excuse-moi, Alex, c'était nul.

— Mes parents ne m'ont jamais pris dans leurs bras, réplique-t-il aussitôt. Les chiens ne font pas des chats.

Mon cœur gondole à cette remarque. Je glisse mon regard vers Sarah qui fronce les sourcils, bouleversée. Probablement gêné par ce qu'il vient de confier, Alex se racle la gorge plusieurs fois puis éteint le feu. Dans un silence compact, il pose la casserole dans l'évier.

— Ça te manque ? lui dis-je, bien décidée à le faire parler.

Mais il ne répond pas, occupé à chercher un égouttoir dans lequel il déverse le riz.

— Alex, dis-je en attrapant son poignet.

— Je vais tout renverser, s'agace-t-il en tentant de m'échapper.

— Réponds à ma question.

Lorsqu'il a égoutté le riz, il appuie ses paumes sur l'évier puis souffle enfin :

— Oui, ça me manque.

Alors, sans le prévenir, je me jette contre lui et le serre dans mes bras.

— Agathe, bougonne-t-il, déstabilisé.

— Ça s'appelle un câlin et c'est une chose trop oubliée, dit le renard.

— Tu cites Saint-Exupéry, maintenant ?

— Savoure mon câlin, lui dis-je en accentuant ma prise.

— Ça ressemble plus à une tentative d'étouffement déguisé.

Sarah lâche un rire bref qui sonne comme un carillon de boutique.

— Si t'étais moins crispé aussi, dis-je, vexée, en me détachant de lui.

Il amorce une grimace puis tourne la tête vers la fenêtre.

— On ne connaît pas la tendresse dans ma famille, confie-t-il au paysage qui l'absorbe. Ma mère est toujours en train de « couver un rhume » pour ne pas faire la bise aux invités. Ma grand-mère se déforme la bouche pour m'embrasser tellement elle a peur d'abîmer son rouge à lèvres. Et ça m'enlace avec distance, bras écartés, comme pour faire sécher un vernis imaginaire. On est comme ça dans la famille : personne ne se touche, c'est bien trop dangereux.

— Pourquoi ? lui demande Sarah, la voix veloutée.

Il hausse les épaules en s'asseyant sur le radiateur. Ses doigts tapotent sur les sillons en fonte. Il suçote ses dents, le regard lointain.

— Pour les 35 ans de ma mère, chuchote-t-il, mon père lui a offert un piano.

Il laisse échapper un début de rire sombre, un peu cotonneux.

— Elle ne joue *même pas* de piano. Elle aimait ça gamine, mais elle pianotait simplement, des mélodies faciles par-ci par-là. Ce jour-là, quand j'ai vu cet immense instrument hors de prix surgir dans le salon, ça m'a même pas choqué, ça m'a juste... rendu triste. J'ai pas compris pourquoi au début, mais aujourd'hui c'est très clair : mon père utilise ses liasses de billets pour ne pas avoir à nous offrir son amour.

Impossible de comprendre pourquoi ces mots m'émeuvent à ce point. Sarah décolle de sa chaise et se précipite vers moi. Elle m'étreint et m'essuie les joues avec sa pudeur habituelle. Du coin des cils, je croise les yeux d'Alex plaqués sur moi. Il secoue la tête, désolé, le visage grave.

— Je sais pas faire, articule-t-il du bout des lèvres.

Pourtant, je tends un bras vers lui. Un cheveu s'est emmêlé à mes doigts ; il le retire, puis enferme tendrement ma main entre la sienne. Longues, pâles et fines, ses mains. Les petits croissants blancs tranchent sur ses ongles rose nacré.

Il reste de la beauté dans ce monde.

Et elle se trouve dans les détails, dans mes amis, elle est partout autour de nous, partout.

SARAH

Alex remplit l'évier d'une eau mousseuse qui sent bon la lavande. Agathe pioche régulièrement dans le saladier de riz avec ses doigts. À moitié couchée sur mon bras, j'écoute leurs voix s'enrouler à l'image d'un ruban que fait danser une gymnaste. Celle d'Agathe est un champ de tulipes sucrées, moins haute que je ne l'avais imaginé lorsqu'elle m'a parlé la toute première fois. Celle d'Alex m'évoque le velours de l'océan et le pelage d'une belle panthère ; elle est grave, indigo, de la compote de pêche sur une tranche de pain chaud.

Lorsque je lève la tête, la pendule indique 12 h 52. Dans une autre vie, je monterais jusqu'à la salle 128 pour le cours d'histoire-géo. Éden fixerait le tableau, absent, et le prof viendrait claquer des doigts sous son nez : « Aurai-je un jour l'honneur de vous voir éveillé, monsieur Dresden ? »

— J'ai horreur de la façon dont ce prof parle à Éden, leur dis-je d'un coup.

— Quel prof ? demande Agathe, étonnée, la bouche pleine de riz.

— Le prof d'histoire-géo. J'ai horreur de la façon méprisante avec laquelle il s'adresse à lui. Ça me rend complètement folle.

— Qu'est-ce qu'il dit ?

— C'est pas vraiment ce qu'il dit, c'est *la façon* dont il le dit.

Par la fenêtre, des touffes d'herbe et de terre rejaillissent ici et là à travers la neige qui fond.

— Le type qui s'habille en mode Napoléon ? demande Alex en plongeant la vaisselle sale dans l'eau violette.

— Oui, lui dis-je. Moi, il m'aime bien parce que j'ai de bonnes notes, mais Éden n'écoute jamais le cours et rend un devoir sur deux, alors à chaque fois, c'est lui qu'on interroge.

Les traits d'Alex se serrent.

— C'est pas très réglementaire, ça.

Agathe ébauche une moue accusatrice, le regard plus abrupt.

— Le prof de sport m'a prise à part à la fin du cours de piscine, dis-je en lissant ma jupe pour m'occuper les mains. Il a bien compris qu'Éden truandait ses mots.

— Merde, souffle Agathe, le front barré.

— Éden truande ses mots ? s'étonne Alex.

— Oui, dis-je, il va le convoquer et je voulais le prévenir. Mais ça me paraît tellement futile, maintenant.

Un oiseau crachote quelques notes bohèmes qui décorent la fin de ma phrase. Alex frappe les doigts d'Agathe en râlant :

— On t'a jamais appris à te servir d'une fourchette ?

Je souris et vois Agathe m'adresser un regard complice.

— Il est tout mou, ton riz, tu l'as trop cuit.

— Va chercher Jav au lieu de le manger, riposte Alex.

Elle s'exécute avec la solennité d'une actrice, puis le silence nous étreint à nouveau à la manière d'un long rideau de crêpe.

— Tu sais ce qui me fait peur ? dis-je en écoutant Alex remuer la vaisselle dans l'évier. C'est de réaliser que le monde va rester comme ça. Avec cette horreur-là. J'ai l'impression de marcher sur une terre souillée et de me retourner vers la terre blanche que j'ai toujours connue. Mais je ne peux plus revenir en arrière : maintenant, le monde, c'est ça.

Il hoche la tête sans me répondre.

— Désolée, c'est très égoïste.

— Pas du tout, réplique-t-il en m'offrant un regard fugace. Je comprends ce que tu veux dire. Ce sentiment de retour impossible.

J'acquiesce, troublée par la justesse de ses paroles.

Puis, je me lève et récupère la casserole trempée d'Alex, que j'essuie avec un torchon.

— Voilà un excellent travail d'équipe, commente-t-il sans entrain.

Il retire le bouchon de l'évier qui se vide en glougloutant. L'eau tourbillonne en laissant une fine couche de mousse. Lorsque je repose la casserole sèche sur la table, nous commençons tous les deux à parler en même temps. Nos sourires s'étreignent.

— Les dames d'abord, me dit-il, élégant.

— Un jour, j'ai dû aller à mon cours de piano à pied, dis-je sans le regarder. D'habitude, c'était ma mère qui m'emmenait ; mais là, elle avait une réunion parents-profs. J'avais 13 ans, je crois. Y'avait une longue route à faire, en ligne droite, complètement paumée dans les champs. Il faisait super chaud, j'étais en T-shirt et jupe, avec mes partitions sous le bras. Y'avait personne d'autre sur la route, mais à un moment donné j'ai entendu un vélo. Et quand le gars est passé à côté de moi en pédalant super vite, il m'a filé une fessée.

Alex hausse lentement les sourcils, estomaqué.

— C'est juste un geste idiot, tu vois ? Il m'a frappé les fesses et il a disparu. Mais moi ça m'a choquée.

— Y'a de quoi, dit-il d'une voix noire.

— J'ai eu très honte de mon corps à ce moment-là. Comme si j'avais *provoqué* quelque chose. Comme si j'avais montré tellement de chair que je l'avais *invité* à toucher.

— C'était un putain de pervers, Sarah.

— Je sais. Mais même quatre ans plus tard, je continue à penser que ce jour-là, j'ai fait *quelque chose* pour qu'on en vienne à me toucher.

Je tripote l'élastique qui noue ma tresse, l'autre main serrée autour de ma taille.

— J'ai très honte d'en parler comme d'une chose grave avec ce qu'Éden a vécu, mais je crois que j'ai grossi dans ma tête ce qui aurait pu m'arriver. Je revois la route déserte, avec les champs tout autour de moi, et je me dis : et si ? Y'avait personne pour m'aider, Alex. Absolument personne s'il décidait de...

Je suis incapable de terminer cette phrase.

— T'en as parlé à tes parents ?

— Non, juste à toi, maintenant. Et j'y repense parce que...

Je ferme les yeux de brèves secondes avant de les rouvrir. Je fixe un point du mur sans vraiment le fixer.

— Le corps, c'est tellement important. C'est pas un bout de viande, c'est ta *maison*. Et si on entre sans ton accord et qu'on l'abîme, qu'est-ce que tu deviens ?

Tu es nu au milieu du monde, écorché vif, et personne n'est là pour t'abriter.

Voilà ce que tu deviens.

La respiration d'Alex se désynchronise. Ses yeux dérapent sur le carrelage. Il se retourne et ramasse le torchon sur lequel il s'essuie les mains.

— Comment on va reconstruire sa maison, Alex ?

— Comment on reconstruit une maison, souffle-t-il comme s'il se parlait à lui-même. Je pense qu'il faudrait d'abord lui faire comprendre qu'elle est belle, même aujourd'hui.

Ces mots me bouleversent sans prévenir.

— Merde, dis-je en plaquant une main sur mes yeux.

J'entends Alex se rapprocher. Je sens ses doigts épouser mon épaule et la seule pensée qui me vient, c'est qu'il ne m'avait jamais touchée avant ce jour-là.

— Toi non plus, tu ne l'aimes pas beaucoup ta maison, n'est-ce pas ?

Sa voix est tellement suave. Il sent les agrumes et le soleil noir. Je secoue la tête, dépitée.

— Tu sais, lui dis-je encore, j'ai honte parce que je savais qu'on pouvait faire du mal à une fille mais pas à un garçon. Du moins pas comme ça. Et je me rends compte à quel point je suis naïve et surtout à quel point c'est dangereux pour moi. Avant cette nuit-là, je ne me méfiais pas vraiment. Je ne voyais que le bon côté des gens. Un homme me caresse la nuque en me complimentant sur ma robe, et moi je n'entends que le compliment, je ne vois pas la main qui descend dans mon dos et tripote l'attache de mon soutien-gorge.

— C'est arrivé ? me demande-t-il, sourcils froissés.

— À une soirée de mes parents, oui, y'a deux ans.

Ses lèvres frémissent mais il ne dit rien.

— Qu'est-ce qui cloche dans ce monde, Alex ? Pourquoi y'a tellement d'adultes qui ne peuvent pas s'empêcher de toucher des enfants ?

Il soupire, démuni, et nous restons un bref instant enlacés par un calme épais.

— J'ai hâte de rencontrer le nouvel Éden, dis-je enfin sans même y avoir réfléchi.

— Quel nouvel Éden ? questionne une voix timide dans l'embrasure de la porte.

Je redresse la tête dans un sursaut et frotte mes paupières. Je ne sais pas depuis combien de temps Éden écoute notre conversation. J'ignore surtout d'où me vient cette solidité qui m'aide à soutenir son regard et me fait parler vrai.

— L'Éden sans Matthias, dis-je en réussissant à ne pas trembler. J'ai hâte de découvrir ce garçon-là.

Il balance sur ses jambes, embarrassé. On entend le rire d'Agathe à l'étage, onctueux comme un bonbon au miel. Nous nous épions sans savoir comment poursuivre la discussion jusqu'à ce qu'Éden ébrèche le malaise.

— Je regrette, murmure-t-il en se tournant vers Alex, ce que j'ai dit tout à l'heure à propos de ton père.

Je me faufile entre eux pour les laisser seuls et monte l'escalier, happée par les chuchotements tièdes qui embaument l'air.

ALEXANDRE

Éden m'observe maladroitement, bras croisés sur le torse. Mais malgré ce geste de fermeture, je sens quelque chose de disponible en lui, qui ne l'était pas une heure plus tôt.

— T'avais raison, lui dis-je dans un demi-sourire, je m'écrase complètement devant mon père.

— En même temps, il fout les boules, il ressemble à un politicien russe.

Je laisse échapper un rire sincère.

— Tu trouves ?

Il confirme en poursuivant mon sourire. Je lui adresse alors un signe de tête qui signifie : « Viens, avance. » Il obéit, puis s'assoit sur le bord d'une chaise.

— En fait, lui dis-je, songeur, j'ai pas vraiment peur de mon père, mais des attentes qu'il place en moi. J'ai pas peur de l'homme en soi, même si sa froideur m'intimide très souvent, mais j'ai peur de ses exigences. Du destin fabuleux qu'il a prévu pour moi.

J'aimerais avoir le droit d'échouer sans lire la déception dans ses yeux, me dis-je encore en pensée. J'aimerais qu'il m'aime quelles que soient les notes que je rapporte et j'aimerais, par-dessus tout, *qu'il me le dise.*

J'aimerais simplement être son fils avant d'être ses grandes espérances.

— Tu veux vraiment devenir médecin ?

— Oui, dis-je en hochant la tête pour appuyer ma réponse. Ça, c'est un choix qui vient de moi. Mais c'est aussi pour ça que c'est difficile de se défaire du modèle.

Éden acquiesce, méditatif, en frottant le pansement flétri qui serre son doigt. Je sens que ses pensées s'ébattent dans tous les sens.

— Personne ne devrait avoir de pouvoir sur nous, me confie-t-il alors.

Terrible, cette phrase qui appuie sur mon épaule.

Qui prend le visage de mon père.

Qui me dit que je ne suis rien si je ne suis pas le premier.

— Mon frère a fracassé toutes mes relations avec les autres, poursuit-il, lucide. Il a tout abîmé. J'ai l'impression que je ne pourrai jamais laisser personne m'approcher trop près, par peur qu'on me fasse mal.

Il s'interrompt, mais je ne veux pas fendre le fil de sa réflexion ; alors je reste silencieux.

— J'ai peur de ne pas être à la hauteur avec les filles, me chuchote-t-il.

Je lui adresse un long soupir désabusé.

— Je ne vais pas pouvoir t'aider beaucoup, sur ce coup-là.

Nos sourires s'accordent aussitôt, fluides. Une harmonie à laquelle nous ne sommes pas habitués. Finalement, je lui demande, plus posé :

— T'as voulu nous parler parfois ? À Jav, sans doute ?

— Oui, répond-il, désabusé. Très souvent, même, quand je dormais chez lui. Mais Matthias me tenait avec ses « si ».

Son visage se durcit soudain. Il prend un ton noir et calme, trop calme, pour imiter la voix de Matthias :

— « Si t'en parles à quelqu'un, personne te croira », « je te ferai mal comme jamais je t'ai fait mal » ou « maman sera détruite ». C'était le plus efficace, celui-là, « maman sera détruite ».

Il écarte les bras, impuissant.

— Elle va l'être quand même, détruite.

Son regard me fuit et s'égare loin, comme anesthésié.

— J'ai tenu dix ans, enchaîne-t-il, effaré par son endurance.

— De trop, Éden.

Il repose ses yeux sur moi et me fixe avec une profondeur inhabituelle.

— Pourquoi j'ai pas dit « non » ? Pourquoi j'ai jamais réussi à dire « non » en dix ans ?

— Tu viens de le dire. Il te dirigeait comme il voulait. Tu étais sa marionnette.

Il acquiesce avec lenteur, concentré. Moi, je comprends soudain combien il est difficile de se libérer d'un oppresseur. On est prisonnier d'une camisole qui nous empêche de bouger. On se laisse manœuvrer dans tous les sens sans pouvoir se débattre. On vit pour le désir de l'autre sans savoir qui on est.

Je voudrais savoir qui je suis.

— J'ai envie d'être libre, dit-il. Je veux me *sentir libre.*

— Tu l'es, maintenant.

— Je sais pas, réplique-t-il, plus grave, en fuyant mon regard. Parfois, j'ai peur qu'il ait laissé quelque chose de mauvais en moi.

— Quelque chose de mauvais ?

Il reste muet de longues secondes en se mordant la lèvre inférieure, puis précise :

— J'ai très peur de devenir comme lui.

Les larmes roulent sur ses joues sans qu'elles ne troublent son visage. Elles dégringolent, épaisses et lisses, presque trop sages. Il ne prend même pas la peine de les éponger. Moi, je le fixe, à la fois choqué et bouleversé par cette confession. Le silence n'est fêlé que par un craquement du bois, à l'étage. Les grondements du dehors. À peine un chuchotis d'oiseau.

— J'y crois pas une seconde, Éden, dis-je enfin pour le rassurer.

Tu es le premier à te précipiter vers une vieille dame lorsqu'elle trébuche devant toi. Tu es celui qui donne ta bouteille d'eau lorsqu'on te demande une gorgée. Il n'y a pas de cruauté en toi. Il y a de la colère, de la tension, de la brutalité parfois, mais il n'y a rien de mauvais.

— J'ai toujours admiré mon frère, révèle-t-il en essuyant grossièrement ses joues avec le talon de ses mains. J'ai grandi en l'observant, fasciné. Je voulais avoir le même corps fort, la même répartie, la même présence, la même facilité à aller vers les gens. Alors, quand il a commencé à me toucher, j'ai cru que je prenais de l'importance pour lui et j'en étais heureux. Quand il a commencé à se moquer de moi pour des conneries, j'ai cru que c'était pour mon bien, pour « m'endurcir », comme il disait. Et quand il a commencé à me balancer des beignes pour tout et n'importe quoi, j'ai cru que j'avais été méchant et que je l'avais mérité.

— Il te frappait souvent ?

— Des baffes, de temps en temps, me répond-il avec une fausse désinvolture. Mais c'était rien à côté des nuits passées dans mon lit.

Il ferme brièvement les paupières, puis les rouvre en serrant les dents.

— J'aurais préféré qu'il me cogne mille fois plutôt qu'il passe une seule nuit dans mes draps.

Incapable de le réconforter comme je l'aimerais, je fouille dans la poche arrière de mon jean et jette mes dessins sur ses cuisses. D'une main engourdie, il les récupère et les fait vivre sous ses doigts.

— Oh, chuchote-t-il sans bruit.

Et je pense à toutes ces guerres intimes que les gens mènent dans le secret de leurs murs. Je pense à ce qu'ils dissimulent dans la douleur ou la menace, à ce qu'ils espèrent et à ce qu'ils perdent. Je me dis que si Éden se relève d'une telle épreuve, je peux bien dire merde à mon père.

Il redresse enfin ses yeux sur moi, aussi satinés que des coquilles de noix mouillées.

— Mon château écossais...

J'acquiesce dans un sourire alors qu'il s'essuie les paupières.

— T'as fait ça pour moi ?...

— Oui.

— T'as fait ça pour moi, répète-t-il, abasourdi, en ébrouant les dessins encore et encore.

Les voix des filles poudroient dans l'air lorsqu'elles descendent les marches. Puis Jav passe sa tête dans l'embrasure de la porte et lance, la main en cornet autour de l'oreille :

— Qu'entends-je ? Qu'ouïs-je ? Serait-ce un cessez-le-feu ?

Je lui adresse un majeur affectueux auquel il répond par une moue faussement outrée.

— Je m'étais habitué à vos duels à la *Street Fighter* et me voilà dans le royaume Champignon de *Mario*. J'en suis tout chamboulé.

— Il m'a fait ça, lui souffle Éden en levant mon flipbook.

— Je sais, se vante Jav. J'étais là lors de la création.

Puis il tend le cou vers mon saladier de riz.

— Bruce Wayne est bon à marier, conclut-il dans un clin d'œil aussi bref que la zébrure d'un éclair, avant de s'échapper vers le salon.

Éden se lève, la main serrée autour de mes dessins.

— Merci, Alex, murmure-t-il, encore déstabilisé par ce cadeau.

— Juste une chose, lui dis-je en récupérant le saladier. C'est pas parce que je suis brutalement franc que je t'aime moins.

Son teint vire au pastel tandis qu'il sourit au carrelage.

GABRIEL

Alex pose le riz sur la table basse et repart chercher assiettes et couverts. Pendant ce temps, Éden récupère le téléphone fixe et se laisse glisser sur le carrelage, adossé à la commode, jambes repliées contre son torse. Nous l'épions du bout des yeux, à la fois peureux et impatients. Agenouillées devant un carton qui a pris l'humidité, Agathe et Sarah en extraient des guirlandes défraîchies et des boules craquelées rendues mousseuses par la poussière. Moi, je déambule entre eux, le corps au ralenti, le cœur-marteau.

Mais nous la guettons tous, la tonalité musicale des touches.

Je finis par m'approcher d'Éden et m'accroupis devant lui.

— Tu veux manger un peu avant ?

Il secoue la tête, parti très loin dans ses tourments intérieurs.

— Je vais appeler, me chuchote-t-il dans un sourire qui tente de masquer son angoisse. Je vais le faire, je vais appeler.

Il observe le combiné dans sa paume puis inspire avec ardeur pour se donner du courage.

Or, il ne se contente pas de taper deux chiffres.

Je me tourne et croise le regard troublé d'Alex, dans le canapé, les mains sur ses genoux. Les filles s'immobilisent au milieu de leurs décorations usées.

Ce n'est pas la police qu'Éden essaie de joindre.

— Maman ?... chuchote-t-il enfin d'une voix minuscule. Maman, c'est moi, décroche.

Je m'assieds sur le sol, sonné. Sarah plaque lentement sa paume sur sa bouche. Éden se tait de longues secondes, les lèvres pressées sur son genou.

— O.K., reprend-il, tu dois être chez la voisine, ou tu dors et tu m'entends pas, j'appelle parce que... Je veux pas que t'aies mal, c'est pas ta faute, garde bien ça en tête, maman : c'est pas ta faute, c'est moi qui ai caché des choses alors t'as pas pu voir, j'ai essayé de te parler des tas de fois mais j'y arrivais pas, je savais pas vraiment si c'était bien, si c'était mal, c'était mon frère alors pour moi c'était normal, et puis t'as commencé à t'engueuler avec papa, de plus en plus souvent, et puis y'a eu le divorce et j'avais pas envie de t'accabler encore plus, t'étais là, toute seule devant la télé, à manger tes sardines à l'huile devant un film pourri et je savais pas comment te réconforter, combien de fois je suis reparti sans que tu m'aies vu en te laissant toute seule, des larmes plein tes sardines à l'huile, tu revenais tellement fatiguée du boulot le matin et moi je partais au collège, on se croisait sans réussir à se parler et les seules fois où on pouvait enfin passer du temps ensemble, c'était quand tu montais dans ma chambre pour m'écouter jouer, mais c'était aussi les rares moments où je te voyais sourire et moi j'avais pas le droit de te les arracher, ces sourires, alors je continuais à jouer pour toi en t'avouant dans ma tête : il m'embrasse, maman, il se glisse dans mon lit dès que tu pars travailler et il me touche partout partout partout...

Éden s'interrompt. Il éclate en sanglots avec une violence terrible.

Avant même que j'aie pu faire un geste, Agathe contourne la table basse et le serre contre elle. Elle y met toute sa force dans cette étreinte, elle y met toute sa peau.

— Affreux, gémit Éden entre deux spasmes, c'était affreux, maman, affreux...

Sarah a le visage mouillé, les mains en cornet autour de sa bouche.

Tout le monde chiale.

Même Alex.

— C'est pour ça que je t'appelais sans arrêt quand t'étais au boulot, reprend-il, la voix détrempée, j'avais l'impression d'être abandonné, je *déteste* la nuit, maman, je *déteste* ma chambre, je *déteste* mon lit, tu m'as toujours dit que j'étais pas assez sociable et qu'il fallait que j'aille vers les gens, mais moi j'avais juste envie de m'enfermer dans une cage qui me protégerait de Matthias, j'aurais creusé la terre si j'avais pu, je me serais planqué dessous, mais ça continuait et tu voyais rien, j'essayais de faire passer des messages mais t'entendais pas, tu comprenais pas, et finalement ça m'arrangeait parce que je voulais que tu gardes une belle image de moi, je voulais continuer à voir tes yeux briller quand tu me demandais de jouer *La Follia* de Corelli et que Matthias m'accompagnait à la guitare, c'étaient les seules fois où il était doux avec moi, et maintenant tout est démoli, j'ai failli en crever, tu sais, j'y suis monté, un jour, tout en haut de la gare et j'ai voulu sauter, pour me débarrasser de ce corps dégueulasse et pour que tout s'arrête sans que j'aie besoin de parler, je suis désolé, maman, tellement désolé, je voudrais qu'on m'arrache la peau et qu'on m'en donne une autre, je voudrais ne pas être en train de te dire ces horreurs mais c'est *ma vie*, maman, depuis dix ans...

Il se tait à nouveau et rappelle aussitôt, le combiné tremblant sur son oreille, les paupières closes, dégoulinantes.

— Le répondeur m'a coupé, murmure-t-il, alors je me dépêche, je suis désolé de bousiller la famille, de révéler des choses qui vont faire du mal à beaucoup de gens, j'étais prêt à faire semblant encore très longtemps, mais Matthias est allé trop loin cette fois et c'était tellement lourd à porter ce secret, l'énergie que ça m'a demandé, toutes ces années, t'imagines même pas, maman, je le sens dans mon corps que j'ai plus de forces pour tenir, je sais même pas si je vais pouvoir *me relever* après t'avoir raconté tout ça, je sais même pas si tu m'entends parce que ma voix ne sort plus, je suis...

Il se fige, apeuré.

Lèvres entrouvertes.

Le souffle saccadé.

— Maman ?...

Un corbeau lâche un cri perçant mais je n'écoute que la respiration d'Éden.

Et mon cœur, qui martèle mes os aussi fort qu'une marche militaire.

— Maman, t'as décroché ?... T'es là ?...

Il s'allonge en chien de fusil, la tempe contre les cuisses d'Agathe, le téléphone tellement serré contre l'oreille que ses articulations saillent comme des racines.

— Je t'entends respirer, maman... s'il te plaît, dis-moi quelque chose...

Il se mord la lèvre inférieure avec tellement de violence qu'il se blesse. Il glisse un doigt sur sa bouche, l'inspecte puis frotte le sang sur son jean.

— Je te demande pardon, reprend-il en laissant de longues vagues de silence entre chaque phrase, je pouvais pas parler, maman, j'avais honte, j'avais mal partout, je me sentais moche, répugnant, dégueu, j'ai toujours pensé que Matthias était ton préféré et que tu me prendrais pour un menteur...

Mais Éden continue à se confier au vide. Agathe cramponne mes yeux avec détresse, la jambe d'Alex s'agite comme un métronome détraqué, mais c'est Sarah qui craque. Elle se lève avec tant de hâte qu'elle envoie cogner une boule argentée contre le canapé. Elle marche sur une guirlande, puis se jette sur le téléphone et se met à hurler :

— Mais *dites-lui quelque chose*, bon sang !

Je me relève aussi, tends le bras vers elle pour récupérer le combiné et la serre contre moi. Ses tremblements se propagent à mon corps, frisent sur ma peau et m'éraflent la voix.

— Irène ?... dis-je en cherchant à percevoir un son malgré les jappements d'un chien au loin. Irène, c'est Gabriel.

— Pourquoi elle parle pas ?... s'énerve Sarah en s'écartant de moi.

Je me rassieds sur le carrelage. Alex recommence à emmêler sa chaîne entre ses doigts, jusqu'à s'étrangler. Le chien finit par se lasser.

— Irène, réagis s'il te plaît, Éden a besoin de t'entendre.

Et puis ça ressemble à une note.

Une note cristalline qu'Éden aurait arrachée à son violon.

Mais c'est Irène qui geint à l'autre bout du fil. Une longue plainte, rapidement remplacée par des sanglots éraillés.

— Elle pleure, dis-je en me penchant vers Éden pour lui rendre le téléphone.

Il le prend et l'appuie sur son oreille, mais il ne prononce plus un mot, léchant le sang sur sa lèvre abîmée. Seuls quelques chuchotis brasillent de temps à autre entre deux reniflements :

« T'es sûre que tu m'aimes toujours ?... »
« Tu vas vraiment appeler papa ? »
« Non, je bouge pas d'ici. »

Agathe lui caresse les cheveux d'une main mousseline tandis que j'enfonce mes tempes sous mes pouces.

J'y suis monté un jour, tout en haut de la gare, et j'ai voulu sauter.

J'ai la vision foudroyante de ton corps cassé sur le bitume.

Je me demande où j'étais ce jour-là.

Des images m'assaillent les paupières ; je ne sais plus quel âge tu as. Tu fais tourner le savon ovale accroché au-dessus des lavabos de l'école jusqu'à en avoir plein les ongles. Tu fais le cochon pendu sur la barre extérieure de la balançoire pendant que j'escalade la grosse corde qui me râpe les paumes. Tu cours dans un champ de coquelicots, les bras déployés à la manière d'un avion, et ton rire ruisselle sur les pétales rouge sang.

— *Gab, j'ai avalé le noyau de ma cerise sans faire exprès.*

— *Oh là là, oh là là.*

— *Quoi ?...*

— *Oh là lààààà...*

— *Mais quoi ??*

— *Un cerisier va pousser dans ton ventre et sortir par ta bouche.*

— *Oh non...*

— *T'inquiète, maman fera beaucoup de clafoutis.*

Tu es un gosse crédule, inoffensif, et moi j'en joue. Je m'amuse de tes croyances farfelues.

— *Gab, une poule d'eau c'est une poule remplie d'eau ?*

— *Oui, et quand elle devient vraiment grosse, ça devient une poule-piscine.*

— *Ça fait des œufs aussi ?*

— *Nan, c'est comme une bombe à eau mais en poule.*

— *Mais alors, elle peut éclater ?*

— *Nan, nan, elle fait beaucoup pipi, c'est tout.*

Il raccroche enfin, puis se redresse et nous scrute les uns après les autres. Un sourire fragile éclot sur ses lèvres.

— Voilà, souffle-t-il, je peux plus faire marche arrière.

Ses cils scintillent comme si la lumière y posait des fragments de pyrite.

AGATHE

Je lui reprends le combiné du téléphone et le repose sur la commode.

— Viens t'asseoir, lui dis-je en le conduisant jusqu'au canapé, dans lequel il se blottit.

Je me love à côté de lui tandis qu'il se frotte les tibias, hagard.

Nous en sortons tous étourdis, de cet appel. Nous avançons au ralenti. Appuyée sur la table basse, la main molle, Sarah empile des carrés de sucre. Jav se ronge les ongles en fixant le vide. Seul Alex semble encore capable d'agir de façon logique. À l'image d'un père, il nous tend des assiettes de riz qu'il remplit les unes après les autres. Un parfum rond et poudré m'enlace les narines. Ça fond sur ma langue comme une sauce au beurre.

— Arrête, dis-je en jetant mon pied vers Jav, t'en as plus, d'ongles.

Il examine ses doigts de brèves secondes puis ramasse son assiette. Je sais qu'il est en train de penser à mille choses au même instant. Je sais surtout qu'il est perdu et qu'il tente de masquer cet égarement.

— Mange, Éden, murmure-t-il sans lever le regard.

— J'ai pas très faim.

Cette fois, leurs yeux s'agrafent.

— Ne fais pas ça, rétorque Jav, les dents serrées.

— Ne fais pas quoi ?...

— Ne punis pas ton corps pour ce qu'il a subi.

Éden avale une cuillérée de riz en bredouillant un « non » embarrassé. Sarah l'imite en jetant de brefs coups d'œil autour d'elle, comme si elle faisait quelque chose de mal. Jav se relève, file dans la cuisine chercher une brique de jus d'orange et s'arrête derrière nous. Penché vers Éden, la main sur son dos, il chuchote :

— C'est pas parce qu'on mange qu'on est moins blessés.

Éden sourit dans un hochement de tête. La main de Jav s'éternise. Et elle en raconte des choses, cette main. Elle en brise, des mystères. Puis Jav retire ses doigts et se rassoit sur le tapis en jetant un œil aux sucres de Sarah.

— Tu nous as fait une pyramide de diabète ? lui lance-t-il d'un ton qu'il veut tendre.

Elle lâche un rire spontané qui nous fait tous sourire par écho. J'entends le clapotis du jus de fruits qui passe de main en main.

— J'ai peur de tout ce que j'ai provoqué, confie Éden après un long silence. De tout ce qui va arriver ensuite. Dites-moi des bêtises, s'il vous plaît.

Je n'hésite pas une seule seconde et lance :

— Alex a compté tous les carreaux de la salle de bains.

Jav tourne lentement la tête vers lui en levant les sourcils.

— Absolument, répond Alex, et y'en a soixante-huit. Mais je n'ai compté que les carreaux pleins, pas les carreaux coupés.

Jav continue à le dévisager avec perplexité.

— Mince alors, j'aurais bien voulu savoir combien on avait de carreaux coupés.

— Va les compter toi-même, rétorque Alex.

Éden guette la voiture de sa mère dans l'allée. Chaque son extérieur le fait tressaillir et surveiller la porte d'entrée. Il tripote le bout de sa manche, le regard flou.

— Sinon, Édi pleure quand les Tamagotchi meurent, dis-je d'une voix faussement innocente.

Jav me jette un coup d'œil acidulé par-dessus la monture de lunettes invisibles. Éden soupire avant d'avaler une gorgée de jus, désabusé.

— Je l'avais tué, nous avoue-t-il tout bas.

— C'est quoi, des Tamagotchi ? demande Alex entre deux cuillères de riz.

Jav écarte les bras, sidéré.

— Mais t'as été gamin, un jour ?

— C'est des petites bêtes qu'on nourrit, qu'on lave et qu'on fait évoluer, explique Sarah.

Alex hoche la tête en reposant ses yeux sur Éden.

— Et comment tu l'as tué ?

— Je l'ai oublié toute une journée et il s'est étouffé avec son caca.

— Charmant, réplique Alex en haussant un sourcil.

Éden se met alors à rire.

Magique, cette mélodie, qui carillonne en mille clochettes et nous enrobe le cœur et l'âme.

— Ça fait du bien de t'entendre rire, lui dis-je en déposant un baiser sur son épaule.

Il baisse les yeux vers moi, et la sonnerie du téléphone fixe égratigne à nouveau cette ébauche de paix. Jav gagne la commode d'un pas lent, puis décroche.

— Ton père, annonce-t-il en se tournant vers Éden.

ÉDEN

Au tout début je ne reconnais pas sa voix.

Éraflée, comme encombrée de gravillons poussiéreux.

Il me demande comment je vais. Cinq fois.

Il me dit qu'il est désolé, tellement désolé, de n'avoir rien deviné.

Il me demande si j'ai mal quelque part, si je n'ai pas trop froid.

Il me dit qu'il a planté l'orchestre en plein milieu d'une répétition et qu'il vient me chercher.

Il me dit qu'il va prendre soin de moi pour rattraper toutes ces années où il n'a pas été présent.

Il chiale, mon père.

Il me dit qu'il a même une lentille de contact qui a sauté tellement il pleure et que c'est galère pour conduire – surtout à une seule main.

Il ne parle pas une seconde de Matthias.

Il dit : « Je t'aime. »

Il dit : « Mon fils, mon petit, mon garçon. »

Il dit : « J'arrive. »

GABRIEL

À quoi je vais servir maintenant ?

Qu'est-ce que je vais faire avec ce corps-là ?

Qu'est-ce que tu penses de moi ?

Je pense à un marbre, Éden.

À un cristal de diamant.

C'est une sensation de puissance qui me vient quand je te regarde et quand je parle de toi.

Tu ne sais pas encore à quel point tu es fort.

Tu es l'écume frappant la roche, et la mer n'abandonne jamais.

ÉDEN

J'ai du mal à réaliser.

Que j'ai enfin parlé.

Je me sens ivre et complètement vidé, comme si on m'avait essoré.

Agenouillé devant la table basse, Alex est en train de construire des avions en papier avec le reste des feuilles blanches. Gabriel s'enroule des guirlandes autour du cou et se crée un collier multicolore. À ma gauche, les doigts d'Agathe se mélangent aux miens tandis qu'elle creuse le saladier en soufflant :

— On dirait le riz au lait de ma mamie.

À ma droite, la tête de Sarah est tendrement posée sur mon épaule. Avec fascination, elle feuillette le flipbook d'Alex et réveille mon château.

Et soudain, j'ai 9 ans.

Nous passons devant une gigantesque tour en béton qui ressemble à un donjon – mais ce n'est qu'un château d'eau. Je m'arrête un instant, hypnotisé, cherchant à apercevoir quelque chose à travers les lucarnes.

— Gab, tu vois des poissons ?

— Y'en a un rouge, là-bas, dit-il en pointant l'une des fenêtres. Et, oooohhh ! une sirène !

— Où ça ? dis-je en me rapprochant de lui, le cou tendu. Je l'ai pas vue, je l'ai pas vue...

— Oooohhh ! un bateau ! Oooooohhhhh ! un pêcheur !

Je le pousse, frustré, tandis que ma mère nous appelle, quelques mètres plus loin. Nous nous remettons en route, mais je reste incapable de quitter cette grande tour des yeux. J'oriente mes lunettes dans tous les sens pour tenter d'apercevoir une écaille de sirène.

— Gab, tu sais comment ils font pour ouvrir la porte du château d'eau sans que l'eau coule partout ?

— Ils ont des boucliers spéciaux pour repousser l'eau. Comme Captain America.

J'y crois, bien sûr.

Je redresse la tête et interpelle Gabriel.

— Tu sais comment ils font pour ouvrir la porte du château d'eau sans que l'eau ne coule partout ?

Il est en train de s'enrouler une guirlande verte autour du bras. Un sourire mince étire ses lèvres

— Ils ont des boucliers spéciaux, répond-il. Comme Captain America.

Alex fait claquer sa langue en signe de désaccord.

— Absolument pas, réplique-t-il en ajustant l'aile droite de son avion. Y'a des hélicoptères qui arrivent avec de grands seaux pour vider le château.

— Et qu'est-ce qu'ils font de l'eau ensuite ? lui demande Sarah, amusée.

— Ils arrosent les montagnes pour maintenir les neiges éternelles.

— Mais non, rétorque Agathe en attrapant au vol un ruban frisé détaché d'une guirlande, ils la mettent dans la mer à heures fixes et ça fait les marées.

Sarah remue sur mon épaule.

— Moi je pense qu'ils la versent dans des grosses passoires et que ça fait de la pluie.

— Joli, commente Gabriel en la montrant du doigt. Et parfois, ils s'y prennent comme des manches et y'a une grosse averse entre deux rayons de soleil.

— Des hélicoptères, je vous dis, réplique Alex, obstiné, dans un froissement de papier. Et la nuit, y'a une deuxième équipe qui arrive avec un stock de poissons-globes pour ravaler l'eau et la reverser dans le château.

Interloquée, Agathe en postillonne des grains de riz sur mes genoux.

— Pardon, murmure-t-elle en les ramassant un par un avant de s'adresser à Alex : les poissons-globes, c'est les poissons qui gonflent et redeviennent tout plats ?

— C'est ça.

Je perds mes yeux dans le déguisement bariolé de Gabriel, et Sarah s'interroge :

— Ils pressent les poissons-globes ?

Alex hoche la tête avec un aplomb de tsar. Huit ans plus tôt, il m'aurait berné sans effort. Sarah replie ses jambes sur le côté et les frotte d'une main somnolente.

— Comme les abeilles qu'on presse pour faire sortir le miel ?

Nos rires palpitent avec gêne, comme si nous n'en avions pas le droit. Comme si la vie n'avait pas encore été autorisée à rentrer.

Et pourtant, et pourtant.

Nous sommes orgueilleusement vivants.

Des voitures bourdonnent sur la grande route qui longe le jardin. Entre chaque passage, le silence redescend à l'image d'un linge mouillé. Agathe repose le saladier près des avions d'Alex et jette son pied vers Gabriel, puis lui lance :

— Racontez les cigarettes à l'ail.

Gabriel lâche un rire rapide en croisant mon regard.

— À toi l'honneur, lui dis-je tout bas.

— Y'a pas grand-chose à raconter, j'étais complètement déchiré. J'avais renversé mon tabac dans les toilettes, donc j'ai cherché un truc qui pourrait remplacer.

Agathe soupire, moqueuse.

— Dans les toilettes ?... Tu t'es dit que t'allais pisser en te roulant une clope ?

— Me rouler une clope en pissant, plutôt.

— Vous pouvez faire ça, vous ?

Sarah lâche un rire aérien qui vole comme une brassée de mûres. Gabriel penche la tête sur le côté dans une grimace étriquée et Alex lève les yeux au ciel, camouflant un début de sourire derrière ses doigts. Il achève le pliage de son troisième avion.

— Pourquoi j'étais pas là ? reprend Agathe en glissant hors du canapé pour s'emparer d'une guirlande cobalt que Gabriel vient de sortir du carton.

— T'avais une répétition de théâtre, je crois.

— Et Éden t'a sauvé ?

— Éden s'est cassé la figure en voulant me tirer de la baignoire où j'avais atterri. On a fini avec des bleus partout et de l'ail plein les jeans.

Je souris avec eux et, lorsque je redresse la tête, je surprends le regard d'Alex posé sur moi. Des morceaux de turquoise, ses yeux, sculptés comme des joyaux. Et je sens qu'il me porte dans ce regard, je me sens respecté, je me sens estimé. Puis il lève le bras dans un mouvement vif : un avion vole et vient claquer contre le ventre de Sarah. Lorsqu'elle s'en empare, il semble lourd dans sa main, alors elle le déplie et des fruits secs se mettent à pleuvoir sur ses cuisses. Elle rougit en avalant une noisette, puis une deuxième. Sans savoir pourquoi, elle me fait penser à des cyclamens blancs, les fleurs préférées de ma mère. Ces fleurs qui poussent à l'envers, comme des papillons.

En face de moi, Agathe accroche une boule en forme de goutte d'eau à l'oreille de Gabriel, qui fait mine de trébucher sous le poids du verre.

Je sens soudain une immense chaleur m'envelopper.

Je comprends que je ne pourrai pas rester toute ma vie enchaîné à ce corps.

Je comprends aussi que ce corps n'est pas un ennemi à blâmer.

Il me faudra du temps pour le réparer et l'aimer, mais je veux essayer.

Je quitte le canapé et entrouvre la porte d'entrée. Le froid me pique les joues, me brûle les lèvres, mais gifle aussi mes dernières peurs, mes dernières résistances. Trouée par le soleil pâle, la neige ressemble à de la mousse qu'on aurait brodée d'éclats de gemmes. Il ne reste aucune trace de l'affrontement que nous avons vécu ici.

Un autre combat m'attend, mais j'ai gagné le plus difficile.

On m'a blessé et je suis toujours là, je suis debout.

Mon fils, mon petit, mon garçon.

Quelqu'un pose un manteau sur mes épaules et resserre le col sur mon cou.

Agathe.

J'appuie ma main sur ses doigts lisses et doux.

— J'aurais jamais survécu à tout ça sans vous, dis-je dans un murmure qui s'entrelace aux trilles d'une mésange. Et je voulais vous dire

merci

parce que vous avez cisaillé mes chaînes

je contemple ma prison de loin, encore suffoqué par la violence avec laquelle elle m'a dupé

je laisse ici les nuits de jais à trembler sous mes draps

à hurler sans un son jusqu'à faire craquer la peau des oiseaux

dégrafées les mains de Matthias sur moi, déchirées les promesses truquées, rhabillées les étoiles toutes nues

la *Partita* de Bach s'élève dans ma tête et m'enrobe comme un duvet de plumes

lorsque je me retourne mes amis sont tous là

— Merci d'être avec moi, voilà

vos yeux scintillent comme des camées

votre force me soulève et me rend immense

je suis léger

je n'ai plus besoin de mentir au monde

le lourd secret qui m'infectait gît à mes pieds

devant moi, les arbres encombrés de dentelle se balancent dans le vent.

DÉCOUVREZ LES AUTRES PUBLICATIONS 100 % ÉMOTION DE SLALOM

Une correspondance inattendue, une grave maladie, les débuts d'une histoire d'amour sur fond d'humour, d'espoir et de littérature.

Axel vient de trouver une bouteille à la mer. Elle appartient à Charline qui s'ennuie sur son île d'Ouessant. Un échange par mail commence entre les deux adolescents. Le ton léger de leur correspondance prend une autre dimension lorsque la jeune fille apprend qu'elle est atteinte de leucémie. Sa mère est effondrée, son père absent, sa seule bouée de sauvetage : Axel. L'humour est leur meilleure arme face au protocole de chimio, aux médecins parfois maladroits, à la vie ascétique à l'hôpital... Et entre des parents auteurs-illustrateurs totalement immatures et une grand-mère anarchiste qui perd la tête, Axel a de quoi puiser assez d'inspiration pour soutenir Charline !

Un road trip thérapeutique sur fond de musique nostalgique, le récit touchant et enjoué d'une renaissance.

Mara, 17 ans, est un cœur d'artichaut. Elle vit de fantasmes, d'idylles et de coups de foudre à répétition jusqu'au jour où elle rencontre Jeremy. Jeremy, c'est LE bon. La preuve, dès qu'elle le voit, elle a des papillons dans le ventre. Mais quand Mara découvre que Jeremy lui ment, l'amour tourne à l'obsession dévorante. Elle perd pied au point de se faire peur à elle-même. Est-elle une *love addict*, comme sa mère qui vit recluse et sous médicaments chez ses parents ? Mara devra trouver son propre chemin pour se libérer et guérir, aux côtés d'alliées plutôt inattendues...

1992, Los Angeles s'embrase. Des policiers viennent d'être acquittés alors qu'ils ont passé à tabac Rodney King, un homme noir. Ashley, 17 ans, se pensait jusqu'ici hors d'atteinte. Fille d'une famille aisée, fréquentant un lycée huppé, elle ne s'est jamais sentie victime d'injustices ou de discriminations raciales... Mais à bien y réfléchir...
Une histoire d'amour naissante, des secrets dévoilés et une atmosphère de fin du monde lui ouvrent les yeux : elle, qui a toujours oscillé entre communautés noire et blanche, réalise qu'elle peut trouver sa place, sans avoir a choisir un camp.

L'histoire vibrante d'émotion d'un adolescent en quête d'amour et de reconnaissance.

Felix cumule les étiquettes — noir, queer, trans — mais ne se retrouve dans aucune d'elles. Comment avancer dans la vie quand on n'arrive pas même à mettre un nom sur son identité ? Alors qu'il lutte pour s'affirmer, le jeune homme va devoir faire face aux critiques et aux jalousies. Mais dans l'épreuve vont s'affirmer les plus grandes amitiés... et la plus belle des histoires d'amour.